한국문학의 비평적 성찰

박 혜 숙

새미

국립중앙도서관 출판시도서목록(CIP)

한국문학의 비평적 성찰 / 박혜숙 지음. -- 서울 : 새미, 2004
  p. ;   cm

ISBN 89-5628-104-1 93800

810.906-KDC4
895.709-DDC21   CIP2004000441

책을 내면서

　가끔씩 청탁을 받고 썼던 글들을 모아놓고 보니 작은 책 한 권 정도 만들만한 분량이 됐다. 물론 어떤 글은 청탁과 관계없이 내 스스로의 문제 의식으로 발표했던 글들도 있다. 지나간 시간의 저 편에 흔적을 남긴 우리 문학에 대한 나의 작은 성찰일 것이다. 이 가운데는 단편적인 짧은 글들도 있지만 200자 원고지로 100장이 넘는 분량의 글들도 있으니 어떤 원칙과 형식을 정해서 묶은 책이 아님을 알 수 있다. 그러나 여기에 수록된 모든 글들은 우리 문학에 대한 비평들로 한국문학이라는 숲에서 기웃거리며 본 나의 생각들을 정리한 것이다. 그러기에 이 책에는 오늘날 생산되고 있는 문학이나 이 시대 문학의 상황 논리를 거론한 글들도 있지만 지나간 시대의 문학, 멀리는 다산 정약용의 문학에서 백석, 혹은 박재륜의 시까지도 다루고 있다. 그리고 최근 활동하고 있는 시인론이나 서평 등의 글도 함께 있다.

　다시 말해서 이 책에서 다루고자 하는 내용은 한국문학과 현대시에 담긴 다양한 스펙트럼의 조망이다. 이 가운데서도 10여명의 시인들을 대상으로 한 시와 시인론을 통해서 오늘날 우리 시단의 다양한 목소리를 살펴 볼 수 있다. 더러는 문단의 중심부에서 혹은 쓸쓸한 외곽에서 창작에 몰두하는 그들의 모습은 경건하기까지 하다.

이 책에서 다루는 또 하나의 이슈 가운데 하나는 문학과 매체권력의 문제이다. 문학 작품의 내재적 가치에 대한 비평을 떠나 신문이나 문학 전문지를 통한 문학 집단의 패거리화는 뜻 있는 작가들의 창작의욕까지도 말살할 정도의 병폐다. 페미니즘 문제나 정치화하는 문학 집단의 목소리가 너무 커질 때 문학은 본연의 순수성을 잃게되는 위험이 있다. 이런 문제에 대한 성찰은 마땅히 비평이 해야 될 몫이라고 본다.

그 밖에도 문학이 지닌 초월적 가치를 굳건히 확보한 몇 명의 인물과 작품을 분석 대상으로 삼았다. 이 책에서 소개한 러시아 시인 이사콥쓰키의 번역 시집인, 백석의 『이싸콥스키 시선』을 통해서 백석 시인의 다양한 문학적 관심을 느낄 수 있을 것이라고 본다. 이 번역 시집은 편집 및 출판이 연변 교육출판사로 되어 있다. 인쇄는 길림성 연길시에 소재한 동북 조선인민보 인쇄창이며, 발행인은 길림성 연길시의 동북 인민서점 총점으로 1954년 3월 1일 1차 인쇄로 기록되어 있다. 값은 2천 6백원이다. 이 책의 서지로 볼 때 백석은 해방 이후 자기 고향 정주에 있지 않고 중국 길림성 연변에 있었던 것 아닌가 생각한다. 그렇지 않다면 왜 책이 연변에서 발간되었는지 궁금하다. 해방과 6·25를 거치는 동안 묘연했던 백석의 행방을 다시 짚어볼 필요가 있을 것이다.

　1930년대의 모더니즘 시인으로 꼽히던 박재륜 시인의 타계를 계기로 그의 생과 문학을 정리해 보는 글은 나름대로 의미가 있다고 본다. 김기림과는 동시대의 인물이며 같은 모더니스트로 문단에 알려졌지만 중간의 긴 공백 때문에 많은 작품들을 발표하고서도 제대로 평가를 받지 못한 시인이었기 때문이다.

　더러는 감정을 앞세운 듯한 글도 있어 조금 민망스럽기도 하지만 그것도 한 때의 내 생각이었다고 여겨 그냥 함께 싣기로 했다. 하여간 책을 묶어낼 수 있어서 기쁘다. 책을 만들어 준 출판사 관계자들에게도 감사의 뜻을 전한다.

2004년 1월
박 혜 숙

○○○ 차 례 ○○○

제3부 우리 시대 우리 시인론

우리 문학의 비평적 성찰

제 1 부

●목차

1

페미니즘의 종식과 새로운 담론

1

　『제 3의 문학』 창간호에 '페미니즘 문학에 대하여'라는 원고 청탁을 받고 아직도 페미니즘 논쟁을 하자는 것인가, 속으로 선뜻 내키지 않았다는 게 솔직한 심정이었다. 더군다나 잡지의 제호가 『제 3의 문학』이라면 그 동안의 한국 문학이 걸어 온 길을 비판할 건 비판하고, 수용할 것은 수용하며 새로운 시대의 문학적 방향을 제시하는 발전적 모색이 이 잡지의 편집 방향일 것이라고 생각했다. 페미니즘 논쟁이라는 국지적이고 소모적인 논쟁보다는 한국문학과 한국문학 평단에 새로운 바람을 불어넣을 제 3의 길이 제시될 필요가 있는 시점이라고 보았기 때문이다. 원고를 쓰지 않고 이리저리 생각만 하고 있는 과정에 이문열이 새로운 소설 『아가』를 출간했다는 소식이 신문마다 보도되고, 심지어 작품에 대한 논란이 신문 문화면을 화려하게 장식하기에 이르렀다. 그러자 필자도 이와 관련지어 청탁 내용의 글을 써야겠다는 생각이 들었다.

　3년전 이문열의 소설 『선택』이 페미니즘 논쟁으로 떠들석했지만 결과적으로 남은 것은 책의 판매 부수 올리는데 기여했을 뿐이며,

그가 공개적으로 펼친 집안 자랑에 귀기울여 준 꼴 밖에는 안되었다. 누군가의 말처럼 애초부터 페미니즘 따위엔 관심조차 없는 이문열은 그러나 논쟁의 반사 이익으로 엄청난 책의 판매부수를 자랑하게 되었고, 작자와 출판사, 그리고 신문은 상업주의적 화제 만들기에 성공한 것이다. 그 중심에 서 있는 사람은 물론 한국문학의 권력자 이문열이다.

이문열이란 작가 때문인지, 작품이 훌륭하기 때문인지 하여간 이문열의 소설은 출간 되자마자 또 논쟁의 중심에 서게 되었다. 작가도 출판사(『선택』을 간행했던 <민음사>가 이 책도 만들었다)도 신문도 은근히 바라던 터일테니 회심의 미소를 지을만 하다. 마이다스의 손 이문열이 나서면 남의 작품도 베스트 셀러로 만드는 판이니 음흉한 상업주의가 가만 내버려두겠는가. 그러나 『아가』에 대한 논란을 보면서 착잡하다. 왜 또 비평가들은 이문열의 작품에 페미니즘 문제를 들먹이는가. 그의 소설 『선택』이 애초에 페미니스트들을 겨냥해 쓴 소설이 아니라 사백여년 전의 할머니를 통하여 가문 자랑을 마음껏 했다는 날카로운 지적이 있었는데, 『아가』는 바로 3년전 이문열이 겪은 당시의 비난들을 의식했는듯 당편이라는 몸도 정신도 온전하지 않은 반편 여자를 대상으로 바보열전 써나가듯 만들어진 소설이다. 그는 당편이와 같은 온전하지 못한 반편이의 이야기를 쓰므로 해서, 소설을 통해 가문과 족보 자랑에 엄숙한 교양교사 노릇까지 한다는 세상의 비난을 잠재우고 싶어었는지도 모른다. 물론 작자는 이에 대한 어떠한 언급도 없었다. 다만 정씨부인이라는 고고하고 지체 높은 양반 애기를 내놓은 후 페미니즘 논쟁에 휘말린 뒤 끝이라,

공동체 삶의 거의 밑바닥을 점하고 있는 한 부락의 반편 여성인 당편이를 소설로 내놓았다는데 그런 의문점이 들었다는 말이다.

『선택』이 정씨라는 양반 부인네를 대상으로 쓴 전기라면, 『아가』는 한 마을에 흘러 들어와 어울려 살며 공동체를 이루는 온전하지 못한 장애 여성 당편이의 일생을 엮은 전기라고 할 수 있다. 문제는 왜 신문도 비평가들도 이 작품을 페미니즘 문제로 끌어가려고 하는가의 문제이다. 그리고 아직도 페미니즘 논쟁인가, 이러한 논쟁이 신문에 계속 발표되면 또 수많은 여성들은 호기심에 지갑을 열고, 회심의 미소를 지을 사람은 따로 있을 것이다.

황종연 교수는, 자신의 정체성을 남성들에게 의존하고 있는 당편이의 이야기는 전통적 권위에 집착하는 남성 무의식의 판타지로 읽힐 소지마저 있다고 비판한다. 이러한 비판을 축으로 하여 또 다른 여성 평론가들은 작가의 남성중심적, 가부장적 질서 회귀 의도가 이 작품 속에 들어있다고 지적한다. 그러나 『아가』를 페미니즘적 시각으로만 비판하는 것은 옳지 못하다. 더군다나 작가는 그러한 것에 관심조차 없는 듯 하다. 그 보다는 소설로서의 완성도를 어떻게 평가해야 하는가에 대한 지적이 우리 문학을 위해서도 필요할 듯 싶다. 이를테면 이 소설은 당편이의 일생을 몇 가닥 에피소드들의 고리로 연결했을 뿐, 입체적 사건이나 새로운 반전 등의 역동적 플롯을 가지지 못했다. 이런 점은 전기적인 소설이라 할지라도 그저 이야기를 입담으로 구수하게 풀어놓은 것 외에는 미학적 짜임새를 발견할 수 없다는데 소설의 허점이 있는 것이다. 그러나 이 소설에 아름다움이 없는 것은 아니다. 당편이라는 인물이 비록 사람 구실을 온전히 해내지는 못하지만, 그래도 같은 마을에서 당편이와 함께 어울려 사는 녹동댁 식솔들과 마을 사람들의 삶의 모습은 아름다운 것이다. 이런 아름다움을 그대로 보지 않고 다만 전통적 가부장 시대의 회귀 운운하면서 페미니즘의 잣대로만 재지 말아야 한다.

2

무엇보다도 시대가 바뀌고 있지 않는가. 여성주의와 남성주의의 두 갈래로 세상을 따지는 소모적 논쟁은 지난 시대의 발상일 뿐이다. 보다 큰 인간의 문제, 문학의 문제, 그리고 한국문학 평단의 문제에 새 기운이 필요하다고 본다. 이번 이문열의 소설『아가』의 논쟁만 해도 그렇다. 어찌보면 50대를 넘어서도 왕성하게 소설을 발표하고 있는 이문열의 문학적 열정과, 새 작품이 나왔다고 해서 여기저기서 보이는 관심은 그 나이 또래의 작가들이나 선배 작가들에게는 부러움과 시샘의 착잡한 심정이 함께하고 있었을지 모른다. 2~30대의 작가들에게만 지면을 할애하고, 열심히 비평해 주는 오늘날 우리 문학판에 이문열은 특별한 문화 권력자임에 틀림없는 것이다. 이제 우리 문단은 '~~골목학교', '~~골목대장'을 두고 있는 문학골목의 골목비평 외에도, 나이별로 구분되는 패거리, 또래비평까지도 문제가 되고 있는 지경이기 때문이다. 여기에 페미니스트들이 주장하는 여성문학에 대한 차별까지 가세한다면 결국 한국문학은 낱낱이 따로 놀고 있다고 밖에는 말할 수 없을 것이다.

그러나 80년대 이후 꾸준히 제기되었던 페미니즘 문학도 이제는 인식이 바뀌어야 한다. 여성의 문제에서 문학의 문제로, 인간 양성의 문제로 바뀌어 진정한 대작들을 선보여야 한다. 우리 현대 문학사에 우뚝한 박경리 같은 경우 언제 일부러 페미니즘 문제를 논한적 있는가. 그래도 그의 작품『토지』를 보면 질곡의 세월을 살아온 여성들의 모습을 고스란히 들여다 볼 수 가 있다. 독자는 다만 느끼고 깨달을 뿐이다.

남성이 대중매체를 지배하는 사회에서, 남성의 권력을 직접적으로 비판하는 페미니즘은 방해받고, 불신되며, 왜곡되고, 조롱당하게 된다. 페미니즘은 자신을 비판하는 것보다 더 오래 살아남는다. 왜냐하면 여성들이 페미니즘을 원하고, 그 페미니즘 지식을 시장성 높은 상품으로 만들기 때문이다. ─『페미니즘 무엇이 문제인가』라마자노글루 저, 김정선역, 문예출판사, 47쪽

페미니즘을 표방하는 여성들조차도 페미니즘의 시장성을 적절히 이용할 줄도 알았다는 이야기이다. 다 그런 것은 아니지만 우리나라에서도 여성의 페미니즘적 글쓰기가 상업주의적 성공을 거둔 것도 많았고, 여성 시인들 가운데도 페미니즘 물결에 동승하여 평론가들에게 쓸거리를 제공하고 성공한 경우도 많았다. 그러나 페미니즘적인 그런 문제들을 콩이니 팥이니 따진다는 게 우리 문학에 얼마나 도움을 주는 것일까. 한 페미니즘(『다시 쓰는 여성과 문학』, 송지현, 평민사)에 관한 책을 보니 페미니즘시를 소개해 놓았는데 문학 작품으로서의 우수성 보다는, 여성 문제 자체로만 시의 가치를 인정한 듯 했다.

얼부푼 가슴처럼 / 냉기 서린 수도꼭지 틀어 / 내장 빼낸 생태를
씻고 / 시금치를 다듬어 씻고 데치고 / 마늘을 다지고 / 참기름
따라 나물을 무친다 / 허연 쌀뜨물 받아 국을 끓인다/번개탄 놓아
/ 죽은 연탄불 목숨처럼 살리고/밀린 설거지를 한다 / 널브러진
신문과 옷가지를 / 챙기고 방을 쓸고 닦는다 상을 차린다 / 자정
가까이 들어오는 남편 / 목이 빠지게 기다려 / 제삿밥같이 늦은
저녁을 먹고

— 차정미, <나의 일과 4> 중에서

이 정도라면 시라는 형식을 갖추지 않는다 해도 옆 집, 앞 집 주부
에게 오늘 저녁 부엌에서 무엇을 했냐고 물어보면 나올 정도의 답변
이다. 최소한 시가 갖추어 할 언어적 긴장감도 없이 페미니즘 시라는
이름으로 이런 작품들이 나와 목소리를 높힌다면 시인으로서가 아니
라 여성으로서만 남을 것이다. 세상의 모든 일은 남자 아니면 여자의
일인데 페미니즘의 시각으로 본다면 여성은 늘 당하고만 있고, 남성
에 대해 피해자로 인식되는 경우가 많다.

허허 벌판 감자밭에 / 항아리만한 여자가 앉아 있었다. // 감자
를 캐다가 배가 고파서 / 감자더미에 올라앉아/감자를 혼자 구워
먹고 있었다. / 멀리서 한 사내가 고라니같이 / 뛰어왔다. / 쫓기며
쫓기며 숨겨달라 했다. // 여자는 감자먹던 손으로 급한김에 / 아래
를 가리켰다. / 고라니는 치마 속으로 들어갔다. / 둘은 큰 항아리
가 되었다. // 총든 병사가 달려왔다. / 여자는 감자 먹던 손으로
급한김에 / 먼 데를 가리켰다. / 병사는 먼 데로 사라지고 / 여자는
앉은 채로 흔들렸다. / 산이 뒤뚱거렸다. / 감자가 입으로 마구 들
어갔다. / 감자밭에 불길 치솟았다. // 여자는 날마다 뚱뚱해졌다.

/ 두엄만큼 되었다. / 집더미만큼 되었다. / 드디어 여자는 감자를
낳았다. / 천년동안 줄줄이 낳았다. / 우리 지구에는 감자들로 가득
해졌다. / 닮은 감자들은 서로가 우스워서 / 맨날 웃었다. // 총든
병사는 무엇이며 어디로 갔는가? / 감자들은 가끔 생각했다.
— 문정희, <감자>, 문학포럼2000년 창간호

긴 시를 전문 소개한 것은 귄터그라스의 『양철북』이 다시 생각나
서이며, 페미니즘의 입장에서 이 시는 어떤 비난을 받을까 궁금해서
이다. 만약 이 시를 치마 밑에 들어간 남자의 강간 쯤으로 해석하여
비난한다면 편협한 페미니즘의 시각일 것이다. 매우 독특한 발상이
랄 수 있는 치마 속의 정사는 쫓기는 자에 대한 연민, 동정, 그리고
자연적인 음양의 이치가 고스란히 담겨져 있다고 보기 때문이다.

새로운 시대, 새로운 문학에는 그 시대를 이끌어 갈 새로운 담론이
필요하다. 이천년대에 들어서서도 페미니즘 논쟁을 불러일으키는 것
은 낭비일 뿐이다. 이문열의 새 소설 『아가』도 작품 본질적인 문제에
대한 비평적 성찰이 제기되었으면 한다. 자칫 페미니즘 논쟁은 천박
한 상업주의의 오해를 불러일으킬 소지가 있기 때문이다.

②

매체 권력과 비평적 시정신

1. 비평정신의 실종

근래에 들어와 우리 현대시가 나아가야 할 구심점이 실종 내지는 착종 상태에 있는 듯한 느낌이다. 80년대까지만 해도 민족문학이라는 대의적인 이념 아래 현실과 이상을 추구하며 문학은 우리 문화의 리더로서 시대 흐름의 선도적 역할을 당당히 펼쳤던 것이 사실이다. 어느 시대와도 마찬가지로 더러는 제 나름대로의 색깔을 지닌 다양한 바탕의 문학들도 공존하긴 했지만 역시 그 시대의 주된 흐름은 문학의 현실 인식이었다. 그 시대를 이끌어 왔던 민족문학의 이론들과 현실에 뿌리 내려왔던 참여의 문학들이 그것을 증명해 준다. 그 목소리들이 너무 커서 간혹 다른 색깔의 문학판을 불편하게 하는 적도 있었지만 80년대까지만 해도 그 시대는 그러한 사실들을 넉넉하게 품어주었다. 무엇보다도 그 시대가 잉태했던 문제들을 외면할 수 없던 문학인들의 순수 열정을 인정했기 때문이다.

그런데 90년대란 어떠한가. 기실 90년대도 얼마 남지 않았다. 그러나 앞으로 다가올 새로운 세기를 준비함에 오늘을 반성하고 새 세기에 대한 비전을 제시해야 함은 문화와 정신의 세계를 끌어나아가야 할 비평가들이 당연히 짊어져야 할 몫이라고 본다. 그런데 90년대의 우리 문학은 현란한 상업주의와 그를 부추기는, 내용이 부실한 가벼움의 오락 문화 속에 편입된 문화적 키치 현상을 드러내는데 그치고야 말았다. 수십만부, 수백만부를 팔아제치는 상업주의의 유혹은 문학 본래의 진정성을 외면한 채 독자들의 얕은 감성의 끈을 이용하여 그들에게 문학의 깊이와 삶의 깊이를 한데 심어주기 보다는 그들 호주머니의 돈을 끌어오는데만 더 많은 관심을 보였다. 이러한 가운데 돈과 거리가 먼 듯한 문학 잡지에서조차 이와 같은 90년대식 구미에 맞는 작품과 작가, 시인들에게 집중 스포트 라이트를 비추어 신세대 스타로 포장하기에 급급하고 있는 오늘의 실정이다. 그러나 그것이 실상 자신들의 매체를 통해서 발간되는 작품의 상업적 가치를 높이기 위해서 집중 조명하고 있다는 사실은 우리의 문학판에서 알 사람은 다 알고 있는 사실이다. 그것은 어쩌면 자신의 호주머니에서 돈을 끄집어 내는 순진한 독자만 모르는지 모른다. 이러한 풍조 아래서 돈과는 거리가 먼 시마저도 한 몫 거들고 있는 실정이다. 특히 새로움이라는 과대 포장으로 가벼운 말장난의 개그와 같은 시들을 보면 마치 요즈음 연예가에 새로 등장한 가수를 스타로 만들기 위해서 심혈을 기울이는 방송과 그 주변의 메니저들과 다를 것이 없는 꼴이다. 그러나 그 가수들이 몇 개월 지나면 방송에서 찾을 수 없는 것처럼 인위적으로 포장된 문학도 그 생명은 짧디 짧을 수밖에 없다고 본다.

어찌보면 이와 같은 우리 문학의 절름거리는 현주소는 골목비평, 패거리비평 또는 화간비평이 초래한 당연한 초상화일 뿐일 것이다.

따라서 비평이 문학을 선도하고 방향을 제시하기 보다는 시류에 영
합하거나 특정 유파와 매체에 눈치를 보는 격이 되어버린 이 시대의
비평에 따가운 비난이 빗발칠 수밖에 없다. 이처럼 매체의 권력 울타
리에 안주하는 비평정신의 실종은 비평가들로 하여금 그 매체의 시
녀가 되도록 만든다. 그리고 그 시녀들이 우리 문학을 병들게 하고
있다.

2. 시, 과연 시정신은 존재하는가

시가 시로서의 진정한 가치를 획득할 수 있는 것은 짧은 형식
속에 내포되어 있는 장르적 특성에서 찾을 수 있다. 짧다는 것은 형식
의 정연함이며 그 속에 담긴 내용마저도 정신의 순수 결정체가 요구
된다. 조선조 시대의 방식으로 말하자면 시인과 그 시를 통해서 선비
정신을 엿볼 수 있었어야 할 것이며, 오늘날의 입장에서 본다면 한 시대
의 문화와 삶의 방향까지도 이끌어갈 수 있는 시대 정신의 선구자가
되어야 한다고 생각한다. 그런데 오늘날 주목을 끌고 있는 시들과,
그 시들이 주목 받을 수 있도록 온갖 사탕발림의 언사로 화려한 색깔
을 입혀주는 비평가들은 어떠한가. 그들로 하여금 우리 문학이 가벼
운 대중 문화에 길들여지게 되고, 시정신의 하향 수준에 머무를 수밖
에 없는 위기에 직면할 때 그 책임을 누가 질 것인가.

우리 문학이 다양한 사상과 다양한 방법으로 창작 세계를 구가하
는 것은 바람직한 일이며, 또한 그렇게 나아가야 할 것이다. 그러나
우리 문단이 갖고 있는 고질적 병폐인 끼리끼리의 문학은 곪고 곪아

온 지경이라 하지 않을 수 없다. 문학잡지별로 출판사별로 그룹을 형성하여 자기끼리 북치고 장구치는 가운데 멍드는 것은 문학의 진정성이며 우리 문학의 진로 문제이기 때문이다.

거기에서 파생되어 나온 문제를 짚어감에『한국문학평론』지 창간호에 1990년대 후반기에서 가장 주목할 시인으로 유하가 지목되었다는 평론가들을 대상으로 한 설문 조사는 크게 당혹함을 갖게 만든다. 산업자본주의의 단면을 가장 잘 드러낸다는 압구정동, 수입 오렌지족과 오렌지족, 혹은 낑깡족이 언론에 구구절절 소개되었던 압구정동을 업고 물질문명 비판이라는 풍자성으로 위장하며『바람부는 날이면 압구정동에 가야 한다』라는 시집으로 세인의 흥미를 유발했던 유하와 같은 시인이야말로 방송과 메니저가 집중으로 방송에 출현시켜 스타 가수를 탄생시키는 꼴과 다르게 무언가. 그것은 마치 한 번 대중 스타가 되어 이름을 얻으면 값나가는 상품가치로 엎그레이드 되는 현상과 다를 바 없는 평가 결과이다. 최근에 발표된 이 시인의 시집『세운 상가 키드의 사랑』까지도 논의의 대상에 넣는다 해도 과연 그를 이 시대를 대표할만 하다고 내세울만 한가. 자신들의 문예지 출신이며, 또 그 출판사를 통해서 나온 시인을 추켜 세우고 문제작인양 공론화 하는 과정에서 얻어진 이름이 이렇듯 90년대 후반까지도 화려하게 장식이 된다는 것은 비평가들이 줏대없이 시류에 휩싸이거나, 가치있는 또 다른 시인들을 발견 못했거나 아니면 외면한데서 얻어진 결론이라고 해석할 수밖에 없다.

바람부는 날이면, 압구정동에 가야한다 사과맛 버찌맛
온갖 야리꾸리한 맛, 무쓰 스프레이 웰라폼 향기 흩날리는 거리

웬디스의 소녀들, 부띠끄의 여인들, 까페 상류사회의 문을 나서
는
구찌 핸드백을 든 다찌들 오예, 바람불면 전면적으로 드러나는
저 흐벅진 허벅지들이여 시들지 않는 번뇌의 꽃들이여
         － <바람부는 날이면 압구정동에 가야 한다> 6

산업 사회의 병적인 징후들을 그대로 수용하며, 아니 그보다도 자신이 더 지독하게 오염되어 있는 유하는 저질 대중문화적 요소를 시라는 옷을 빌어 담아놓은 후, 시를 생산하고 있는 것이 아니라 파괴하고 있다는 점에 주목할 필요가 있다. 비록 시를 통해서 문명을 비판하는 풍자성이 농후해도 그의 시를 통해서 이 시대의 시 방향을 가늠하고 점수를 준다는 것은 아무리 상업주의와 고뇌 없는 가벼움의 문화가 판을 치는 시대라 해도 어불성설이다. 무엇보다도 시가 언어 예술의 꽃이요, 지고의 정신 세계를 형상화 하는 장르라고 생각한다면 비평가들의 위와 같은 지적은 무책임한 시류 영합이라고 지적할 수밖에 없는 것이다. 더군다나 비평가의 무분별한 시류 영합은 제3 제4의 그러한 아류들이 발붙일 소지만 만들어 놓는다고 본다.

더욱 걱정스러운 것은 대중문화 추수주의가 시의 중요한 소재로 침범할 때, 아무리 풍자라는 포장을 해도 자칫 시는 대중 문화의 하위 영역 정도로 떨어질 수밖에 없다는 염려 때문이다. 그리고 이러한 시적 시도가 서구에서 수입한 저급한 키치 문화의 한 현상이라고 생각하면 이 시대의 온전한 시정신은 실종되었다고 밖에 말할 수 없을 것이다.

3. 실종된 시정신 주워 담기

　산업 자본주의 시대의 도시적 일상과 어디에도 안주하기 어려운 소외된 개인, 이런 우리 시대의 황폐한 풍경들을 시의 과제로 삼는 것은 당연한 일이고 마다할 일도 아니다. 그러나 아무런 고뇌도 없으며 깊이도 없는 가벼운 말장난으로 시가 머물러 있다면 무엇 때문에 그것을 시라고 일컫는가. 차라리 개그 작가가 되던가 광고의 카피라이터가 된다면 더 좋았을지도 모른다. 물론 상업주의와 대중의 입맛에 맞는 글을 생산하는 것도 문학의 다양성에 기여하는 것만은 틀림없다. 그러나 그 생산품에 대한 비평 행위는 단순히 그 입맛을 쫓아다니는 형국이 되어서는 안될 것이다.

　시의 도도함, 어쩌면 이 시대는 정신의 도도함으로 세기말적 시대를 선구할 수 있는 시의 정신이 필요한지 모른다. 등단 하자마자 설사하듯 시집을 줄줄이 내어 놓는 오늘날의 시단에 데뷔한지 30여년만에 상재한 『竹篇』이라는 서정춘의 시집은 시인의 게으름(?),그 사실 하나만으로도 관심을 끌만했다. 물론 시인이란 이름으로 시를 쓰지 않았다는 것은 전연 찬성할 수 없는 직무유기가 될지도 모른다. 그러나 이런 문제를 떠나서 이 시집에 빛나고 있는 시정신의 초연함을 우리가 놓쳐서는 안될 것이다.

　　하늘은 텅 빈 노다지구나
　　노다지를 조심해야지
　　조심하기 전에도
　　한 마디 비워 놓고

조심하고 나서도
한 마디 비워 놓고
잣대 눈금으로
竹節 바로 세워
허허실실 올라가 봐
노다지도 문제 없어
빈 칸 딛고
빈 칸 오르는
푸른 아파트 공법

— <竹篇>·2−工法

　빈 마디의 매디 위에 또 빈 마디가 자라나는 대나무처럼 아파트도 한 층의 매디 위에 또 다른 한 층이 올라간다. 이 때 올라가는 아파트가 점령한 공간 하늘은 노다지일 수밖에 없다. 아파트는 산업화 시대인 오늘날 주거 문화의 한 상징이며, 한 때는 돈 놓고 돈 먹는 투기성의 장본이기도 했기 때문이다. 한 칸 한 칸 아파트 공법의 알레고리는 결국 빈 마디를 통해서 竹節을, 꼿꼿한 대나무 같은 정기를 세워야 하는 준엄한 시인의 비판 정신이 들어있는 것이다. 똑같이 산업시대의 문명을 비판한 시라도 언어적 유희가 짙은 해체시와 다르게 느껴지는 것은 시 언어에 대한 단아한 태도이기 때문이라고 본다. 될 말 안될 말 풀어놓는 오늘날의 넋두리격 시의 언어들을 산문에게 떼어 넘긴다면 어쩌면 서정춘의 시와 같은 고아한 시의 시대가 올지도 모른다.

　여기서부터, − 멀다

칸칸마다 밤이 깊은
푸른 기차를 타고
대꽃이 피는 마을까지
백년이 걸린다

— <竹篇> · 1 — 여행

기차 칸의 마디마디는 푸른 대나무의 마디와 같다. 그러나 밤이 깊다. 그래서 캄캄하다. 세기말 혼돈의 시대를 가로 질러가는 푸른 기차는 이렇듯 힘들게 가고 있는 것이리라. 과연 대꽃이 피는 시대로 가려면 백년이나 걸려야 할까. 그것 또한 시인이 풀어야 할 숙제일지도 모른다. 秋史의 '歲寒圖'에서 봤음직한 푸른 기개를 시인은 꿈꾸고 있음에 분명하다.

사실 이러한 시가 90년대 들어와서 간간히 발표되기도 하고 주목되었던 것도 사실이다. 다만 목소리 큰 비평가와 잡지, 출판사에서 적절히 다루어주지 않았기 때문에 표면에 힘차게 떠오르지 못했던 것 같다. 특히 조정권 시인은 그의 시집 『산정묘지』를 통해서, 지상의 俗氣를 버리고 산정의 고고함을 지향하는 선비적 풍모의 시로 시대가 양산한 오염된 개그시를 압도한다. 아니 댓거리조차 하지 않는다.

아녀자가 기른 蘭에도 향기가 없고
대장부가 기른 竹에도 氣品이 없다
세상 온 구석에
뼈를 찔러넣는 寒氣마저 없다

— <山頂墓地> · 6

地上에 비내리고 山頂엔 눈내린다
눈은 어찌하여 地上까지 오기 꺼리는가
산봉우리에 학처럼 깃들고 싶은
저 뜻 숨기기 위함인가

- <山頂墓地>·2

위의 시들은 조정권의 시집에서 대체로 호흡이 긴 시들 가운데 실린 몇 편 안되는 짤막한 4행 단시이다. 여기에서 누군가는 삶의 현장을 버리고 왜 산정으로만 향하느냐고 반문할지도 모른다. 그러나 이것은 시궁창처럼 뒤끓고 있는 시대고를 딛고서 초월성의 시정신을 담는 하나의 상징일 뿐이다. 이런 시적 태도를 낡은 전통시관이라고 한다면 해체시에서 해체와 해체의 과정을 거듭했을 때 남는 것은 무엇일까. 그것은 분명히 시의 끝간 곳이고 시의 몰락일 수밖에 없다.

그러나 몰락은 다시 새로운 창조를 잉태한다. 지금이 그 때라고 하고 싶다. 곪을대로 곪아버린 우리 문학의 환부가 터져야 한다. 그래야 새 살이 돋을 것이다.

삶의 땟국을 시 속에 담았다고 해서 시정신마저 땟국에 절은 것은 물론 아니다. 우리들 삶이 필연적으로 겪는 일상적 아픔과 신산한 생활의 뒷 모습들이야말로 시가 될 수 있는 유력한 재원이 아닐 수 없다. 그러나 그 내용을 어떻게 형상화하여 가장 고전적이랄 수 있는 시의 원리인 카타르시스를 갖게 하느냐, 혹은 바슐라르의 말대로 표현하자면 영혼의 울림을 얻게 하느냐는 시가 갖고 있는 정신의 초월성에서 찾을 수 있다. 우리시에는 청풍농월의 시들만 있었던 것이 아니라 이와 같은 구체적 삶의 현장에서 얻어지는 현실 문제를 시를 통해서 감동을 주었던 즉, 산정에서만 이런 시정신을 구현하는 것이 아닌 시정(市井)에서도 시정신을 얻어냈던 전통이 있다. 그리고 그 정신은 오늘날에도 새로운 현대적 모색이 필요하다. 가령 정약용의 경우, 주자학적 관념 세계에서 머물던 그 시대의 세계관을 뛰어 넘어 현실을 꿰뚫던 삶의 현장이 시 속에 넘친다. 조선인이기에 조선시를 쓰겠다던 다산의 정신은 가장 현실을 직시한 선비적인 자존심이며 고집이랄 수 있다.

모내기철 모품팔이 아낙네들 일손 바빠 秧雇家家婦女狂
보리 베는 반상(盤床)일도 도울 생각 전혀 않네 不曾刈麥助盤床

이서방넨 뒤에 가고 장서방네 먼저 가세 輕違李約趨張召
예로부터 돈모(錢秧) 심기 밥모(飯秧)보다 낫다하네 自是錢秧勝飯殃
         — 정약용의 <耽津農歌> 중에서

시냇가 찌그러진 집 뚝배기와 흡사한데 臨溪破屋如甕鉢
북풍에 이엉 걷혀 서까래만 앙상하다 北風捲茅橡鬅鬙
묵은재에 눈 덮여 부엌은 차디차고 舊灰和雪竈口冷
체 눈처럼 뚫린 벽에 별빛이 비쳐드네 壞壁透星篩眼豁
[…중략…]

놋수저는 지난 날 이정에게 빼앗기고 銅匙舊遭里正攘
쇠남비는 엊그제 옆집 부자 앗아갔지 鐵鍋新被鄰豪奪
달아 해진 무명 이불 오직 한 채 뿐이라서 靑錦敝衾只一領
부부유별 그 말은 가당치도 않구나 夫婦有別論非達
[…하략…]

모내기철에 품팔이 다니는 아낙네들의 돈벌이는 결국 그들의 생활고를 말하지만 다산의 시마저 궁상으로 떨어지는 것은 아니다. 오히려 돈모(錢秧)와 밤모(飯秧)의 대비를 통한 현실 감각이 여유롭게 넘치고 있는 시다. 다산의 두 번째 인용시에서도 당시의 현실이 매우 사실적으로 표현되어 있다. 이 시에서 체눈처럼 뚫린 벽에 별빛이 들어오는 오막살이 집의 비유는 매우 선명한 이미지로 독자들에게 다가온다. 거기에 연이어 힘 있는 자들에게 수탈당하는 힘 없는 백성에 대한 연민이 이 시 속에 따뜻하게 배어있음을 감지할 수 있다. 이처럼 시정 속의 문제들을 다룬 다산의 시들은 고아한 시정신의 사실감 넘치는 작품들이라 하지 않을 수 없다. 그리고 다산의 정신을 이은 이런 시는 근대시 이후에도 우리 문학의 주류를 장식했던 자랑스러운 시정신이기도 하다. 현실을 수용하면서 선비적 풍모를 남기는 시정신, 해체와 해체를 거듭하는 이 시대에 그러한 시정신은 현대적 감각의 신서정으로 거듭 나서 다시 한번 시의 본류를 끌어 나아가야 할 것이다.

한국문학의 지형도

새 천년이 시작되었다고 온 세상이 떠들썩하던 때가 얼마 지나지 않았는데 벌써 한 해의 반도 더 훌쩍 지나가 버렸다. 세상이 금세 뒤바뀔 것 같았던 흥분도 가라 앉고 세상은 아무런 일도 없다는 듯이 일상 그대로다. 그렇다고 그 속에 잔 물결이 없을까? 분명히 있다. 변화를 바라는 수천 수만의 말들이 거대한 물줄기를 만들지 않는다고 할 수 있을까?

우리 한국의 문학판도 그렇다. 새 해가 들어서도 크고 작은 말들이 난무해 왔다. 온 국민의 소망인 노벨 문학상 수상 같은 우리 문학의 새 차원을 얘기하는 것이 아니다. 케케묵은 이야기이지만 더욱더 기승을 부리는 문학판의 권력주의를 비판하고자 하는 것이다. 그렇지 않고는 노벨상 수상 같은, 우리 문학이 세계 무대에서 인정받는 길은 점점 더 멀어질 것이 뻔하기 때문이다.

오늘날의 우리 문단은 문인들 자신이 소속해 있는 출판사, 혹은 잡지사, 무슨 무슨 협회와 같은 울타리를 쳐놓고 문학권력을 챙기기 위해서 혈안이 되어 있다. 심지어는 한국문예진흥원에서 주는 문학 기금도 어느 어느 패거리 집단이 얼마나 더 챙겼는가에 대한 소문이 문학판에서 심심치 않게 떠돌기도 했다(근래 IMF로 인해 어려워진

문인들에게 주는 기금도 그런 소문들이 끊이지 않았었다). 원래 문학 출판사나 무슨 협회 같은 것은 우리 문학의 발전을 위한 매개체 그 이상이 될 수 없다. 그렇지만 오늘날의 그것들은 한국문학의 권력집단으로 변질되어, 패거리화 한다. 아니 문학 권력을 얻기 위해서 패거리화 하는 것이다. 좋은 작품이든 그렇지 않은 작품이든, 자신의 패거리일 경우 하늘만큼 추켜 세우고, 출판사는 거기서 파생되어 나오는 상업주의적 이득을 얻기 위해 골몰한다. 문학 본질적인 것에 관심을 기울이기보다는 언론의 문화부 기자부터 끌어들여 요란한 나팔을 불게한다. 자기 PR의 시대이니까 언론 플레이를 무조건 나쁘다고만은 할 수 없을 것이다. 그러나 그것도 정도의 문제다. 자신의 집단과 관계없는 쪽의 문학은 아무리 훌륭해도 아예 취급하지도 않으면서 자기 계열의 작품엔 관대한 풍토 속에서 한국 문학의 미래는 암담할 수밖에 없는 것이다. 왜 패거리 비평이란 말이 생겼는지, 또는 작가와 비평가가 짝짝쿵 하는 화간 비평이 무엇인지 알만한 문학판의 사람들은 다 알고 있다. 요즈음엔 문학이 조로화 되었는지 젊은 사람들의 작품만 취급한다 하여 또래비평이란 말까지 생겼을 정도니 현재 한국문학의 불안한 패거리 지형도를 알만 하다.

1. 문학권력에 대한 사이버 논쟁

세기가 바뀌었어도 이처럼 문학권력의 군상들은 그대로 남아있다. 어찌된 일인지 이러한 현상을 잘못되었다고 생각하고 말하는 사람들도 비판의 칼은 좀처럼 들려고 하지 않는다. 소위 그들 그룹에서 왕따

당할까봐 겁내기 때문일 것이다. 이러한 현실 속에서 문학권력에 대한 사이버 논쟁은 눈길을 끌게 한다. 지난 4월 『문학과 지성사』가 주최한 '김현 10주기 기념 심포지엄'에서 비평가 권성우가 발표한 '4·19세대 비평의 성과와 한계'에서 4·19세대 비평가들이 1950년대 활동한 문학인들을 사실 이상으로 폄하함으로써 자신들의 차별성과 독자성, 나아가 문학적 입지를 다졌다고 평가했다. 또한 그는 4·19세대 비평가들의 이론의 치열성과 문학의 성실성, 자기 성찰의 면모들은 인정하지만 '비평사적 헤게모니'를 획득하는 과정에서 전 세대인 50년대 문학인들을 지나치게 평가 절하하고 동세대인 60년대 문학인들을 적극적으로 평가하는 편향성을 보였다고 했다. 다시 말해서 권성우 글의 핵심은 소위 4·19 세대 비평가인 김병익, 김치수, 김현, 김주연과 염무웅 등 문지와 창비를 창간한 비평가 그룹이 어떻게 매체를 기반으로 한 문학권력을 형성해 왔는가를 공개석상에서 비판한 내용이었다. 논쟁은 문지의 홈페이지 게시판으로 옮겨 붙었다. 그러나 사이버 논쟁이 무르익어 어떠한 결론에 도달하기도 전에 문지 측은 그 게시판을 폐쇄해버려 아쉬움만 남기게 되었다.

물론 문학권력에 대한 비판이 처음인 것은 아니다. 이상한 것은 문학인들은 관심을 보이지 않았는데(보이지 않는 것이 아니라 짐짓 모르는 척 하는 하는 것이다. 좋은 말로 하자면 점잖은 것이고 나쁘게 말하자면 비겁한 짓이라고 하지 않을 수 없다) 오히려 문학 전공자가 아닌 사회과학 전공자가 심도 있는 비판을 가하기 시작한 것이다. 물론 문학권력도 모든 권력과 마찬가지로 사회과학의 연구 대상이 될 수 있을 것이다. 그런 의미에서 문학권력과 문언유착(文言癒着)의 문제에 포문을 던진 강준만은 이 시대 우리 문학판을 깊이 생각토록 만들었다고 할 수 있다. 그는 『인물과 사상3』(1997)에서 소설가 이문열을 시대와의 간통을 저지른 문화권력자로 명명한다. 이 권력자 앞에 줄을 선 비평가들의 아부가 적나라하게 공개되었는데, 정녕 강준만과 같은 사회과학자나 김정란을 비롯하여 몇 몇 페미니즘을 옹호하는 여성 문인이나 여성 저널리스트가 아니면 이처럼 문학권력자 이문열에 대한 노골적 비판이 가능하기나 한 일인가. 이문열의 몇 마디 말로서도 베스트 셀러가 되는 판인데 말이다.

권성우의 4·19 세대 비평가들의 문학권력 문제에 대한 통찰이 인터넷 사이트에까지 옮겨와 논쟁을 벌이다 중지되어 아쉽기는 하지만, 이 사건으로 문학권력과 패거리주의에 대한 논란이 다시 불붙고 있음은 다행한 일이다. 그리고 한 사회과학자의 입을 빌렸던 것에 비하면 문학인 스스로가 이 문제에 대한 성찰과 논의를 개진했다는 데 대하여 기쁠 뿐이다. 이렇게 보면 독자들의 의식도 취약하다 못해 불쌍할 정도이다. 그러나 그들이 책 한 권 사서 읽는데 접할 수 있는 정보는 뻔하지 않는가? 신문의 문화면이나 광고 정도일테니 거기에서 또한 문화 권력을 돕는 또 하나의 매체 권력이 작용하는 것이다. 독자들은 그것을 아는 것일까? 모르는 것일까? 어렴풋이나마 알겠지만 분위기에 휩쓸리기 때문에 그들의 선택은 뻔한 길을 갈 것이다. 사실은 그들 뿐만이 아니다. 소위 책에 대한 안목과 자신이 주관이 뚜렷한 지식인들도 언론과 광고가 도서 구입의 중요한 정보가 되기도 한다. 호기심 때문에라도 화제의 책을 사서 보기도 하고, 그것은 또한 시류를 역행하지 않는 길일지도 모른다. 바로 이런 점 때문에 문학권력은 언론과의 유착을 도모하며 상업주의적인 실속까지 챙기는 것이다.

2. 문학의 독점 권력과 폐쇄성

비평가들이 특정 매체와 특정 문인의 박수부대가 되어 아부하는 동안 우리 문학은 몇 몇 패거리들에 의해 좌우되어 문학상, 문학기금을 선심 쓰고, 패거리 계열의 작가들만 보듬고 키우면서 그 곳에 줄서지 않은 대다수의 글쟁이들을 소외시키고 좌절케 한다. 어느 공개석상에서 신춘문예 평론 대상의 60퍼센트 이상이 자신이 관계하는 문지 출신의 작품이라고 자랑스럽게 얘기하는 한 비평가의 말에서 현재 한국 문학에 내재하는 독점 권력과 무서운 폐쇄성에 놀라지 않을 수 없다. 이 권력과 폐쇄성을 갖추기까지 어떠한 일들이 벌어지고, 또 벌어져 왔는가를 반경환의 글을 통해서 알아 본다.

왜, 그들은 노벨상의 심사위원들을 우리 위대한 한국인들이 모두 맡아야 된다고 주장을 하지 못하고, 김치수가 심사를 하면 김병익이, 김병익이 심사를 하면 김치수가 김주연이 심사를 하면 김현이, 김현이 심사를 하면 김주연이, 또, 이른바, 네 김씨가 심사를 하면 홍정선, 정과리, 성민엽, 권오룡이, 문학과 지성사의 구성원들이 예심과 본심을 모두 맡으면 황동규, 정현종, 오규원, 이인성, 이성복, 황지우, 임철우, 김원일, 이청준 등이 모든 문학상을 싹쓸이해 가는 하나님의 은총과도 같은 기적을 연출해내고 있는 것일까?

『비평과 전망』창간호(1999년 11월)에 실린 비평가 반경환의 글을 통해서 문학 사회의 반지성적인 독점 권력과 패거리 의식의 폐쇄성이 어떻게 벌어져 왔는가 똑똑히 살펴볼 수가 있다. 그러지 않고서야 어떻게 신춘문예 문학평론 부문 응모자가 테마로 삼은 평론의 60퍼센트 이상이 문지 출신 혹은 문지와 가까운 사람들의 작품들 일색이라는 말이 서슴지 않고 나올 수 있단 말인가? 평론에 응모하는 사람들도 이미 그런 것들을 알고 있었을 것이다. 누가 심사위원이며 심사위원들이 호감을 갖게 하자면 누구의 작품을 대상으로 해야 하는가를. 이것은 무서운 일이다. 이 독점 권력의 폐쇄성은 결국 우리 문학의 숨통을 죄며 그들 입맛에 아첨하는 부류들과 그들의 글만을 활개치게 만든다. 그들 집단에 머리 숙이고 들어온 자들과 벌이는 잔치로, 멋모르는 독자들은 호주머니의 돈을 꺼내 책을 사 읽고 우리 문학은 세계 무대에서 외면 당할 수밖에 없는 것이다.

또한 이들이 금과옥조로 삼는 외국문학 이론들은 해외에서 공부하고 들어온 유학파들이 전리품처럼 챙겨와 풀어놓는 수입품으로서 베껴먹기에만 좋을 뿐인 것들이다. 우리 문학의 새로운 창출보다는, 빨리 먹기는 곶감이 좋다고 그저 남의 것 베껴서 포장 잘해 놓으면 우선은 산뜻해 보이니까 적당히 버텨나간다. 그러는 사이 한국 문학은 세계에 내놓을 우리 식의 새로움도 없이 늘 남의 모방으로 끝내게 되는데 이것을 누가 책임질 것인가? 이런 패거리들이 문학권력을 독점하는 시대가 끝나야 우리 문학이 새롭게 발돋움 할 수 있다. 문화 다원주의 시대에 폐쇄된 독점 권력이라니, 될 법한 일인가? 여기 저기서 분출해 나오는 다양한 에콜과 공정한 경쟁을 부추겨야 되며,

문학권력을 등에 업고 상업주의에 편승한 패거리 집단의 해체가 이루어지지 않는다면 한국 문학의 미래는 결코 밝지 않다. 그렇지 않아도 다양한 대중 문화의 홍수 속에서 위축되어 가는 문학을 위하여 패거리 문학이 어찌해야 하는지는 너무도 자명하다.

구상, 영원성을 추구하는 시인

강폭에 싸인 여의도는 늘 안개에 젖어 있는 듯 하다. 아니 꿈을 꾸고 있는 듯 하다. 여의도의 깊숙한 곳, 이를테면 방송국이나 국회 의사당과 같이 삶과 그늘이 늘 역동적으로 움직이는 그런 곳과는 일정한 거리에 있는 내가 올림픽 도로로 훌쩍 지나가면서 곁눈질해 보는 여의도는 언제나 그렇게 느껴진다. 그 여의도에 구상 시인이 산다. '관수제(觀水齊)'라는 구 시인의 당호에서도 느낄 수 있듯이 강 가에 사는 시인은 강을 통해서 시를 보는 눈과, 세계를 인식하는 영감을 얻어내는지 모른다.

구상 시인의 시 <강>이 떠오른다.

갈대와 수초 그리고 바람의 영상이 문득 내 머릿속을 스쳐간다. 그러나 그것만이 아니다. 그건 겉으로 그려낼 수 있는 현상일 뿐이다. 최근의 시집(1998년)『인류의 盲點』서문에서도 구상 시인이 밝혔듯이 水는 心과 같은 뜻이므로 '관수(觀水)'란 마음을 바라본다는 의미도 담겨 있는 것이다. 그러므로 그 강은 시인이 평생을 추구하던 구도 수행, 혹은 인류 보편적 감각과 존재관을 담고 있다 함이 옳을 것이

다. 구상 시인이 전설적인 성인 '그리스도 폴'의 일화를 작품의 모티
프로 삼은 장시 <그리스도 폴의 江>에 심혈을 기울였던 사실도 강
에 대한 시인의 뜻을 짐작하게 한다. <강>을 읊어 본다.

아침 강에
안개가
자욱 끼어 있다.

彼岸을 저어 가듯
太白의 허공 속을
나룻배가 간다.

기슭, 白楊木 가지에
까치가 한 마리
요란을 떨며 날은다.

물밑의 모래가
여인네의 속살처럼
맑아 온다.

잔 고기떼들이
生來의 즐거움으로
노닌다.

黃金의 햇발이 부서지며
꿈결의 꽃밭을 이룬다.

나도 이 속에선
밥 먹는 짐승이 아니다.

- <江> 중에서

구상 시인의 시 「강」은 그 일부가 서울 천도 육백 주년 기념 시비의 하나로 여의도 강가에 세워졌다.

아파트 현관문을 들어서니 새 소리가 요란하다. 베란다 쪽을 보니 색깔 고운 새들이 한창 흥겨웠다. 구상 시인은 낯선 손님이지만 반갑게 맞이한다. 사진에서 자주 만나던 얼굴, 구 시인이 종교인이 아니라고 해도(실상 구상 시인은 독실한 카톨릭 신자이며, 대학에서도 종교학을 전공했다), 그 얼굴에서 느껴지는 인상은 구도적이고 명상적이며, 그리고 부드러움이 배어 있어서 종교적 분위기와 가깝다고 하지 않을 수 없다.

"선생님, 새소리가 요란하군요."

"이런 아파트 숲에서 자연을 느끼기 위해 새를 키우죠."

그렇구나. 강이 가까이에 흘러가고 있어도 여의도는 아파트 숲으로 이루어진 도심의 일부분이구나. 나는 며칠 전 신문에 실렸던 구상 시인의 칼럼에 대해서 이야기했다.

"선생님이 지난 2월 19일 『조선일보』에 기고한 '마음의 눈이 먼 세상'이라는 글을 잘 읽었습니다. 이 글에서 선생님은, 오늘날 우리는 마음의 눈이 멀어 육안으로는 안보이는 인간의 사리나 도리는 팽개쳐 버리고 물질만능의 풍조에 젖어 있다고 세태를 준엄하게 꾸짖고 계십니다. 다시 말하자면 인류를 깨우치고 규범 생활을 확립해야 한다는 뜻이 선생님의 글에 담겨 있습니다.”

"준엄하긴요. 기독교의 십계명처럼 불교에는 십악도라는 것이 있어요. 거기에 기어(綺語)라는 말이 있어요. 말만 번드레 하고 진실이 담겨 있지 않은 말을 뜻합니다. 이런 것을 우리는 경계해야지요”

그런데 이와 같은 마음의 눈(心眼)을 잃고 사는 시대일수록 문학은 사람들로부터 소외당하고 있으며, 그럴수록에 문학은 마음의 눈을 담는 그릇으로서 제구실을 다해야 하는 어려움에 빠진다. 이런 시대에 시인과 시는 어떠해야 될까. 구상 시인이 <시와 綺語>라는 작품을 쓴 것도 그런 갈등이 담겨있다고 본다.

> 나의 입술에 담는 말이
> 치장이나 치레가 아니요
> 진심에서 우러나오게 되며
> 나의 눈과 나의 마음에서
> 너의 색안경을 벗어버리고
> 세상 만물과 그 실상을 보게 해다오.
>
> 오오 시여! 나에게서 떠나다오.
> 나는 이제 너로 인해 더 이상
> 綺語의 죄를 거듭 짓고 짓다가
> 無間地獄에 들까 저어하노라.
>
> — <시와 綺語> 중에서

우리는 여기에서 구상 시인이 추구하는 진실과 또 그의 인품을 함께 엿볼 수 있다. 차를 마셔가며 하는 대화는 점점 무르 익는다. 구상 시인의 문학 역정을 말할 때 소위 '凝香' 사건을 빼놓을 수 없기 때문에 많이 알려진 일이지만 다시 질문했다.

"아무래도 선생님의 문학을 얘기하면서 서두에 빼놓을 수 없는 것은 시집『응향』사건이 아닐까 합니다. 1946년 원산 문학가동맹에서 발간했던 이 시집엔 구상 시인의 작품을 비롯해서 강홍운, 서창훈, 이종민 등의 시가 게재되어 있었습니다."
"당시 원산 문예총 위원장인 박경수가 신문이나 방송 등에는 동원 안할테니 시집 발간에 작품을 꼭 달라고 해서 주었는데, 반인민적인 글이라고 필화를 입게 되었지요."
"그 때 선생님은 무슨 일을 하고 계셨나요?"
"원산 여자사범학교에서 강습과의 교육사조와 국문을 담당 했어요. 아무리 공산당 치하이지만 해방 후 첫 발간 시집이고, 문학 동인들과 우애도 있고 해서 작품을 냈던 거지요. 문예총 위원장 박경수는 책 이름을 향기가 모여졌다 해서 凝香이라고 했으며, 표지를 한지로 써서 고풍스럽게 했던 것도 그의 취향이 배어 있었어요. 장정은 이중섭이 맡아 群童像이 표지에 그려졌고……"

그러나『응향』은 1947년 정초, 북한의 신문마다 일면 톱으로 북조선 문학예술총동맹 상임위원회의 규탄 결정서가 게재되며 큰 파장을 일으키게 된다.『응향』에 게재한 시인들 가운데 유일하게 비 공산당원인 구상 시인은 신변의 위협을 느끼고 남하하지 않으면 안되었다. 이 때의 과정과 심경을 구상 시인은 다음과 같이 기록한 바 있다.

그날 내가 원산 거리와 골목을 지향없이 헤매며 치르던 남모르는 정신적 고통과 신음은 연원히 잊을 수가 없다.

우선 그날 밤은 처가에 가서 은신해 자고 다음 날 죽마지우인 모 기관의 책임자로부터 신변이 위급하다는 정보를 입수한 다음 그의 도움으로 위조 출장 증명서 등을 갖추어 가지고는 검열이 계속 중인 사흘 째 되는 새벽, 서울을 향하여 떠났던 것이다. 그러나 38선 경계선 연천에 와서 보완서원에게 체포되고 말았다. 하여 간 문자 그대로 구사일생, 1947년 2월 중순 서울에 닿았다.

— 「시와 삶의 노트」

아무튼 구상 시인이 남하한 후에도 『응향』 사건은 뒤쫓아 와 남로 당계 문학가 동맹 기관지 『문학』 3호에 대서특필 전부 실리자, 민족 진영에서도 항의 논박하는 반론이 제기 되었다. 즉 김동리가 『백민』 에 <문학과 자유의 옹호>를 게재하는 한편 조연현, 곽종원, 임긍제 등이 가세했던 사건이다.

"『응향』 파문으로 선생님은 결국 월남하게 되고, 이후 6·25 체험 등과 더불어 역사적 현실을 깊이 깨닫는 계기가 되었을 것으로 생각합니다. 선생님의 시집 『焦土의 시』나 『木瓜 옹두리에도 사연이』에 이러한 역사 체험이 깊이 있게 그려져 있다고 평가되고 있습니다. 저자의 입장에서는 이러한 시들을 어떻게 평가할 수 있겠습니까?"

"나는 역사 의식이 강한 사람이예요. '응향' 사건도 있었지만, 휴전이 된 후에도 이승만 독재 반대 투쟁에 앞장 서서 『민주고발』 이라는 사회 평론집을 냈다가, 이적 혐의를 뒤집어 쓰고 투옥되기도 했어요. <초토의 시> 같은 작품에서도 섭리와 자유, 선과 악, 이념과 민족 등의 실존 의식과 감정을 구상적으로 표출하고자 했지요."

　시인은 『구상 전집』을 펴서 <초토의 시 2>를 읽어 준다. 이 시에는 전쟁이라는 역사적 현실이 낳은 산물, 바로 한국 여인이 낳은 검둥 어린애가 등장한다. 구 시인은 이 작품을 통해서 우리 전통 정신의 붕괴와 변이가 전쟁을 통해서 어떻게 진행되고 있는가를 검둥 아이의 동심을 통해서 표현하고 있다. 흑인 병사로부터 받은 지폐 몇 장의 소산, 이미 전쟁이 끝난지는 오래 되었지만 당시의 역사적 현실이 읽는 이에게 가슴 저미게 한다.

　"실향민인데 금강산 관광 한 번 안하시겠습니까?"
　"이제 금강산을 통해서 막 터진 남북 왕래의 물꼬가 나 때문에 혹시라도 어려워지면 어쩌나 하는 생각이 들어요. 『응향』 사건도 있었고 해서. 현재로는 말하기 어렵지요."
　"선생님은 독실한 카톨릭 신자이고, '그리스도 폴'이라는 전설적 성인을 모티프로 하여 <그리스도 폴의 江>이라는 연작시를 『시문학』에 1983년 9월부터 25개월간 연재한 바 있습니다. 선생님의 문학 세계에서 신앙은 어떤 역할을 하고 있는지 말씀해 주시지요."
　"제일 애착을 갖는 시지요. 영국에서도 영역이 되었어요."
　"선생님은 대학에서 종교학을 공부 하셨지요?"
　"그래요. 그 당시 지금으로 말하자면 문학 창작을 공부하는, 이를테면 문창과와 종교학과 두 군데 입학 시험에 붙었는데 종교학을 선택했어요."
　"선생님이 카톨릭 신자라는 것은 잘 알려져 있습니다."
　"그런데 일본이 불교가 번성했던 나라여서 그런지 커리큘럼에

다른 종교에 관한 공부는 원론적인 정도에 그치고 대부분은 불교에 대한 깊이 있는 공부였어요. 하하, 그래서 내가 스님들과 이야기를 해도 불교에 대해서 잘 알기 때문에 잘 통하지요. 그런데 궁극적으로 범신적인 과학자 테이야르 드 샤르맹처럼 범신적인 의미랄까, 하여간 인간의 구경적인 문제에 나는 관심을 가졌지요."

"기독교에서 그런 점이 인정되는지요."

"1935년 로마 카톨릭회에서 비기독교에 대한 선언문을 채택했으며 나도 환영하는 바인데, 비기독교의 참된 것, 거룩한 것에 거짓없는 존경심을 갖고 그들의 예배 양식에 대해서도 존경심을 갖자는 내용이 있었어요."

"지난번 길상사 개원식에 법정 스님을 위해 참석했던 김수한 추기경의 모습과 그 답례로 명동 성당을 찾은 법정 스님의 모습을 티 브이 뉴우스에서 보았는데 참 좋아보였습니다."

한국처럼 종교가 번성하는 나라는 없다고 한다. 무엇이 우리로 하여금 그토록 종교적 세계에 빠지도록 하는 것일까. 현실의 삶이 고통스러워서일까. 그래서 내세의 삶을 꿈꾸는 것일까. 아무튼 신을 경배하고 참선을 통해서 수행하는 종교적, 구도적 자세는 훌륭하다. 때로 경전에 새겨진 말씀은 샘물처럼 우리의 마음을 맑게한다. 나는 종교를 갖고 있지 않지만 종교의 이런 긍정적인 면을 인정한다. 그러나 같은 종교 단체끼리의 싸움, 혹은 서로 다른 종교에 대한 비방, 이런 것은 밥그릇 싸움처럼 보여서 보기 싫다. 돈에 눈이 멀면 부패한다는 것은 종교에도 예외일 수 없다.

"선생님의 시는 얄팍한 감상적 차원에 머무르는 시를 배격하고 형이상적인 인식의 세계에 도달하고자 하는 매우 깊이 있는 시를 쓰려고 노력하신 걸로 알고 있습니다."

"그래요. 나는 영원 불멸의 문제에 관심을 가져왔어요. 올 해 신년 카드에도 - 오늘도 영원과 연관된다- 라는 글귀를 인쇄해서 사용했어요."

"선생님 시는 우리 문단에서는 흔하지 않은, 근원적인 문제에 대한 성찰로 한국시의 깊이와 폭을 넓히는 데 일조를 했다고 봅니다. 그런데 시가 그런 깊이를 담다 보면 형식과 표현에 대한 면밀함과 긴장성의 부족 같은 어려움도 있을 수 있을텐데요.너무 관념에 흐른다거나 하는 점 말입니다."

"나도 시의 형상성에 관심이 깊어요. 한 때는 폴 발레리 시의 상징에 대해서도 깊은 관심을 가진 적도 있었고. 그러나 너무 상징화 하면 남이 이해 하지 못하죠. 그래서 담시 형태 같은 형식도 취해 보고. 나의 시에서 <휴전선>이나 <가을 병실> 같은 시는 형태적인 면에서도 매우 독특하다고 봅니다."

구 시인이 짚어준 시 <가을 병실>을 읽어 보았다. 오랫동안 폐결핵으로 고생하며 건강이 안좋았던 구상 시인이 이 시의 화자일 것이다. 시인의 마음은 길 잃은 기러기에 투사된다. 그리고 가슴 텅 빈 자리에 내려 앉는다. 무엇보다도 이 시는 표현 형식에 많은 신경을 썼다고 본다. 이런 형태적 배려도 한 시인의 시세계를 살찌우는 것일게다.

가을 하늘에
기러기떼 날아간다.

내 앓는 가슴 위에다
긴 그림자를 지으며
北으로 날아 간다.
한 마리 한 마리 꼬리를 물 듯이
一直線을 그으며 날아 간다.

　　팔락
　　　팔락
　　　　팔락
　　　　　팔락
　　　　　　팔락
　　　　　　　팔락
　　　　　　　　팔팔
　　　　　　　　팔락
내 가슴 空洞에 내려 앉는다.
　　　　　　도
　　　　　레
　　　　　미
　　　　파
　　　솔
　　라
　시
마지막 한 마리는
내가 붙잡았다.

　　　　팔딱
　　　팔딱

내 가슴이 뛴다.
　　　　끼럭
　　　　끼럭
　　　　끼럭
내 가슴이 운다.
　　끼럭
　　끼럭
　　끼럭
하늘이 운다.
　　　　끼럭
　　끼럭
나는 놓아 보낸다.

— <가을 병실> 중에서

한 때 깊은 병에 시달리던 한 시인의 형상이 떠 오른다. 아무리 형이 상학적, 혹은 우주적 존재에 천착해 있다 해도 가을 병실에 누워 있는 시인은 고독해 보인다. 흔들리는 나뭇잎처럼 애처롭다. 그리고 그것이 사람이다.

구상 시인과의 대화에 많은 시간이 흘렀다. 구 시인은 사양하는 내게 녹차 한 잔을 더 내오게 한다. 조용한 아침 시간, 원로 시인과의 대화 그리고 한 잔의 녹차는 향기롭다. 나는 오늘날 우리 시단의 병폐가 있다면 무엇인지, 우리 문학이 어떤 방향으로 나아가야 할 지 묻는다. 시인은 말한다. 많은 시들이 쏟아지지만 생각의 깊이와 높이, 그곳에 등가량의 진실이 없다. 즉, 언어와 생각을 이원적으로 생각하지 말자. 말에는 신령이 담겨 있다고 보는데 감동을 주는 시를 써야 한다. 요설적 언어, 현란함은 시의 경박함을 드러낼 뿐이다.

대화 중에 전화가 왔다. 근래 이중섭 그림 전람회가 열리고 있는데, 시작 당시 테이프 컷딩을 했던 구상 시인이 왜 다시 안오시냐는 것 같았다. 알다시피 구상 시인과 이중섭은 가까운 사이였다고 하니 그럴만도 하다. 그러나 구시인은 작년에 교통사고를 입은 후 건강이 안좋아서 되도록 바깥 출입을 금하고 있다 한다. 그러나 요즈음도 구상 시인은 바쁘다. 이 달에도 시를 네 편이나 발표했으며, 비문 등을 써 달라는 요청을 받고 거기에 매달리기도 한다. 건강이 많이 회복되었다는 증좌일 것이다.

문단의 까마득한 후배, 아니 제자뻘 되는 사람에게 진지한 말씀을 주신 구상 선생님께 진심으로 감사드린다.

<구상시인과의 대담>

5

새로운 시대의 문학적 패러다임과
동인지 『교향』

1. 새시대의 문학과 패러다임

　지금 세상은 온통 새 즈믄해 맞이에 들떠 있는 것 같다. 한 세기를 보내는 것도 가슴 벅찬 일인데, 천년의 해를 보낸다는 것은 또 얼마나 감격스러운 일인가? 지나간 것에 대한 아련한 그리움과 함께 다가오는 새 날에 대한 희망이 함께 교차되는 요즈음이다. 신문에서도 지난 천년, 혹은 지나간 백년의 흔적을 더듬으며 기록될만한 사건들을 날마다 장식한다. 정말 세기가 바뀐다는 것은 그토록 흥분되는 일일까?

　새로운 세기가 되면 문화, 정치, 의식 등 많은 부문에서 새로운 패러다임이 형성될 것이라는 것은 많은 관측자들의 공통된 의견이다. 문학조차도 그리될 것임은 너무도 자명한 일이며, 그 변화의 모습을 우리는 이미 보아온 터이다. 그 변화는 조금씩 느리게 진행되어 왔지만 앞으로는 변화의 속도를 예측하기조차 어려우리라는 것이 필자의 솔직한 느낌이다. 엘빈 커넌(Albuin Kernan)은 그의 저서 『문학의 죽음』에서 오늘 날 문학이 존재하는 곳은 대학의 문학 관련 학과 정도라고 말한 바 있다. 따라서 대학 밖에서 예술성 있는 소설이나 시를 읽는 사람은 극소수이고, 더구나 그러한 시와 소설이 세계에 심각한 영향력을 행사한다고 믿는 사람은 없다고 단언한다. 우리는 자신의 성장기에 큰 영향을 끼쳤던 책 중에서 훌륭한 문학 작품을 꼽았던 지난 시대의 사회적으로 성공했던 인물들을 기억하고 있다. 그러나 지금 시대에는 그런 사람들을 찾기란 쉽지 않다. 빌 게이츠나 손정의처럼 정보통신 사업으로 거부가 된 사람들의 자서전을 읽고 더 감동한다거나, 박찬호나 마이클 조던과 같은 운동 선수의 성공 스토리에 더 많은 영향을 받는 시대에 와 있는 것이다. 과연 이 시대 는 문학 작품이 던져주는 삶의 깊은 고뇌와 내성(內省)의 시간들을 거부하는 것일까? 그러나 아직 우리 사회에서는 걱정할 것 없을 것 같다. 책방에 시집과 소설책이 넘쳐나며, 문학상이 범람하고 때로는 추문으로 문학 동네를 부끄럽게 하기도 하지만, 이런 것들은 우리 사회에서의 문학에 대한 관심을 짐작케 하는 것이니 오히려 다행스 럽게 생각한다. 그러나 문학이라는 거룩한 이름마저도 점점 상업주 의에 물들어 화폐의 교환 가치로 평가되고, 인간의 정신마저도 팔아 먹다가 결국 대중들에게도 버림받게 될 지 모를 앞으로의 운명이 더 두려운 것이다. 그리하여 모두가 배부른 돼지가 되어 비단 옷 입 고, 진주 목걸이 걸고 뒤뚱대며 거리를 활보할 타락한 영혼들의 시대 가 두려운 것이다.

그러나 아직은 안심하고 싶다.

아이들은 컴퓨터 게임에 몰두하고, 만화에 정신을 빼앗기기도 하 지만 그것은 그것대로 필요한 이 시대 문화의 한 단면일 것인즉, 다양 한 문화적 흐름이 오히려 우리의 자산이 될 것임에 의심하지 않는다.

더구다나 내가 앞으로 서술할 '교향'과 같은 문학 동인들이 많다는 것은 아직도 우리 삶의 본질적 가치를 추구하는 선비 정신을 가진 사람이 많다는 것이니, 좌절은 때 이른 것이라 새 즈믄의 시대에도 우리는 희망을 버리지 않는다.

2. 욕망과 생태문학과의 관계

앞으로의 파워 엘리트는 인터넷 정보사업자라고 언론에서 크게 보도한 바 있다. 전통적인 엘리트 집단이랄 수 있는 판,검사나 정치인 의사들에 대한 선호도는 급격히 줄어든다는 것이다. 이것은 분명 의식과 생활의 패러다임 자체가 변하고 있다는 반증이 될 것이다. 이러한 의식 속에 새로울 것도 없지만은 꼭 필요한 물질 만능의 20세기로부터 변화되어야 할 것은 환경과 생태, 생명 존중의 문제로 이것은 새로운 시대의 화두가 될 것이다. 문학 또한 이 문제로부터 자유로울 수 없다. 실제로 요즈음 많은 문학 잡지에 이 문제가 자주 특집으로 다루어지고 있으며, 이와 관련된 작품들이 탄생되고 있다.

『교향』에도 이러한 시들이 있는가 살펴보았지만 겉으로 드러날만한 주목할만한 시는 찾지 못했다. 그만큼 교향 동인들은 어떤 이념이나 유행에 물들지 않고 각자의 문학적 세계를 묵묵히 걸으며,서로 다른 악기로 연주하되 완전한 화음을 지향하는 교향악의 정신을 담은 동인회라고 생각된다. 그러나 직접적으로 환경과 생태 문제를 드러내지는 않고 있지만, 인간 욕망에 대한 절제나 비판의식은 노·장(老莊)의 자연 중심적인 사상에서 추정할 수 있는 에콜리지즘의 철학적 바탕이 된다고 볼 때, 교향 동인들의 시 또한 그런 관점에서 논할 만한 작품들을 찾을 수 있다. 인간의 욕망은 물질적 안락함을 끝없이 추구하며 유한한 자연을 자연 그대로의 상태로 두지 않는다. 부수고 개발하면서 끝내 생명 자체까지도 위협받게 되는 위험수위에 와 있는 것이다. 허정자수(虛靜自守)의 깨우침은 환경과 생태 문제를 생각함에도 그대로 어울리는 말이라 하지 않을 수 없다.

　　"아홉 평형 영구 임대주택 분양받기는 영 글렀나 벼유 수서동 답 일번지에 비닐 하우스만 지어놓고 가락동 아파트 동방구리 쥐 들락 거리듯 하던 자가용족도 용케 분양권을 얻었다는 헛소문이 파다헌디 우리네는 고놈의 막내녀석이 동네 깡패헌티 갈비뼈를 다치는 바람에 호박씨 모 붓던 날부터 여직껏 결석한 그 놈 다리 좀 피구 뜻뜻한 방바닥에라도 누워보라고 은행빛 보태어 코막쟁이 만한 방 한칸 장만한 것이 고것이 탈이 됐구먼유 사실적으로 놀려두고 있는 남의 논테기 빌려 사시장철 뜯어내두 돋아나는 상추랑 부추랑 따낼수록 잘 여리는 마디 호박 고것들을 가락시장에 내다팔아 밥 굶지않는 재미로 우리 다섯 식구 비닐하우스 속에서 개미나 진배없이 여태 일하고 먹고 자고 했넌디 우리 보고 연고권도 없는 투깃군같이 취급 허는구먼유 십여 넌간 비닐 하우스 속에서 손톱 발톱 닳도록 일하고 먹고자고 했넌디 무신 벱이 없대유……"

　　몇 해 전 어느 채소장수 아저씨의 장광설이 자꾸만 떠오른다
　　　　　　　　　　　　　— 이기희, <수서동을 지날 때마다>

　　이기희의 이 시를 통해서 우리는 흔히 수서게이트라고 했던 80년

대 말의 무성했던 소문들을 기억할 수 있다. 택지개발, 주택공급이라는 명목 하에 떼돈을 노리던 재벌(이 재벌은 끝내 천문학적인 은행돈을 빌어 쓰다 부실기업화 되어, 부도가 나고 국가 경제를 IMF로 가게 만든 원인을 만들기도 했지만)과 정치권의 유착, 아파트 프레미엄을 노리고 파리떼처럼 달려붙었던 투기꾼들은 끝간데 모르는 욕망의 군상들이다. 그들 뿐이 아니다. 이 시대를 사는 우리 모두는 크던 작던간에 그러한 물질적 욕망의 회오리 바람 속에서 우리를 되돌아 볼 자성의 시간도 없이 여기까지 흘러온 것이다. 산을 뭉개어 아파트와 공장을 짓고 하천은 썩어들어가는 동안 우리들 삶의 조건도 찌들어가고 황폐화 되어, 이 지구라는 전장(戰場)에서 견디지 못하는 많은 생물 종種이 화석으로나마 남거나, 생물 교과서의 한 귀퉁이에서나 만날 처지가 되어 있는 실정이다. 강하지 못한 생물들이 사라지 듯 인간의 세계에서도 강하지 못한 자는 이리 저리 채이는 역경을 짊어질 수밖에 없는 것일까. 그러나 끝내는 모두가 함께 사라질지 모르는 위기를 극복하자는, 즉 공멸이 아닌 공존의 사상이 에콜리지즘의 요체인 것이다. 위의 시에서도 힘 있는 엉뚱한 자들만 개발권을 따내고 정작 그 땅에서 정직하게 채소를 가꾸며 십 여년간 비닐 하우스 속에서 자연과 친화하며 살아온 자에겐 이 시대의 개발 정책은 외면한다. 이 시인이 수서동을 지날 때마다 어느 채소 장수의 장광설이 떠오르는 것은 욕망과 생태 문제와 공멸이라는 삼각 구도가 함께 맞물려 있기 때문이다. 이 시인의 또 다른 작품 「가는 봄」에서도 그러한 구도를 읽을 수가 있는데 일부분 소개하면 다음과 같다.

　　철거 끝낸 재건축 아파트 단지

간판들만 동그마니 붙어있는 텅빈 상가 입구
먼지 뒤집어 쓴 헌 냉장고 위로
늙은 벚꽃나무 하나 탐진 슬픔을 털어낸다
하르르 꽃비로 쏟아낸다
불일간 헐릴 상가교회 첨탑밑에 튼
까치 둥지가 위태롭다
— 이기희, <가는 봄> 중에서

개발은 과연 우리를 얼마나 더 행복하게 해줄까. 벚꽃나무도 까치
도 다 떠난 황량한 아스팔트 위에 인간의 행복지수는 상승되는 것일까.

사람들은 풀과 꽃들을 간지르며 노래하다가도 정작, 살 베거나
밟고 꺽어대면서
피 흘리는 꽃들의 신음에는 마음 쓰지 않는다.
몇 천억 광년 반짝이며 흘러온 씨앗,
그 고운 빛발이 훈풍을 만나 꿈꾸는 듯
신명나게 옷자락을 한들이며 춤출 때
개똥벌레들은 잠든 어둠 일깨워 별들을 보듬어 내며
휘황히 불꽃을 피운다.
— 김성호, <雜草> 중에서

물질적 열반을 꿈꾸었던 이 도시
그 옛날 사람들 마음의 열반을 위해 산천을 떠돌았듯
가는 곳이 길이고 눕는 곳이 집인 이 도시 기슭을
나 또한 무량 무량 떠돌기로 마음을 바꾸었어
집 걱정에 자식 걱정 근심 많은 사람들,
금리와 주식에 예민한 사람들은 모를 거야

아무렇게나 먹고 자는 내 삶의 즐거움에 대해

              — 전 민, <길 위의 잠> 중에서

피자 햄버거 후라이치킨을 먹지 않아도
백원짜리 눈깔사탕, 새우깡 한 봉지면
왼종일 들꽃처럼 흔들리며 잘 논다
가진 것 없어 더 푸른 산동네 아이들은.

        — 조수옥, <홍제동 연가 — 아이들> 중에서

　김성호와 전민 시인의 시에서 공통적으로 느낄 수 있는 것은 자연에 대한 순응이다. 자연 그대로의 아름다움, 자연의 순리에 따르는 즐거움은 노·장(老莊)의 자연 중심적인 사상에서 비롯되는 에콜리지즘의 기본 바탕이 된다. 물질적 욕망으로부터의 자유로움을 구가한다면 종교적 구도의 경지로 가는 것임에 틀림없다. 거기에다 전민 시인의 시에서 보듯이, 무량 무량 떠돌이 삶이나, 아무렇게나 먹고 자는 삶의 즐거움을 얻게되었다면 이미 욕망으로부터 자유로와졌다는 것일지도 모른다. 그가 "사철 내내 눈발 펄펄 날리는 세한도 속으로 / 저벅 저벅 큰 걸음으로 들어가야 겠다"고 그의 시 <세한도 속으로>에서 말하고 있음도 이 시인의 사유체계 일단을 엿볼 수 있는 대목일 듯 싶다. 조수옥의 시에서 말하는 "가진 것 없어 더 푸른 산동네" 역시 위와 같은 관점에서 해석할 수 있을 것이다. 따라서 새 시대의 화두가 될 생태주의 문학은 교향 동인들의 시에서도 이미 움터 있음을 확인할 수 있다.

3. 다양한 색깔과 문학적 완성

교향 동인들이 공통의 의식을 갖고서 같은 방향으로 나아가고자 하는 시의 흔적을 그들의 동인지에서 찾기는 어렵다. 만약에 굳이 공통의 방향을 찾고자 한다면 좋은 시, 훌륭한 시에 대한 창작 의욕이라는 점을 알 것이다. 그러므로 형식과 내용에 대한 각별한 에꼴을 추구하지 않는다 해도 좋은 시를 통해서 화음을 이루고자 하는 교향의 정신은 이 동인지에 고스란히 배어 있다.

우리 동인됨의 첫째가 온화한 사람됨이고, 둘째, 그 사람됨의 화음을 이룸이고 셋째, 마음깔 따라 집짓는 장인정신(솜씨)가 각양각색이어서, 현대음악(불협화음 12음 기법)풍의 난곡도 자유자재로 패러다임할 수 있어 어느 누가 지휘하더라도 목관현악 12중주쯤은 탄주해 내리라는 생각이 든다.

— 『교향』2호, 편집후기 중에서

위의 글을 통해서 교향 동인들은 각자의 솜씨에 따라 작품을 빚어내되, 현대시가 추구하는 어떤 방향의 문제라도 시 속에 담아낼 수 있는 치열한 문학정신으로 무장한다는 뜻을 읽어낼 수가 있다. 무슨 무슨 주의니, 시운동이니 하는 문예운동에 가담하지 않더라도 묵묵히 나의 세계를 담은 시, 언어의 조탁을 통해서 언어의 미학을 세우는 시, 떠들석하지는 않더라도 이런 시를 쓰는 시인들이 많기에 우리 시단의 저변 또한 든든하다고 본다.

흐르는 강물에도 세월의 흔적이 있다는 것을

겨울, 북한강에 와서 깨닫는다
강기슭에서 등을 말리는 오래된 폐선과
담장이 허물어져 내린 민박집들 사이로
하모니카 같은 기차가 젊은 날의 유적들처럼
비음 섞인 기적을 울리며 지나는 새벽
나는 한떼의 눈발을 이끌고 강가로 나가
깊은 강심으로 소주 몇 잔을 떨구었다
조금씩 흔들리는 섬세한 강의 뿌리
이 세상 뿌리 없는 것들은 잠시 머물렀다
어디론가 쉼 없이 흘러가기만 하다는 것을
나는 강물 위를 떠가는 폐비닐 몇 장으로 보았다
　　　　－ 여 림, <겨울, 북한강에서 일박> 중에서

　서정시가 독백의 문학이라는 것은 일반적으로 알려져 있는 사실이다. 그래서 디이터 람핑(Dieter Lamping)은 서정시의 발화 방식을 논하면서, 서정시를 대화적 발화와 구분되는 독백적 발화라고 말한다. 또한 그 독백은 대응 발화를 지니지 않기 때문에 어떤 상황에 연관되지 않는 절대성을 지니며, 구조적으로 단순하다고 했다. 여림의 위의 시 또한 그 범주 안에 있다. 그의 독백은 어디에나 시간의 흐름과 세월의 흔적은 있는 법이며, 그럼에도 불구하고 세상에 뿌리내리지 못한 것들은-그것이 사람이든, 사물이든 간에－흔적마저 남겨놓지 못하고 쉼없이 흘러만 가야 하는 슬픔이라는 것을 강물을 통해서 혹은 폐선이나 민박집 폐비닐 등의 구체적 사물의 이미지를 통해서 말하고 있다. 그것은 누군가와의 대화에서 얻어진 것이 아닌 자신만의 절대적인 독백이다. 물론 서정시의 원리를 이렇듯 단순하게 말하

는 것 자체가 모순일 지 모르지만 여림의 시들은 그 발화 방식에서
일반적인 서정시의 모습을 잘 드러내고 있다. 더군다나 이 시인은
<밥이 내게 말한다>와 같이 대상과 세계를 관찰하는 눈이 매우 섬
세해 보인다.

비유와 상징적인 언어를 통해서 시적 대상을 다루는 기술은 언어
의 참신함을 생명으로 삼는 시쓰기에서 늘 고심하게 만드는 부분이
다. 생래적으로 시인은 새로운 이미지와 새로운 느낌의 형식을 찾고
자 하는 언어의 대장장이일 것이다. 근래에 난무하는 장광, 요설과
같은 걸러지지 않은 시들도 보기에 따라서는 함축적인 단아한 시에
대한 새로운 반발로서 그 자리를 잡은 것이라고 할 수 있으며 형식의
낡은 틀을 벗어난 듯한 느낌을 주었던 것도 사실이다. 그러나 정제되
지 않은 산문의 행갈이 같은 시가 많은 현실에서 교향 동인들의 작품
은 절제된 미덕을 갖추고 있다.

> 기약도 없이
> 마냥 기다리게 해놓고
> 아무런 예고도 없이
> 수만 마리 말을 몰고 들이 닥치는 사내
>
> 고함을 지르며
> 창을 휘두루며 칼날을 번쩍이며
> 벌판을 가로질러 달려오는 사내
> 땀방울 뚝뚝 떨어지는 주먹으로
> 창문을 마구 두들겨대는
> 성질이 급한 사내
>
> — 임문혁, 「소나기」 중에서

새벽이면 깨끗한 이슬 속에 자기 몸을 감추고
길목마다 파릇한 허방 하나 파놓고
아침마다 바삐 나를 부르던 길
그 길의 끝에 가면 물빛 그리움도 건져올릴 수 있다고
오래 오래 다짐을 하던
그 때에도 길은 실인 즉
미망의 안개 숲을 펼쳐놓고
주섬주섬 산자락을 걷어 올리며
곧장 세상으로 통하는 통로를 닦고 있었다
— 장병천, <숲의 길> 중에서

　임문혁의 시만 보더라도, 여름날 갑작스레 쏟아져 내리는 소나기를 이렇듯 생동감 있는 이미지로 표현하기란 쉽지 않다는 생각이 든다. 이 시에서 소나기는 수만 마리의 말을 몰고 고함 소리와 번쩍이는 창날로 벌판을 가로질러 오는 사내로 비유된다. 여름날 쏟아지는 소나기를 그려보면 역동적인 이 이미지들이 얼마나 적절한 언어들인지 감탄하지 않을 수 없다. 이 밖에도 세상으로 통하는 숲의 길로 자신이 걸어갈 곳을 길닦이 하는 장병천의 시, 최원영, 이지현의 시들 또한 자기 목소리를 제대로 내는 교향의 한 파트이며, 정보암의 신화적 모티브에서 얻어 온 시 또한 교향의 귀중한 한 파트임을 말하지 않을 수 없다. 플룻이 독주하는 동안 약방 주인처럼 졸고 있는 듯 하던 심벌즈가 갑작스레 콰앙 소리를 내며 새로운 분위기로 변화시키는 교향악의 세계처럼, 동인지 「교향」 또한 그러저러한 화음들로 이어지고 빛날 수 있으리라 기대된다.

6

짧은 비평, 깊은 생각

1. 인문학의 대중적 재생산의 문제

인문학은 과연 위기인가. 요 몇 년새 인문학에 대한 위기감이 고조되어 학부제를 실시하는 대학에서 학생들의 인문학 기피 현상은 매우 심각할 정도에 이르렀다. 소위 실용학문 쪽으로 학생들이 다 몰려가서 인문학의 핵심 분야라고 할 수 있는 문학, 역사, 철학 등의 학문 분야에 지원하는 학생들이 줄고 학과 존속의 문제까지 우려할 정도다. 21세기가 소위 문화의 세기라고 말해지는 가운데 벌어지는 이와 같은 현상들을 어떻게 해석해야 될까. 문화 발전의 중심에 인문학이 차지하는 역할이 결코 작지 않기 때문이다.

물론 이런 현상들이 나타나기까지 인문학자들의 책임도 크다. 시대가 바뀌고 문화의 생산자나 수요자가 대 변화를 일으키고 있어도 인문학자들은 오로지 대학 캠퍼스 안에서 책 속에서만 사유하고 학술적 글쓰기에만 몰두했기 때문이다. 학술적 글쓰기는 물론 인문학자들의 고유 영역이다. 대학의 교수 평가에서도 학술지에 발표된 논문은 가장 높은 점수를 받는다. 그러나 이제는 논문집에서 잠들어 있는 글들을 깨워서 대중의 바다, 문화의 바다에 던져 놓아야 한다.

누구나 낚시줄을 드리워 쉽게 건져내어 문화적으로 확대 재생산화 할 수 있도록 안내하고, 해설하고, 쉽게 풀어 써주어야 하는 시기가 온 것이다. 교수가 쓴 글로서는 처음으로 대 베스트셀러가 된, 미술사 학자 유홍준 교수의 『나의 문화 유산 답사기』는 학술지 속의 글들이 어떻게 대중들을 위하여 서비스 해야하는 지를 극명하게 보여주었 다. 이 방면의 오랜 연구를 거친 전문가의 깊이 있는 해설과 개성적인 문체는 일반인들의 문화재에 대한 안목과 수준 높은 문화재 관광의 새로운 장을 열었다고 본다. 그만큼 국민들의 문화 의식도 높힌 셈이라 고 평가할 수 있을 것이다.

그렇다고 누구나 대중적인 글쓰기에 몰두해야 되는 것은 아닐 것 이다. 다만 유연한 사고가 필요하다고 본다. 한 때 상아탑의 학자들이 대중과 가까와지면 따가운 시선으로 바라보던 때가 있었다. 그러한 아집이 오늘날 인문학의 위기를 불러 일으켰는지도 모른다. 사실상 학자들의 연구 업적물이 문화적 확대 재생산을 위해서 절대적으로 필요하다는 것은, IT 기술이 급속하게 발전하고 있는 현 시점에서도 그 기술을 꽃피울 수 있는 콘텐츠가 무엇보다 중요하다는 사실에서 알 수 있다.

문화의 세기, 지식기반 사회의 핵심 언어는 콘텐츠일 것이다. 그 문화 콘텐츠의 생산 토대는 누가 책임져야 하는가. 말할 것도 없이 그것을 감당할 수 있는 인문학자들의 영역이 가장 넓고 깊다. 예를 한 번 들어보자. 얼마전 일년이 넘도록 방영되면서 TV 드라마로 큰 인기를 끌었던 <왕건>은 촬영 세트장의 관광 상품화 등 많은 부문 에서 사회적 파급 효과가 컸던 것으로 알려져 있다. 그런데 왕건이라는 천년이 넘은 시대의 인물을 복원하여 드라마로 각색할 수 있었던 것은 그 시대를 조명하는 연구 논문들이 없었다면 불가능한 것이다. 실제로 이 드라마를 쓴 작가 이환경은 드라마를 쓰기 위해서 학술 논문 150여편을 읽었다고 신문에서 밝힌 바 있다. 인문학을 공부하는 사람들만이 이런 부문을 메워줄 수 있다. 디지털 기술을 비롯해서 채울 내용이 없는데도 기술력만 앞세운다고 모든 것이 해결되는 것은 아니다.

세계적인 대 이벤트인 월드컵 대회나 올림픽 대회에서는 문화에 관련된 이벤트도 함께 열리는 것이 세계적인 추세다. 88 올림픽 폐회식 때만 해도 우리나라는 장엄하고 화려한 우리의 전통문화를 선보여 세계인으로부터 갈채를 받았다. 그것을 기획한 인문학자 이어령 교수의 아이디어이지만 그런 생각을 하기까지는 저변에 인문학을 공부한 많은 사람들이 받쳐주었기 때문에 가능했다고 본다. 이 번 한국과 일본이 함께 여는 월드컵도 축구 경기 외에 장외 경기로는 문화 월드컵이 열린다고 봐도 과언이 아니다. 우리나라를 찾은 외국인들은 축구 구경 외에도 관광지를 찾으며 우리의 역사·문화에 큰 관심을 가질 것이 뻔하기 때문이다. 훌륭한 문화가 받쳐주지 못하면 잘 만든 상품도 세계시장에서 제 값을 못받는 것만 봐도 문화의 가치가 얼마나 소중한지 알 수 있다. 그리고 그것을 받쳐주는 또 하나의 토대가 인문학이라는 것이 중요하다.

문학만 해도 그렇다. 인문학 위기의 중심에는 문학의 위기설이 끊임없이 나돌았다. 그 흉흉한 소문들은 문학하는 사람들을 위축시키고 회의하도록 만들었지만 결코 문학은 죽지 않을 것이고 죽을 수도 없다고 본다. 문학 연구도 그렇고, 창작도 그 생명이 끈질기게 이어질 것이다. 전통적인 문학 장르인 시와 소설 외에 근래에는 대중적 장르인 영화 시나리오나 드라마, 게임 시나리오 등이 각광을 받지만 이 경우에도 문학을 비롯한 인문학적 토대 없이 훌륭한 작품의 생산을 기대할 수 없다. 또한 옛날보다 시, 소설 등 정통 문학의 수요자는 줄어들지 몰라도 소수의 향유자들은 그 부문의 메니아로 남을 가능성이 크다. 현재 시의 경우 거의 그런 현상을 띠고 있다고 보면 틀림없다.

이제 문학을 비롯한 인문학의 종사자들은 문화 현상의 대 변동기를 슬기롭게 대처해 나아가야 할 것으로 본다. 실용학문 쪽으로 모이는 현상, 그들을 나무랄 수는 없지만 그것은 지혜로운 판단이 아니다. 그 쪽이 과잉되면 또 어떤 일이 생길지 짐작할 수 있기 때문이다. 반대로 인문학 부문의 전공자가 줄면 또 어떤 일이 생길지는 이미 앞에서 언급했기 때문에 생략하겠다. 인문학 관계자들은 유연한 생각을 갖고 주변을 설득할 필요가 있다.

한 가지 원하는 것이 있다면 언론이 앞장 서서 인문학 퇴조론으로 보이는 논조를 보여주지 말아 달라는 것이다. 우리 사회에서 언론 보도가 주는 사회적 파장이 너무 크기 때문이다.

2. 자연을 통한 삶의 깊이 성찰하기

해가 바뀌어도 세상은 여전히 시끄럽다. 그러나 귀를 막고 싶은 소문들이 들끓는 가운데도 기쁜 일, 아름다운 소식들이 없는 건 아니다. 깊은 숲 속의 샘물처럼 우리들 세상에도 험하고 먼 길 가는데 시원히 적셔 주는 샘터가 있다는 것은 얼마나 고마운 일인가. 매달 발표되는 수 많은 시들을 보면서 시끄러운 시대에 시인이 많은 건 스스로 샘터가 되고 싶은 사람들이 많아서일까 하고 생각해 본다. 시인이 많아지면 많아질수록 세상은 아름다워질 수 있을 것 같은데 또 그렇지 않은 것은 무엇 때문일까. 내용은 텅 비어 있으면서 요란한 빈 수레처럼 말만 많은 시나, 새로운 시 형식인양 주절 주절 말하고 있지만 뭘 말하는지 독자들을 우롱하는 시, 그도 저도 아닌 진부한 언어로 지면만 축내는 시들은 결코 세상의 샘물이 될 수 없다. 다음과 같은 시를 보자

한때 번성했으나 이젠 폐허가 되어버린 도시의
수도원에는
겉장이 떨어져 나가고 오래된 얼룩이 벌레의 밥이 되는 그러한
이미 삭아버린 글자들이 산다
사전이기도 하고   경전이기도 한

망해버린 도시의 모든 기억이 숨쉬고 있는

글자들을 나는 따뜻해진 손으로 쓸어본다
이 따스함을 책에게 주려고 나는 눈내리는 길 내내 가슴에 품고 왔다

이 너무 오래된 책의 부스럼투성이 몸뚱이를 감싸기 위해
햇빛속에 가장 오래 서 있었던 남쪽 창의 자주색 벨벳 커튼을
걷어왔다
　　― 노혜경, <빛의 가루 3 ― 지하실의 제본공장> 중에서 『문학
　　　　사상』 1월호

이 시의 전개는 서술시(narrative poem)적인 형식을 취하면서 폐허가 되어버린 수도원이 배경이 되고 있어서(마치 움베르토 에코의 작품『장미의 이름』에 불에 타버린 수도원과 장서원이 연상된다) 이국적인 낯설음 같은 걸 느끼게 되지만 끝까지 인내하며 다 읽어 보면 시의 기능은 과연 무엇일까를 회의하도록 만든다. 작자는 시작 메모에서, 발표된 시보다 더 긴 내용으로 작품을 설명하고 있는데 한 마디로 수도원 지하실에서 발견된 피로 쓴 낡은 책의 이야기이다. 피로 쓴 책의 깊이와 통렬함의 이미지들을 느낄 수 없는 것은 아니지만 이 시는 시인의 시작 메모가 없었다면 무엇을 말하는지 조차도 알아채기 어렵다. 내용의 깊이를 어떻게 형상화하는가 어떤 정서적 울림(反響)을 주는가는 전적으로 시인의 역량이며, 다만 독자들은 의미 없는 미로 속을 헤매며 속고 싶지 않을 뿐이다.

　익숙하여 낡아버린 듯한 언어도 시인이 어떻게 손질하여 광택을 내느냐에 따라서 그 맛은 다르다. 일찌기 김소월이나 백석과 같은 시인은 민요나 사설시조를 작품에 적절히 끌어다 쓰되 그들의 시만이 지닌 새로움을 창출하였기 때문에 자신의 이름을 문학사에 올릴 수 있었다.

　　　외기러기 상강에 언 발이 시려
　　　끼룩끼룩 울면서 날아간 밤하늘
　　　지금은 어디만큼 갔느냐
　　　캄캄한 벨벳에 금박으로 수놓은
　　　물음표 하나 오들오들 빛난다
　　　길을 다 가고 나면 빈 낚시처럼

물음표 휘어진 게 생일까
허공을 팽팽하게 당길 때마다
오작교 난간이 삐걱거린다
다시 보면 일곱 빛 보석이 박힌
은핫물에 맑게 부셔 걸어둔
국자 하나 어둠을 퍼내고 있다
다 퍼낸 마을부터 첫닭이 울고
먼동이 트기 전에 나는 서둘러
저 높은 국자를 훔치고 싶다
새벽길 몰래 걸어 옹달에 고인
가쁜 숨을 고르고 땀을 훔치며
매봉산 중턱 찬샘가에 오르면
어느 예쁜 손이 놓고 갔을까
바위에 엎어놓은 플라스틱 표주박
자루가 긴 칠성표 국자도 있다
어디를 가나 떠마실 물이 없으니
예서 실컷 냉수나 마셔라?
그대가 놓고 간 사랑의 국자
너무 높고 멀어서 더욱 빛나는
하늘의 국자로 한 말씀 뜬다.
　　　　－ 임영조, <북두칠성> 『세계의 문학』 2001 겨울호

　이 시는 첫 행부터가 우리의 고전 작품 어디가에서 본 듯한 언어로
시작된다. 낡은 듯도 하지만 그러나 정겹다. 북두칠성이라는 소재도
고전적이다. 그러나 그것을 바라보는 시인의 눈은 예사롭지 않다.
등산 길 샘가에 자루가 긴 플라스틱 국자의 모습과 캄캄한 밤 하늘

북두칠성의 모습이 중첩된다. 둘은 모두 자루가 긴 국자의 모습이다. 은핫물에 맑게 부셔 걸어 둔 국자 하나가 어둠을 퍼내고 있듯이 등산 길 샘터에 놓여진 국자도 시원한 물로 등산객의 갈증을 채운다. 그러나 하늘의 국자는 역시 천상적이다. 화자가 희구하는 것은 바로 그러한 북두칠성의 상징성이다. "먼동이 트기전에 나는 서둘러 / 저 높은 국자를 훔치고 싶다" 라든가 "너무 높고 멀어서 더욱 빛나는 / 하늘의 국자로 한 말씀 뜬다."라는 말에서 정신의 한 지향점을 엿볼 수 있다.

자연이 자연 그대로 남아 있지 않은 시대에 자연 현상을 시로 읊는다는 것은 체험과 사유의 깊이 그리고 언어의 감수성이 일체화 되지 않으면 군둥내 나는 언어로 느껴지기 쉽다. 그런 의미에서 임영조의 <북두칠성>은 그 위험성의 경계를 뛰어 넘은 시다. 그것은 삭막한 도시시보다 우리의 정서에 와 닿는다.

    이제는
    아무도 달을 품거나
    해를 껴안을 수 없습니다

    뒤란을 돌아
    달빛에 숨긴 사연긴 편지도 없고
    할매 무릎 베개에
    햇살 매운 참빗도 없습니다

    솟대바람에 일렁이는 달빛도 없고
    자는 아기 배꼽 속에
    간지럽게 기어들 햇살도 없습니다

달빛 그리고 햇살 모두 없습니다
멀어진 기억의
한 조각 묵은 언어일 뿐입니다
　　　－ 문송산, <달빛 그리고 햇살> 『시문학』 2월호

　문송산의 위 시는 바로 자연과 더불어 살아오면서 간직했던 무수한 이미지들, 혹은 자연과 합일했던 삶을 상실한 삭막한 이 시대를 고발하고 있다. 그렇게 오래 전이 아니라도 그 옛날엔 어두운 밤의 달빛이나 뜰 안에 가득 퍼지는 햇살은 사람들의 감성을 자극하던 자연 현상이었다. 그러나 디지털 시대라는 지금 더 이상 옛 시인들과 같은 달빛 타령이나 햇살 타령으로는 읽는 이의 공감을 얻어낼 수가 없다. 그렇게 본다면 임영조의 위 <북두칠성>과 같은 시작 방법은 자연을 통한 아름다움과 삶의 깊이를 성찰할 수 있는 길이 될 것이다. 굳이 새롭지는 않다 해도 자연을 시 속에 끌어들여 참신한 느낌을 준다면, 이러한 자연은 역시 문학 작품의 커다란 보고가 아닐 수 없다.
　더 나아가서 자연 그대로의 자연을 느끼고 자연과 합일할 수 있는 시대를 다시 꿈꾼다는 것은 이상일 뿐일까? 자연이 파괴되어 환경 문제가 인류 생존을 위협하는 데도 끊임없이 산업화 도시화가 이루어지고 있는 오늘날이기 때문이다.

　돛배를 타고 노를 저어 오랜 세월 거슬러 神市의 강가에 이르면
먼저 살뽀얀 계집애들과 사내들 킬킬거리는 웃음소리, 들리리라
너무도 싱그러운… 이곳에선 욕심 많은 늙은이들 더 이상 괜한
일로 꼬라지 부리지, 않는다 숲 속의 지빠귀며 콩새며 올빼미들도
쓸데없는 잔소리로 온갖 시간 죄 쪼아대지, 않는다 꾀꼬리며 잉꼬

의 시원한 노랫소리 가득가득 흘러 넘치는 시냇가… 은어와 치리
와 꺽지와 모래무지들 활기차게 튀어 오르며 지느러미, 쳐댄다

　아무 데나 닻 내리고 하선을 준비하다 보면 내일을 향한 마음으
로 가슴 벅차게 달려와 흔연한 눈빛으로 맞이하는 저 지극한 젊은
이들… 과수원마다 알록달록 원색으로 채색된 햇살들에 안겨 열
매들, 익는다 지혜의 샘물로 몸 씻고 부쩍 젊어진 장로들 아기부
처님처럼 손들어 至公無私의 하늘과 땅 가리키는 곳… 풀덤불 속
에선 알맞게 발효된 여치와 귀뚜라미와 방아깨비의 합창소리 깔
깔깔, 들려온다

　시청 앞 장터에선 호박이며 가지며 오이며 시래기며… 별별
산물들 저 스스로를 내놓고 몸 바꿀 흥정을, 한다 사슴 가죽으로
바뀐 오죽 낚싯대는 흥흥거리며 이미 콧노래 소리에 취해, 있고…
너무 가벼워진 콧노래 소리 여기저기 버드나무 씨앗털처럼 날아
다니는 곳, 무엇으로든 손쉽게 저 자신을 바꿀 수 잇는 이것들의
마음 파아랗게 상기되어 즐겁게 빛나고, 있다 思無邪의 구름들
사뿐히 내려와 앉는 동안 축축히 젖은 어린 나뭇잎들 손가락 펴
제 머리칼 다듬고, 있고…

　아무라도 이 도시 그냥 머물러 살아도, 좋다 닻 올리고 노 저어
훌쩍 떠나지 않아도, 괜찮다 도리어 이곳 市長 반갑게 달려나와
숨 헉헉대며 뺨에, 볼비비리라.
　　　　　　－ 이은봉, <神市 항행> 『문학마을』 2001 겨울호

　이은봉의 <神市 항행>은 아득한 과거로 거슬러 올라가는 항해이
지만 실은 미래를 꿈꾸는 항해이기도 하다. 이것은 또한 문명의 세계

를 거슬러 올라가 원시로 향하는 녹색주의를 연상시킨다. 자연 그대로의 생태계, 인간도 그 중의 하나인 녹색의 세계가 바로 神市인 것이다. 생태 철학자 아느 네스(Arne Naess)는 오염과 자원 고갈의 문제만 제기하는 외피적 생태운동을 벗어나 근본 생태운동(심층 생태운동, Deep Ecology)를 주창한 바 있다. 그 중 중요한 몇 가지를 꼽아보면 생물 평등주의, 다양성과 공생의 원리, 계급적 입장에 대한 반대 등을 말할 수 있다. 그것은 곧 자연 환경과 어우러져 합일하는 세계를 뜻하는 것이다.

이은봉의 위 작품은 바로 그러한 세계를 지향하고 있다. 녹색 지대에는 새들이 노래하고 과일이 향기롭게 익어가며 사람들도 저마다 즐겁다. 필요한 자연물들이 서로 교환되고 억압과 쟁취가 없다. 인간이 자연 속에 묻혀 살면 그리 될 것이다. 그러고 보니 자연을 노래하면 고리타분할 것 같았던 요즈음의 시에서도 자연의 그림자는 너무나 크다. 요즘 유행하는 IT, BT, CT니 하는 첨단기술들도 자연이 주는 교훈을 벗어날 수는 없다. 비록 원시로 되돌아 갈 수 는 없어도 자연 생태주의에 귀 기울여야 하는 것은 생태적 위협을 느끼며 살아가는 오늘날 사람들의 당면 과제가 아닐 수 없기 때문이다.

시적 비유나 상징을 통한 참신한 언어에 대한 고민도 없이 수다스러운 시나, 알 수도 없는 자기만의 언어로 뭉쳐진 자폐적 시를 읽는 것은 괴로울 수밖에 없다. 이럴 때 자연을 통한 깨달음과 깊이가 담긴 서정적 울림이 큰 시를 읽는 것은 기쁜 일이다. 자연은 여전히 아름다운 감성과 사유의 품을 현대시에도 열어 놓고 있다. 어떻게 쓰는가 하는 시인의 역량이 남아 있을 뿐이다.

무한의 세계를 꿈꾸는 존재의 비상
─ 김용오 시집 『동화작용』 ─

性을 性 자체의 흥미로 씌어진 시라면 그것은 쾌락만을 추구하는 저급한 형태의 유희시에 지나지 않을 것이다. 물론 '문학원론' 과 같은 텍스트에 지루하게 거론되는 문학의 목적이나 기능을 들먹이지 않더라도, 문학은 쾌락과 교훈적 기능의 양면을 내포하고 있다는 절충적 입장이 많은 사람들의 지지를 받아온 게 사실이다. 아리스토텔레스가 그의 『시학』에서 주장한 예술의 카타르시스(catharsis)가 억압에서의 해방감을 나타내는 행위라고 한 점은, 그런 의미에서 문학의 쾌락적 기능을 암시한 것으로 볼 수 있다. 아리스토텔레스의 카타르시스가 비극을 통한 것이라면, 김용오 시에서는 성을 통한 카타르시스가 연출되고 있으며, 이런 점에서 볼 때 그의 시는 분명 쾌락적 기능을 담당하고 있다 해도 과언이 아닐 것이다.

그러나 너무나 흔해서 그 흥미가 반감될 만한 성이라는 소재가 김용오의 시에서는 형이상(形而上)의 존재적 근원을 담고 있다는 점에서, 성은 상큼한 시적 모티프(motif)를 제공해 준다. 또 한 편으로는 아무리 뜻이 좋다 할지라도 성을 소재로 한 시가 한 편의 예술 작품으로 격상되기 위해서는 예리한 통찰과 언어를 빚어내는 솜씨가 없을 경우 자칫 성 타령의 저질 시로 떨어질 우려도 있을 것이다. 그런 점에서 본다면 김용오의 시는 단단한 구성력과 언어의 감성에서도 성공적으로 형상화 되고 있다.

> 내 마음 어두운 지하실 구석지에는
> 아무래도 네 쌍의 다리를 달고
> 머리 가슴이 한 몸으로 되어 있는
> 숫거미 한 마리가 숨어 있는지 몰라
> 날마다 항문 근처 돌기로부터
> 진득진득한 실을 뽑아서
> 얼기설기 그물처럼 쳐놓은 채
> 걸려든 벌레들을 생식하며 살지만
> 언젠가 피할 수 없는 교미의 때가 되어
> 암컷의 품 속에 황홀하게 빠져들게 되면
> 자신의 살점과 한 방울의 피까지도
> 행복에 겨운 듯 흔적 없이 뜯어 먹히고
> 허공같은 무덤 하나 남기어 놓은 채
> 아무래도 무한을 향해 날아가야 할
> 숫거미 한 마리가 살고 있는지 몰라
> 내 마음 어두운 지하실 구석지에는

— <거미>

위의 시에서 독자는 이 시인의 억압된 정신세계인 '어두운 지하실 구석지'를 들여다 보면서, 어둠과 부정의 세계가 성이라는 생명의 한 현상을 통해 긍정을 향해서 솟구치는 존재의 비상을 감지할 수 있으리라고 본다. 허망한 육신(허공같은 무덤)을 딛고 무한의 세계를 꿈꾸는 내밀한 의지가 김용오 시의 일관된 세계이며, 이는 존재적 근원을 상승시키고자 하는 형이상(形而上)의 작업이기도 하다.

　　또 한번의 드높은 비상을 꿈꾸면서, 오히려 쾌락을 비워내는
신선한 아픔 때문이라는 거야.
— <새> 중에서

　　아니면, 밤새 성불(成佛)하여 승천이라도 해버린 것일까.
—「聖畵 이야기」 중에서

　　나는 얼마 동안을 더 이렇게 있어야
　　虛心의 방아쇠를 천천히 당길 수 있을 것인가
　　창공을 비상하는 새들의 해방감을 느낄 수 있을 것인가
—「射精力」 중에서

　　위의 열거한 인용시 외에도『동화작용』에 실린 많은 시들에서 우리는 이 시인이 추구하는 비상과 무한의 해방감을 발견할 수가 있다. 그가 성을 모티프로 해서 이루는 이러한 비상과 해방의 동경은 반드시 성을 소재로만 해서 추구될 수 있는 것은 아닐 것이다. 얼마든지 다른 소재를 통해서도 상상력의 세계를 동원할 수 있으리라고 본다. 따라서 그의 시의 목적이 성이 아님이 분명하게 드러난다. 가장 인간적인 본능의 세계에서 그것을 초월하고자 하는 비상과 해방의 욕망, 그 바탕에는 시집 서문에서도 이 시인이 언급한 절대융합이라는 필연적 순서를 밟아 형이상의 세계로 도달하는 초극의 의지가 섬광처럼 번쩍이기 때문이다.

　　김용오 시인의 성을 모티프로 한 일련의 작품 중에서 독특하게 빛나는 시를 뽑아본다면 <南男北女 사건>의 연작시가 될 것이다.

　예를 들어 말입니다 - 남쪽에서 태어나 자란 젊은 사내와 북쪽
에서 태어나 자란 고운 처녀를 비슷한 시간에 어떻게 유학생으로
선발하여 낯선 외국 땅에 훌쩍 떠나 살게 만들어 놓고 - 어느 일요
일 쓸쓸한 휴일을 골라 나무들이 울창하게 모여 사는 공원 벤치
혹은 인적 없는 강변 길로 그들을 몰래 끌어내어 첫눈에 연정을
느끼도록 최면을 건 다음 - 다정한 한 쌍의 비둘기 부부로 인연을
맺게 할 수 있다면 예를 들어 말입니다 하나의 동그란 원형 속으
로 밀어 놓고 性과 性이 만나는 절대 空地 - 꿈같은 신혼을 보내게
한 다음 - 어느 가을 새벽의 동쪽 하늘 근방에서 유난히 밝고 큰
별 하나가 툭 하고 떨어지는 순간 뼈를 깎는 진통 끝에 옥동자를
낳게 한 다음 -

- <南男北女 사건> 중에서

　성을 통한 절대융합의 경지는 이 연작시에 이르러, 시인 자신의
개인적 체험을 벗어나 민족적 융합의 경지로 확대된다. 그것은 동그
란 원형의 절대 空地 안에 남과 북의 두 性이 만나는 것이며, 그의
시 「동화작용」에서도 보여주었듯이 성을 통한 합일의 세계이며, 또
한 성의 사회학이기도 하다. 따라서 이산의 아픔이나 (<南男北女 사
건3>) 북쪽 여인에 대한 그리움(<南男北女 사건5>)이 성의 원형 이
미지로 형상화돼 민족 합일의 꿈을 표출하고 있다.

　이제 김용오 시인이 성을 통해서 보여 주었던 세계들이 어떻게
변모되고 진전될 것인가에 독자들은 관심을 가질 것이다. 성이라는
영역을 통해 끊임없는 시적 상상력을 보여준 그의 솜씨로 미루어,
변화된 또 다른 세계가 이 시인의 시적 정열을 밝혀주지 않을까 하는
기대감을 갖는다.

인간 관계의 괄호치기에서 괄호풀기까지
─ 김정향 시집 『숨쉼 그리고 숨 쉼』 ─

김정향의 세 번째 시집 『숨쉼 그리고 숨 쉼』은 삶의 의문을 찾아 먼먼 유랑의 길을 떠났다 드디어 돌아온 방랑객처럼 우리 곁에 와 있다. 그가 이미 발표했던 시집 『반.반』과 『그럴까』의 시집 제목에서 시사하는 것처럼, 이 시인의 시쓰기는 神일수도 동물일수도 없는 인간 존재의 어둡고도 비극적인 탐구에서부터 삶의 본질에 대한 회의 등으로 시작한다. 따라서 김정향의 시들은 다분히 관념적인 사유의 토막들로 점철되어 있다. 시가 일차적 본질로 갖고 있는 정서적 울림을, 그 예술적 향기를 김정향은 굳이 관심 두지 않는다. 그 대신 잠언 형식의 아포리즘적인 독특한 시의 모습을 갖게 된다.

시인의 눈으로 사물을 투과하여 인식하는 저 쪽의 세계, 그 깊이의 우물에 독자가 감지할 수 있는 것은 무엇인가. 시집 속에 많은 내용을 담고 있지만, 그 가운데서도 이 시인이 두 번째 시집인 『그럴까』와 이번 시집에도 연작 형식으로 여러 편이 실린 <관계>라는 시에서 찾아볼 수 있을 것 같다. 우리가 살아간다는 것은 세상의 그 무엇과 관계를 맺어나가는 것이며 좋든 싫든 그 관계 속에서 우리의 운명은 결정지어 진다. 즉 관계의 괄호치기가 이루어지는 것이다. 그러나 시인은 '관계―괄호치기' 뿐만 아니라 '관계―괄호풀기'를 통해서 자유를 갈망하고 있다. 세 번째 시집『숨쉼 그리고 숨 쉼』에서는 이와 같이 관계로부터 놓여나는 이미지가 곳곳에 보인다. 김정향은 이 시집의「自序」에서 다음과 같이 쓰고 있다.

> 詩로부터 놓여날 것도 같다. 이만 편히 맥놓아,
> 바야흐르 가사(假死)지경의 막바지
> 더는 추출당할 궂은 혈청마저 거덜이 난 후련함 뿐이다.
>
> 실로, 살아 있어 가능한, 살아 있는 한은 불가피할 業,
> 실아 있어 잇는 詩 가 아니넌가.

어둡고 습내나는 일상의 터널을 빠져나오면서 터뜨리는 독백은 가사(假死)지경의 막바지에서 시로부터 놓여날 수 있을 것 같다는 탄식이다. 김정향의 시쓰기가 어둡고도 비극적인 인간의 존재 탐구에서 시작했음을 상기해 본다면 시인은 이와 같은 문제로부터 놓여나와 자유로와졌다는 의미가 되고, 그렇기 때문에 시도 필요없다는 뜻일까? 어쨌든 그가 시로부터 놓여날 것도 같다는 말은『반.반』의 방황과『그럴까』의 망설임에서 벗어났다는 말이 된다.

그러나 다음 시를 보자. 김정향이 첫 시집에서 강조했던 신도 아니고 동물도 아닌『반.반』의 방황에서 벗어나 마지막 인간으로 돌아와서 다시 자연으로 돌아가는 인간사의 상징을 그의 시집『숨쉼, 그리고 숨 쉼』에서 극명하게 보여준다.

가는구나
가려는구나
흩어져 떠나려는구나. 미구에
휩쓸어 닥칠 철거바람에 대비
산마을 집집마다 수런수런 어수선
살아 늘여온 시름나부렝이 들쑤석여 치들먹
퍼질러 개개이던 俗氣 거두어
보따리 보따리 꾸려놓아 얼룽덜룽
탈진한 투혼들 단출히 챙겨 되지고
뜨려는구나.기득권 포기로
재개발붐에 밀려 떠밀려
억겁 윤회의 미로, 겨울로
후미진 뒤안길로 잠적
타계해가려는구나.
하는구나.發靷
시시각각이.

— <가을숲> 전문

  이 시의 첫머리는 마치 화두(話頭)처럼 '가는구나'라는 말로 시작
한다. 즉, 끝남을 말하고 있는 것이다. 그러면서도 이 끝남의 화두는
묘한 이중적 의미를 내포하고 있다. '가는구나'를 타계의 의미로 본
다면 끝남이지만, 이 말은 출발의 뜻으로도 해석할 수 있기 때문이다.
끝남이란 무엇인가. 끝남이 있었기에 다시 시작하는 출발이 있는 것
이 아닌가. '억겁 윤회의 미로', 이것을 바로 우주 순환원리 중의 하나
로 본다면 이 시에서 말하는 발인(發靷) 역시 끝남에서 이어지는 출발

로 해석하는 것이 마땅하다. 더구나 이 시는 이와 같은 내용 뿐만 아니라 시의 형태마저도 시작과 반복을 연상케 한다. '▷' 모양처럼 처음과 끝이 같아진 수미상관은 결국 처음과 끝을 동일한 선상에서 느낀 상상력에 기인한다고 본다. 결국 시로부터 놓여날 것 같다는 표현은 시를 통해서 새로운 세계를 열어나가는 출발의 다짐으로 해석 할 수도 있을 것이다. 그렇기 때문에 김정향의 세 번째 시집『숨쉼, 그리고 숨 쉼』의 곳곳에서 보이는 '끝남'의 이미지들은 새로운 출발의 화두로 재해석 하고싶다.

김정향의 시들을 읽는 독자들은 그의 시로부터 서정적 공명을 얻어내기란 쉽지 않을 것 같다. 어떤 사실, 혹은 대상에 대해서 의미 짓고 해석하고자 하는 김정향의 시는 독자가 누릴 수 있는 상상력과 사유의 폭을 좁혀놓을 가능성이 많기 때문이다. 그러나 김정향의 시가 모두 관념적인 혹은 아포리즘적인 시만 있는 것은 아니다.

딩.동.댕실로폰음계짚어단추푸는눈망울들각시놀이소꿉친구들암쾡이그린얼굴시새우던조잘거림구름타고오르듯풍금소리밟아가며사뿐사뿐꽃바구니들고앞장서걷던들러리소녀적그때처럼이나아득히뻐겨내려다보이는하계엔추억의잔영들이올망졸망모여있다.

— <채송화> 중에서

『반.반』에 실렸던 위의 시는 채송화라는 꽃에서 느껴지는 이미지를 매우 감각적으로 풀어놓고 있다. 집 뜰에 올망졸망 작은 키로 피어나는 채송화는 여린 소녀와 같은 꽃이라서 악기로 말한다면 실로폰의 딩동댕 소리를 연상시킬만한 꽃이다.더군다나 까만 꽃씨를 머금은 채송화가 바람결에 꽃씨라도 날릴지라면 꽃바구니 들고 사뿐사뿐 걸어가는 어린 소녀의 꿈처럼 작고 귀여운 이 꽃은 싱그럽게만 느껴진다.

이와 같은 서정성 짙은 시가 흔하지는 않지만 김정향 시인의 한 구석에 자리잡은 이런 감성이야말로 소중한 것이 아닐 수 없다. 이러한 감성이야말로 시인의 시적 천분을 자극하는 가장 확실한 기폭제가 된다고 믿기 때문이다. 이번에 발표된 세 번째 시집『숨쉼 그리고 숨 쉼』을 끝으로 이 시인은 시세계의 한 전환점을 그었다고 본다. 아니, 시의 내용으로 볼 때 분명 새롭게 시작할 것이라고 필자는 확신한다.

■ ■ ■ 구도적 세계의 시집과, 개성적 시방법의 시집들

- 임보『겨울, 하늘소의 춤』
- 문효치『선유도를 바라보며』
- 임영조『귀로 웃는 집』
- 정진규『알詩』
- 김혜순『불쌍한 사랑 기계』

　문학 위기의 시대, 혹은 더 나아가서 시의 위기 시대를 걱정하는 목소리들이 커지고 있다. 영상매체들이 사람들을 사로 잡으면서 마치 감각적인 콜라맛 같은 가벼움의 문화가 난무하는 이 시대에 과연 시의 위상은 무엇이며, 어떻게 써야되며, 따라서 시가 갈 길은 무엇인가를 놓고 진지하게 생각하지 않을 수 없다. 그러나 너무 염려할 필요는 없다고 본다. 영상문화에 사람들의 입맛이 길들여지고 정신조차 빼앗긴다고 해도 언어조차 사라지는 것은 아니며, 언어가 존재하는 한 문학, 더 나아가서 시는 없어질 수 없다. 고도한 정신의 언어놀이인 시야말로 가벼움의 문화 속에서 더 큰 빛을 낼 수 있는 것이기 때문이다. 마치 모든 별이 희미해 보일 때라도 북극성은 밤하늘에서 더욱 찬란한 것처럼 말이다. 수 많은 시인들, 수없이 쏟아지는 시집들이 그것을 입증하지 않는가. 이처럼 많은 시인들과 시들이 서태지나 HOT같이 대중적인 인기를 얻으려고 시의 길을 가는 것은 아닐 것이다. 옛날이나 지금이나 시는 늘 고독하다. 그러나 시는 모든 문화의 최우위에 있으며 인간이 언어를 사용하는 한은 결코 사라지지 않을 것이다.

97년도에도 많은 시집이 간행되었다. IMF로부터 외화를 차입하여 쓰면서 수 없는 기업들의 도산을 지켜보아야 했던 지난 해와 같은 경우 경제 논리로 보면 국민들에게 시의 효용성은 얼마나 될까. 어쩌면 세상이 각박해지고 암울할 때일수록 시 쓰기와 읽기는 우리들에게 많은 위안을 주는지도 모른다. 그런 까닭인지 불안한 사회적 분위기 속에서도 많은 시집들이 발간되고 한 줄기 빛이 되어 우리를 위로해 준다.

이와 같은 시집들 가운데서 인상 깊었던 몇 몇의 시집들을 다시 한번 되새겨 본다. 임보의 『겨울, 하늘소의 춤』(작가정신), 문효치의 『선유도를 바라보며』(문학아카데미), 임영조의 『귀로 웃는 집』(창작과비평사) 등의 시집이 각별한 느낌으로 다가 온다. 젊은 시인들의 작품에서 흔히 발견되는 정제되지 않은 재담성의 말장난 같은 시가 판치는 것이 요즈음의 시단이다. 그러나 30여년 가깝게 시를 써 와 이미 우리 문단의 중진이라 할 수 있는 이 시인들의 시는 이러한 풍조와 확연히 구분되는 시의 품격을 지니고 있다. 서정시가 '내밀한 독백'이라거나 '세계의 자아화'라고 할 때, 대상을 어떠한 방식으로 빚어내는가 하는 문제는 전적으로 시인의 시법(詩法)이자 개성일 것이다. 그렇지만 전통적인 시문법의 파격과 해체만이 현대시의 모더니티로 생각하는 풍토 속에서 일정한 기품을 유지하는 이 시인들의 시는 오히려 독자의 눈길을 사로 잡는다. 임보 시인이 자신의 시론에서 밝혔듯이, 구도자적인 정신세계에 뿌리를 둔 시법이 그의 시가 추구하는 내재적 리듬성과 어울려 한층 더 자신의 색깔을 드러낸 시집이 바로 『겨울, 하늘소의 춤』일 것이다. 문효치 시인의 시집 『선유도를 바라보며』는 한 편의 산수화 같은 시들이지만 자연 그 자태만 그려놓은 것이 아니다. "仙遊島, / 신선이 노는 섬에 / 슬그머니 끼어들어 보려 했던 / 부끄러움이 / 부슬비처럼 내렸다."라고 「선유도를 바라보며1」라는 시에서 말했듯이 이 시인 역시 자연 속에서 구도자적 정신세계를 찾고 있음을 알 수 있다. 임영조 시인의 『귀로 웃는 집』에 나오는 시들은 자연과 일상성과의 조화가 시인의 체험의 깊이와 사색 속에서 울거져 나와 독자들에게 시 읽기의 즐거움을 안겨준다. 참 따뜻한 시집이다.

　위의 시집들 외에도 정진규 시인의 시집 『알詩』(세계사)와 김혜순 시인의 시집 『불쌍한 사랑기계』(문학과지성사)가 매우 개성적인 목소리를 담고 있는 시집으로 97년도를 선명하게 각인한다. '알'이라는 순수 생명체, 그 小宇宙의 상징성을 64편의 시들로 엮어낸 시집 『알詩』는 우선 한 테마를 연작으로 썼다는 점에서 관심을 끈다. 뿐만 아니라 그 테마를 공소한 관념의 세계로 설명하고 있는 것이 아니라, 비유와 묘사적 방법으로 시적 대상을 절묘하게 포착하고 있는 미학적 방법 또한 이 시집이 갖고 있는 중요성이라 할 수 있다. 김혜순 시인의 『불쌍한 사랑기계』는 이 시인이 그 동안 추구해 왔던 마술적 언어의 경지를 크게 벗어나지 않은 시집이다. 그의 시에서는 시간과 공간, 화자와 또 다른 화자가 마음대로 이동하고 자리 바꿈하여, 상식적인 사유로서는 이해될 수 없는 마술적인 상상력이 펼쳐진다. 시인은 세계를 해석하고자 시를 쓰는 것이 아니라 다만 세계 속에 존재하고자 시를 쓴다. 매우 독자적 세계와 방법을 터득하고 있는 김혜순 시인의 시집 또한 97년의 소득이 아닐 수 없다.

■ ■ '99년 신춘문예 당선시를 읽고

새해 첫 날 신문에 큼지막하게 이름이 떠오르는 신춘문예 당선자는 그 새해의 떠오르는 태양을 안은 듯 가슴 부푼 기쁨을 맛본다. 응모작을 신문사에 띄워놓고 이 세상에서 가장 멋진 당선 소감도 함께 써서 호주머니에 넣고 다니던 문학 지망생들도 많았다. 그 소감은 발표도 되기 전에 휴지통에 들어가야 할 운명에 처하는 것이 거의 전부이지만. 그만큼 신춘문예의 계절 1월은 문단의 축제이며, 문학 지망생들에겐 설레임과 좌절이 교차되는 시기이기도 하다. 또한 신인 탄생으로 기대되는 새 문학의 활력소가 되기도 한다. 그러나 화려한 스포트 라이트를 받은 당선자들은 그 기쁨이 일장춘몽의 꿈으로만 끝나기도 하며, 비좁은 문단에서 자신의 이름 석 자 남기기 위해 동분서주 하다 더러는 절망으로 끝내기도 한다. 좀더 부지런하고 운 좋은 당선자는 활발하게 작품을 발표하면서 문단에서 자신의 영역을 넓혀가기도 하지만 매 해 당선자들 가운데 그런 사람은 그렇게 많지 않다. 화려했던 만큼 쓸쓸함도 크다.

그렇다면 수 천편의 작품들 가운데 뽑힌 당선자들인데 계속 좋은 작품이 왜 안나오는 것일까. 작가나 시인이 계속 좋은 작품만 쓸 수는 없다. 작가나 시인의 한 생애, 그들을 말해주는 좋은 명작이란 손에 꼽을 정도이다. 그러니까 신춘문예 당선자가 다 훌륭한 문인이 되라는 법도 없다는 것이다. 그러나 다시 한 번 생각해 보면 신춘문예

제도란 신문사에서 일년에 한 번씩 치루는 일회성 행사이며, 심사위원과의 궁합(?)이 맞아야 당선될 수 있는 운이 많이 작용하는 제도라 생각한다. 오죽하면 신춘문예용 응모시라는 말도 있을까?

필자가 가르치는 대학에서 '창작론' 시간에 학생들과 신춘문예 시를 읽고 함께 감상하고 토론하기도 한다. 배우는 학생들은 좋은 시를 써내지는 못해도 좋은 작품을 가려내고 감상할 줄은 안다. 많은 학생들은 신춘 문예 작품에 대해서 실망하는 경우가 많다. 따라서 나도 저 정도라면, 하고 은근한 도전의 칼날을 갈기도 한다. 명민한 학생은 수 년간의 각 신문사 심사위원 명단과 그들의 성향과, 당선 작품들의 성향을 면밀하게 검토하여 그럴싸한 작품을 만들기에 골몰할 것이다. 문단에 화려하게 내밀 수 있는 방법에 신춘문예 당선보다 나은 것은 없기 때문이다.

금년도 신춘문예 당선시들은 국가 부도 위기에 직면한 현실 때문인지 많은 작품의 톤이 어둡고 칙칙하다는 공통점이 있다. 한국일보 당선작인 <실업>이 그렇고 동아일보 당선작인 <흑백사진>도 그렇다. IMF에 직면하여 대량 부도, 대량 실업 사태 속에서 시를 쓰는 사람들도 그 아픔을 벗어날 수 없었을 것이다. 그러나 독자들이 원하는 것은 무엇보다도 작품의 완성도가 어느 수준에 다달해 있는가의 여부이다. 누구나 느낄 수 있고 고민할 수 있는 보통 수준의 상식적인 이야기를 담은 시라면 굳이 신춘문예라는 관문을 통과시킬 필요가 있을지 의문이기 때문이다. 새로운 도전도 패기도 없는 응모자의 눈치 작전은 자주 지적되어 왔던 터라 여기에서는 더 이상 거론하지 않겠다.

　　우선 한국일보의 당선시 「실업」을 보자. 이 시는 이 시대의 실직자 모습을 그려내고 있으며, 신문에서도 자주 보도되었던 내용을 담아내고 있다. 어렵지않게 읽어낼 수 있는 이 시는 독자들을 쉽게 공감시킬 수 있다는 점이 장점이다. 그러나 얼핏 보면 쉽게 읽혀지다가 마지막의 2 행이 이 시를 살려내듯 마무리 하는 묘언인 듯 싶지만, 사실은 느슨했던 앞의 내용들에 언어 유희적인 말놀이를 보탠 것에 다름아니다. 심사평에서 바람직한 시대정신을 제시했다고 한 점도 이해가 가지 않는다. 이에 비하면 동아일보의 <흑백사진>은 잘린 손가락과 어둠에 허리를 짤리운 공장의 굴뚝들을 중첩 시키면서 흑백사진과 같은 시대의 아픔을 노래했으며, 사유의 깊이와 형식미를 함께 엿볼 수 있는 작품이다. 세계일보의 <만월>은 사물에 대한 시인의 섬세한 관찰과 상상력, 그리고 언어를 자유자재로 부리는 힘과 거기서 우러나오는 개성적인 문체가 어울려 시 읽는 즐거움을 준다. 그러나 언어를 잘 다루는 재기는 자칫 깊이 없는 겉 멋에 떠러질 수도 있다. 이 시의 마지막 행에서도 그런 점이 살짝 엿보인다. "달빛이 안개에 젖은 빨래를 말리고 있었네"라고 했는데 안개가 낀 날에 달빛은 없다. 아무리 시적 허용이라고 항변한다 해도, 시의 언어도 문맥상 이치가 맞지 않으면 안된다는 점을 말하고 싶다.

■ ■ ■ '비어 있음'의 시법(詩法) – 김용언의 시

　사화집에 실린 몇 편의 시로 김용언 시인의 시세계를 꿰뚫는다는 것은 어려운 일이다. 그러나 몇 편의 시이지만 한 시인의 내면 풍경에서 엿보이는 비어 있음의 세계, 그로 인해서 충만하고자 하는 또 다른 내면을 들여다 볼 수 있다는 것은 독자로서의 시 읽기 재미가 아닐 수 없다. 비어있기 때문에 채우고자 하는 정서적 갈등, 이것이야말로 시인이 시를 쓰게 만드는 가장 큰 모티브일 것이다. 어찌보면 시인에게 비어 있음의 세계는 시로써 채우고자 하는 창작의 대리 공간을 제공해 주는 것이니, '비어 있음의 행복'이라는 역설의 창작 심리학이 나올만 하다.

　　　쳐다만 봐도
　　　눈이 시리다
　　　쿵쾅거리는 가슴
　　　손 끝이 파들거린다
　　　입술과 입술의 만남이다

　　　떨리는 손에 잡히는
　　　대청봉의 백설
　　　손 바닥에 내려 앉은
　　　새 한 마리
　　　욕망 밖으로 날고 있다

　　　　　　　　　　　　　　　　　－ <새 한 마리> 전문

이 시를 다만 설악산 대청봉이라는 겨울산의 경치를 노래한 시로만 보아서는 안되리라 본다. 말할 것도 없이 겨울산이란 비어있음의 세계이다. 여름산의 그 무성한 잎새들로 덮힌 모습과 비교하여 상상해 보라. 그러나 비어 있음의 겨울산에 눈이 나려 하얗게 쌓인다면 그것은 또 충만함의 세계가 아닐까. 이 시의 화자는 아마 도회지를 벗어나 겨울산을 찾아 그곳에서 비어 있음으로부터 얻어진 충만함의 세계를 감지했을 것이다.

쿵쾅거리는 가슴과 손 끝의 파들거림은 시적 자아가 충만함의 세계에서 얻는 감동이다. 그러나 그 충만함은 오래가지 못한다. 그것은 어쩌면 시인의 운명일지도 모른다. 화자는 '손에 잡히는 대청봉의 백설'이라고 말한다. 그러나 그 '백설' 대신에 새 한 마리만이 욕망 밖으로 날게 된다. 여기에서 새는 한 손에 잡히는 충만함의 세계를 다시 박차고 나가는 시적 자아의 알레고리이다.

충만하고자 하는 욕망 밖으로 날아가 버려 다시 비어 있음의 세계로 돌아오는 과정은 시를 쓰는 사람에게는 천형과 같은 것이다. 정신의 허기야말로 시를 쓰게 만드는 원천이기 때문에 충만하고자 꿈꾸며 시를 쓰는 시인도 다시 비어 있음의 세계로 돌아가는, 마치 시지프의 신화에서 시지프가 굴러 떨어진 바위를 끊임없이 산꼭대기로 굴려 올라가야 하는 것처럼 천형을 안고 사는 것이기 때문이다. 이렇게 볼 때 김용언 시인의 「새 한 마리」는 앞서 말한 '비어 있음의 행복'이라는 역설의 창작 시법을 간명하게 보여 주는 작품이다.

이 시인의 정신적 허기는 다른 시에서도 보인다. <지금 不在中입니다>라는 작품에서 그는 "아주 어릴 적에 / 내가 존재했지만 / 그 이후 외출을 했다"라고 말한다. 한 시인에게서 어린 시절, 자아에의 눈뜨기는 결국 시를 통한 눈뜨기가 되며, 그것은 不在, 곧 비어 있음의 세계를 지향한다는 말이 된다. 그래서 전화에도 지금 부재 중이니 삐 소리가 난 후 말해 준다면 연락해 주겠다고 녹음해 놓긴 했지만 그러나 한 번도 연락을 한 적이 없다고 한다. 이 시인은 끝끝내 비어 있음의 세계를 고집하는 것이다. 손에 잡힌 충만함마저도 날려보냈 듯이.

2

　김용언 시인의 또 다른 작품 <우는 바다>는 가벼움의 현대성을 은밀하게 풍자하고 있다. 뜨거운 여름 날 바닷물에 잠깐 몸을 담그고 돌아간 사람들이 바다를 정복했다고 떠들어 대는, 그런 현대인의 가 벼움, 혹은 가벼운 현대적 사랑을 시인은 바다의 입을 빌어 말하고 있다.

　　'고작 그거니'
　　좋아한다면서
　　뜨거운 여름 날
　　몇 일 간
　　몸이나 잠깐 담갔다 돌아간 후
　　나를 정복했다 떠벌리는게
　　너희들의 사랑이라는 거니

속도 모르며
찰랑대는 파도나 만진 후
내 몸을 가졌다고 떠벌리는게
고작
너희들이 말하는 사랑의 정의냐

- <우는 바다> 중에서

오늘날의 사랑 방식을 비판하고 있지만 이 가벼움의 사랑 방식에
는 가벼움이라는 현대성 자체에 대한 비판이 내포되어 있는 것이다.
여기에서 화자인 나(바다)는 깊고 넓은 진실함의 상징이라면, 뭍의
사람들은 가볍고 속 깊지 못한 대상이다. 그래서 바다인 나는 이 시의
3연에서, 가슴 저리도록 파란 빛깔의 언어를 뭍으로 보내는 내 속을
어찌 알랴 하고 항변 한다.

이처럼 사랑이라는 언표를 통해서 현대의 가벼움을 진단했던 이
시인은, <커피는 커피 향이 나고>라는 시에서는 깊은 만남과 그 진
실성을 노래하여 그가 추구하는 세계의 일단을 보여 준다. 어쩌면
<커피는 커피 향이 나고>라는 시에서 보여지는 그 만남의 진실성이
나 사랑의 순수함은 이 시에서도 말하고 있듯이 안개 자욱한 시간의
뒷골목에나 남아 있는 것인지도 모른다. 그러나 가슴 속에 묻어 놓았
던 어린 시절의 그 여자 친구가 꿈 속에서 소년이 날렸던 종이 비행기
가 나는 것을 보기도 하고, 타 보기도 했다는 이야기나 "언제 / 어느
때 마셔도 / 커피는 커피 향이 나고 / 홍차는 홍차 향이 난다/ 라는
말에서 이 시인이 지향하는 세계가 무엇인지 어렵지 않게 엿볼 수
있다.

짧은 비평, 깊은 생각 • 89

　김용언 시인은 시간의 뒷골목에나 남아 있을지도 모르는 세계를 그리며 살고 있는 시인인지도 모른다. 이 번 사회집에 실린 시는 아니지만 이 시인이 근래에 상채한 다섯 번째 시집 『휘청거리는 강』(사임당,1995)에 실린 <갈가마귀>라는 시에도 그러한 내용이 담겨 있다.

> 어디를 헤매고 있을까
> 아름아름한 내 서정
> 메마른 볏짚 검불은
> 회오리 바람에
> 쓸쓸한 가을 하늘로 흩어지는데
> 나는
> 홀로 여기 있다
> 웅덩이처럼 파인 추억 속에
> 갇혀 있다
>
> 　　　　　　　　　　　　－<갈가마귀> 중에서

　이와 같이 현재에 안주하지 못하는 시인은 고독할 수밖에 없다. 웅덩이처럼 파인 추억 속에 홀로 있는 시인, 그는 지난 날의 서정을 더듬어보기도 하지만 쓸쓸한 가을 하늘로 흩어질 뿐이다. 그러나 <새한 마리>나 <지금 不在中입니다>의 시를 논하는 자리에서 말했듯이 고독과 같은 비어 있음의 상태는, 시인의 시쓰기에 더할나위 없는 필요 조건일지도 모른다. 그것을 시인의 행복으로 환치시키는 법, 그것도 시법의 하나라면 그 하나가 될 것이다.

■ ■ ■ 정신 지층을 탐험케 하는 기쁨 – 조두환의 『마포일기』

　같은 직장에 근무하며 또 시를 쓴다는 인연으로 시집 『마포일기』의 발문을 쓰게 된 필자는 이 시집을 읽으면서 한 시인의 삶과 고뇌와 고독의 흔적이 스며 있는 소중한 의미를 느낄 수가 있었다. 조시인께서 1975년 첫 시집 『중랑천 부근』을 세상에 내보인 후, 23년의 시간이 흘렀으니 어찌 켜켜이 쌓여 있는 세월의 흔적과 소중한 삶의 무게가 없을 수 있을까. 독문학자로서 연구하며 학생들을 가르치는 데 열정을 쏟다보니, 그동안 써놓았던 시마저 한 권의 시집으로 묶어내는 데 이만큼의 시간이 흘렀을 것이라고 생각된다.

　요즈음 많은 시인들이 몇 년에 한 번씩 시집을 간행하여 그것을 마치 가슴에 단 훈장처럼 여기는 풍조에 비추어 보면, 조두환 시인의 두 번째 시집은 정말로 오랜 세월을 거쳐 와서 비로소 우리 앞에 놓인 농익은 정신의 열매와도 같은 것이다. 저자가 머릿글에서 이미 언급한, "어느날 불현듯 영감으로 떠오를 때 겨우 한 줄의 시를 쓸 수 있다는 말"이나 "시인은 자기의 몸을 태워서라도 동시대인들에게 경종을 울려야 할 의무를 짊어진 사람"이라는 의미 깊은 말을 통해서, 문학이 그리고 시인의 역할이 무엇인가 다시 한 번 새겨보게 된다. 더 나아가서 그와 같은 경박한 문학 풍토가 해소될 때 오늘날 우리 문학에서도 현란한 상업주의와 실종된 비평 정신 아래서 잉태된 문학적 키치 현상의 거품도 걷혀질 것이라고 확신하게 된다. 이러한 고뇌의 한 자락이 다음과 같은 작품을 통해서 깊게 느껴진다.

시 아닌 시를 쓰면서
이름을 짓는
이 시대의 숨가쁜 현장에서
그럴 때마다
우리는 더 많은
시집을 갖는다

아, 시대를 털어내고
나를 털어내고
사람들을 만날 수 있는
시다운 시를 쓸 수 없을까?
삶다운 삶을 살 수 없을까?

— <시> 중에서

갖고자 하기보다는 털어내는 것, 얻고자 하기보다는 비워내는 것, 그리고서 넘쳐나는 거품마저 걷어내는 것이야말로 시다운 시를 쓰는 방법이며, 삶다운 삶을 사는 것이라는 걸 시인은 말하고 있다. 그러나 이 시대에 어디 그런 것이 시에서 뿐이랴.

삶이 무엇인지 더 깊이 깨달을만한 나이에 내어 놓은 한 시인의 시를 읽는다는 것은 반갑고도 기쁜 일이다. 거기에는 시간이 뿌리고 간 궤적 속에 추억들이 남아 있다. 흘러간 시간과 함께 소멸되지 않고, 책(시집)이라는 지층 속에 그것들을 채곡 채곡 채워놓을 수 있다는 것은 글쓰는 이의 큰 행복이 아닐 수 없다. 또한 그것을 음미하는 독자들에겐 시인의 정신 지층을 탐험케 하는 기쁨이기도 하다. 조두환 시인의 『마포일기』를 읽으면서도 우리는 충분히 이러한 것들을 얻을 수 있다.

시집의 머릿글에서 저자는 종로 옥인동에서 태어나고 자랐지만 가세가 기울면서 서대문 밖 마포로 이주하게 되었음을 밝히고 있다. 그 마포의 이름을 따서 <마포일기>라는 연작시를 짓고 시집 제목으로 쓴 데는 상징적인 의미가 들어있는 듯 하다. 여기엔 단순히 청장년기 시대를 그 곳에서 살았기 때문에 이러한 시가 씌어졌기보다는 시인의 관심 영역 한 가운데 자리 잡은 현실에 대한 깊은 인식의 소산이라고 본다. 그러므로 우리들 삶의 중심에 자리 잡지 못하고 외방지대에서 소외되는 소시민들의 삶이나, 지방에서 흘러들어 와 제대로 둥지를 틀지 못하고 사는 변두리의 삶이 <마포일기> 연작시에 잔잔한 슬픔처럼 다가온다. 그렇지만 이것은 단순한 현실 고발이 아니라 우리네 삶이 필연적으로 겪어야 하는 구석진 그늘의 상징성이다. 누군들 감히 세상의 중심에 서 있다고 말할 수 있는가. 그 깨달음까지 부딪히는 좌절과 슬픔의 단면이 바로 <마포일기> 연작시에 숨어있는 것이다.

세상의 고독들이 모여들어
무거운 한숨을 내려 놓는다
종점의 나룻터
마포에 다시 바람이 분다
여의도나 종로와 다른
삼남의 바람이
도시의 옷자락을 걸치고
멈췄다 다시 분다

— <마포일기 9> 중에서

<마포일기 9>에서와 같이 세상의 고독들이 무거운 한숨을 내려놓는 곳, 삼남의 바람이 도시의 옷자락을 걸치고 부는 곳이라는 서울 외곽 지역 마포의 함축적 의미는 산업화 시대 한 모서리를 차지하고 있는 우리의 자화상이며, 삶의 내면에 차지하고 있는 탈중심의식의 비극성이다.

<마포일기> 연작시와는 달리 3부『여창에 스친 세상』에 실린 여행시들은 시인의 렌즈가 한 지역을 벗어나 비교적 밝고 관조적인 세계를 조망한다. 일상의 세계를 벗어나 여행지에서 바라보는 느낌들이 담담하면서도 서정적이다. 그러나 제 4부『삶의 테두리 안에서』를 읽다보면 시인 내면의 목소리가 아포리즘처럼 들려온다. "끝없는 아픔은 나를 확인하는 나의 원초이다"(시간), "나를 위하여 나를 버리자"(커다란 반성), "아무 상처가 없는 아픔이 진정한 아픔임을 잊지말자"(공간), "어린이들이 늙어서 어른이 되지만 / 어린시절은 늙어서 그냥 어린시절로 남는다"(고향의 옛터에서)와 같은 구절에서 시인의 시쓰기는 內省의 한 방법이었음을 느낀다. 서정시가 독백의 문학임을 생각한다면 이것은 시쓰기의 당연한 출발이 될 것이다. 그리고 다음과 같은 시는 읽는 사람도 그 절절한 공감을 갖지 않을 수 없다.

잔주름이 늘면서 무언가 헤아리는 시간이 는다 늘면 주는 것이
있지 한 해가 기우는 문턱을 넘어서 다급한 계산을 한다 꽤 오랜
훈련인데 셈이 맞지 않는다 이렇게 사는 걸 나를 편하게 두는 걸
거부했다 어제 종소리를 들었다 반쯤 잊혀졌으니 간 밤 꿈 속이었
나 보다 종은 헤아림을 자극하지만 다섯 여섯이면 세는 걸 잊게
한다 그리고 마음의 비늘을 터는 나를 본다 물고기 한 마리로 바

뀐 나는 물을 떠나 사는 방법을 연습한다 떨어진 비늘은 어디론가
날아 갔다 없어져 아쉬운 마음도 날아 갔다 그 자리에 아픔이 자
라났다 그러나 아프지가 않다 이 아픔은 나의 새로운 변신이기
때문이다 끝없는 아픔은 나를 확인하는 나의 원초이다
— <시간>

마지막으로 위의 시를 읽으면서 필자도 함께 내성의 시간을 가져
본다. 그리고 너무 성급하다 할지 모르지만 『마포일기』 이후의 또
다른 시집도 기다려 본다.

초월의 문학

제 2 부

●목차

박태원의 〈소설가 구보씨의 일일〉에 대한 오규원 시의 패러디

1. 들어가면서

　모든 문학 작품에서 이미 세상에 존재하는 선행 문학에 빚지지 않은 것이란 없다. 설령 새로운 담론과 형식의 실험적인 문학이라 할지라도 이전의 문학을 토대로 해서 변화되고 새로운 가지를 치는 것이기 때문에 선행 문학으로 인하여 현재의 문학도 풍요로워진다고 말할 수 있다. 우리 문학에서도 그런 현상은 얼마든지 쉽게 발견할 수 있다. 멀게는 조상들의 문학에서부터 가까이는 거의 같은 시대에 함께 작품을 쓰는 시인들의 작품까지 그 흔적은 어디에나 있다. 오늘날에 와서는 포스트모더니즘 문학의 방법으로 선행 작품을 패러디란 이름 하에 끌어다가 재구(재창조)하는 것이 유행처럼 되어버린 것도 사실이다.

　이러한 현상들은 용어상에도 많은 논란과 문제를 일으키기도 했다. 인유(allusion), 혼성모방(pastiche), 패러디(parody), 메타픽션 등 다양한 용어들로 그 의미들을 포괄한다고 볼 수 있기 때문이다. 그렇기 때문에 우리나라에선 1990년대 초 이와 같은 포괄적 의미들로 해석할 수 있는 많은 문학 작품들이 표절시비에 휘말렸던 바도 있었다.[1]

그러나 작가들은 자신들의 작품을 하늘 아래 새로운 것이란 없다는 포스트모더니즘적 방법을 받아들인 패스티쉬 기법이라고 되받아쳤다. 그만큼 패러디 혹은 패스티쉬라 불리는 선행 작품을 원텍스트로 한 재구조의 작품들이 많아졌다는 의미가 되며, 이것은 한 시대가 상징하는 문화적 조류와도 관련된다고 볼 수 있다. 그러나 이러한 용어로 불리지 않아도 김소월과 같은 1920년대, 1930년대의 민요시인들이 전통민요의 어구와 구조를 빌어다 쓴 것이나, 백석이 사설시조나 엮음민요의 형식을 자신의 시적 방법으로 활용한 것은 모두 선행 작품들에게 빚진 것이라고 하지 않을 수 없다. 그리고 이러한 방식은 선행 작품으로부터 빌어왔으되(반복,유사성), 똑같지는 않은 새로움을 재창조했다는 점에서(상이성) 린다 허천이 말한 바 있는[2] 패러디라고 할 수 있다.

이 글에서는 현대시 창작 방법의 중요한 방법으로 활용되고 있는 패러디의 문제를 고찰하기 위해서 박태원의 소설 <소설가 구보씨의 일일>과 오규원의 시 <시인 구보씨의 일일>을 연구 텍스트로 삼는다. 따라서 이 작품들 속의 주인공, 혹은 화자로부터 감지할 수 있는 지식인의 배회와 소외의식을 분석하고자 한다. 하필 오규원 시인은 왜 소설의 제목을 패러디하여 자신의 연작시 제목으로 삼았을까. 박태원의 이 소설은 발표된 후 모더니즘 소설로서 비평가들에게 많은

---

1) 이인화의 『내가 누구인지 말할 수 있는 자는 누구인가』, 박일문의 『살아 남은 자의 슬픔』 등이 표절 시비에 휘말렸으며, 박일문은 자신의 글을 논평한 장정일과 게재지 『문학정신』을 명예훼손 혐의로 고발한 바 있다. 이런 외중에서 장정일의 『아담이 눈들 때』도 함께 표절시비의 표적이 되기도 했다. 「경향신문」, (1992. 8. 31.) 김준오편(1996), "문학사와 패러디", 『한국현대시와 패러디』, 현대미학사, p.15.
2) Linda Hutcheon, 김상구, 윤여복역(1992), 『패러디 이론』, 문예출판, p.15.

관심을 불러일으켰다. 구보가 정오에 집을 나가 새벽 두 시에 귀가할 때까지 배회하면서 겪은 지식인이 느끼는 일상성, 혹은 시대적 고민은 오규원 시의 화자 구보씨가 겪는 내용과 차이점이 있다. <시인 구보씨의 一日>이라고 했지만 열 네편의 연작시인 이 시는 하룻동안의 이야기가 아니다. 그 시간은 알 수 없는 무시간성이며 배회 장소도 박태원의 소설처럼 한 장소(경성)에 국한 된 것이 아니라 서울에서 부산까지 포괄한다. 1930년대와 1980년대 말이라는 시대적 간극 속에 지식인의 공통적 의식과 차이점은 무엇일까. 이런 의문점들은 패러디 형식을 통해서 표출되고 있는 모더니즘적 의식 더 나아가서는 포스트모더니즘으로 연계되는 시대조류와 문화사적 문맥으로 통찰할 수 있을 것이다.

2. 한국문학에서의 패러디

패러디란 이미 생성된 작품을 모방 혹은 반복하되 새로움을 더하여 재창조화 하는 것이다. 패러디를 기존의 작품을 풍자화 하여 우스꽝스럽게 표현하는 것으로 이해하는 경우도 있지만 반드시 그런 것만 뜻하는 것은 아니다. 따라서 패러디란 린다 허천의 용어처럼 초문맥화(trans－contextualize)라는 말로 표현할 수 있을 것이다.3) 패러디는 재창조화 되는 것이기 때문에 선행작품과는 또 다른 고유의 작품으로 존재해야 된다는 점에서 물과 기름의 혼합원리로 설명하기

---

3) Linda Hutcheon, p.17.

도 한다.

　패러디가 과거의 단순한 복사가 아니라 차이를 가진 모방, 또는 창조적 모방이라고 정의할 때 패러디의 제일원리로서 혼합의 원리가 이미 전제되어 있다. 패러디'한' 작품과 패러디'된' 작품 또는 패러디한 언어와 패러디된 언어의 이원적 구성에서 어느 하나로 일방적으로 흡수·통합되거나 상호동화되는 것이 아니라 물과 기름처럼 각기 고유의 성격을 지니면서 대립되는 것이 바로 혼합의 원리다.[4]

　사실 이러한 패러디 문학은 우리 현대문학 연구에서도 꾸준히 연구되어 왔었다. 다만 전통문학과의 상호관련 연구 차원이었기 때문에 패러디란 용어를 쓰지 않았을 뿐이다. 이를테면 김소월의 시 <산유화>는 부여지방에서 지금도 불려지고 있는 민요 <산유화가>와 관련이 깊다. <산유화가>는 삼국시대 백제가 패망한 후 유민들에 의하여 불려지기 시작했다는데, 조선시대 이사명이나 이안중도 <산유화>라는 같은 제목으로 한시를 썼으며, 제목만 패러디 해 온 것이 아니라 작품 내용의 상징구조가 같다는 점에서도 그 관련성은 긴밀하다. 현대문학에서도 김소월의 시 뿐만 아니라, 최남선도 같은 제목의 시를 『소년』1호에 실었던 점, 정비석의 소설 제목 『산유화』 등을 헤아려 볼 때 산유화의 편린은 매우 오랫동안 지속되어 왔다고 볼 수 있다.[5] 그리고 이러한 관련성은 바로 패러디란 말로 바꾸어 볼

---

4) 김준오편(1996), 『현대시와 패러디』, p.26.
5) 박혜숙(2001), "산유화의 창작 근원과 상징구조", 『한국 현대시 흐름의 양면 탐구』, 국학자료원. pp.190~215.

수 있을 것이다. 또한 백석시가 사설시조나 엮음민요의 엮음체 형식을 수용했음은 형식을 패러디한 것이라고 볼 수 있으며[6], 잡가와 근대시 사이의 상호 텍스트성 문제도[7] 잡가라는 선행 문학에 대하여 취한 근대시의 패러디라고 할 수 있다. 현대문학 뿐만 아니라 우리의 고전문학 속에서도 패러디적인 작품과 작품과의 관계맺기를 찾을 수 있는데 고대가요인 <구지가>와 <해가>, 향가인 <처용가>와 고려시대의 <처용가>도 바로 이러한 의미를 담고 있는 것이다. 시조의 경우도 마찬가지어서 한 연구자의 조사에 의하면 평시조를 패러디화한 사설시조는 57편에 이르며, 사설시조라는 장르 특성상 평시조의 내용을 확장하는 방법을 취한다.[8]

(가) 한잔을 먹사이다 또한잔 먹사이다
    곳츠로 술을 비저 무궁무진 먹사이다
    동자야 잔가득 부어라 취코 놀코

(나) 흔잔 먹새그려 또 흔잔 먹새그려 곳것거 산노코 무진무진 먹
    새그려
    이 몸 주근 後면 지게우희 거적 더퍼 주리여 미여가나 유소
    보장의 만인이 우러네나 어욱새 속새 덥가나무 백양수페 가
    기곳가면 누른 히 흰돌 ᄀᄂᆫ 비 굴근 눈쇼쇼리 보람 불제 뉘
    흔잔 먹쟈홀고
    흐믈며 무덤우희 존나비 포람불제 뉘우츤돌 엇디리

---

6) 박혜숙, "백석론-엮음구조와 사설시조와의 관계", 위의 책, pp.238~257.
7) 오세영(1996), "기호학적으로 본 문학사의 연속성", 『한국 근대 문학론과 근대시』, 민음사 참조
8) 신은경(1990), "평시조를 패로디화한 사설시조 연구", 『국어국문학』, 104권, p.88.

위의 (나) 사설시조는 송강의 <장진주사>인데 (가)의 평시조의 내용에 첨가 확장하여 꽃으로 술을 빚어(평시조), 혹은 꽃 꺾어 산놓고(사설시조) 무궁무진 먹자는 같은 내용에다, 죽으면 모든 것이 소용없다는 인생무상의 깊이를 확장시켜놓은 패러디이다. 동양에서는 용사(用事), 환골탈태(換骨奪胎)라고 하여 전범이 될만한 시, 문장을 후세 사람들이 모방하는 전통이 있었는데 이것은 다 오늘날로 말하자면 패러디라고 할 수 있다.

16세기 우리 최고의 여성시인인 허난설헌이 남긴 230여수의 주옥같은 한시들은 우리나라에서보다 중국의 문인들에게 더 훌륭한 평가를 받았지만 늘 표절 혐의를 받았다. 시를 짓던 여성이 거의 없던 시대였기에 허난설헌이 남긴 작품들은 늘 의심의 눈초리를 받았다. 난설헌의 시에 고사나 전고(典故)가 많이 활용됐던 것이 원인이지만 그것은 그 시대 시를 쓰던 사람들의 보편적 창작 방법이기도 했다. 원작시의 이미지로부터 벗어나서 새로운 내용의 자신의 시로 만들었기 때문이다. 즉, 용사와 환골탈태의 시, 요즘으로 말하면 전대의 시를 패러디 했다고도 말할 수 있는 시작법이라고 할 수 있을 것이다. 이백이나 두보도 많이 사용하던 방법이었고, 오늘날의 시인들 또한 그렇다.

기존의 관점에서 본다면 이러한 시작법은 선행문학의 영향이자 의도적인 모방이라고 말할 수 있을 것이다. 그러나 허치언은 패러디를 차이를 가진 모방이라고 정의를 내리면서, 쥬네트의 용어를 빌리면 패로디는 다른 텍스트와의 관계에서 변형이고, 패스티쉬는 모방적이라고 말한다. 즉 패스티쉬는 통상 그 모델과 동일한 장르 안에 머물러야 하지만, 패러디는 각색을 허용하며, 또한 패스티쉬는 단일 텍스트만 모방하는 것이 아니라 무한히 많은 텍스트를 함께 모방할 가능성을 지닌다는 점에서 패러디와 구별이 된다는 것이다.9) 이런 점으로 본다면 패러디는 선행 텍스트와 영향관계에 있되 재문맥화를 통하여 재창조된다는 면에서 패스티쉬보다 더 많은 독자성을 지니고 있으며, 나름대로 작품의 독립성을 확보한다고 본다.

우리 현대시에서는 포스트모더니즘 경향의 작품이 대두되던 1980년대부터 의도화된 패러디시가 출현하기 시작했으며, 이 글에서 다루고자 하는 오규원의 시 <시인구보씨의 일일>도 이에 해당한다. 이와 같은 작품은 포스트모더니즘 예술이 예술로서 예술을 이야기하는 자기 반영적 패러디의 특성을 갖게되는 것과 관련이 있다. 그러므로 포스트모더니즘에서 말하는 메타픽션, 상호텍스트의 용어 개념은 바로 이 글에서 의미하는 패러디와 관께가 깊다.

쥘리아 크리스테바에 의한 상호텍스트성이란 어느 한 발화가 화자 (작가나 청자(독자) 또는 다른 발화(문학작품)와의 상호 관계를 '수평적' 관계와 '수직적' 관계로 맺는 것을 말한다. 즉, 발화가 화자나 청자와 맺는 관계는 수평적 관계이며, 발화가 그 이전 또는 동시대적인 다른 발화와 맺는 관계는 수직적 관계이다.10) 결국 포스트모더니즘에서 강조하는 이와 같은 상호텍스트성은 결국 패러디나 패스티쉬 같은 문학적 방식을 긍정적으로 수용하게 만들었다고 볼 수 있다.

---

9) Hutchen 앞의 책, pp.64~65.

10) Julia Kristeba(1980), *"Word, Dialogue ,and Novel in Desire in Language"*: *A Semiotic Approach to Literature and Art*, ed. Leon S. Roudiez, trans. Thomas Gora, Alice Jardine, and :Leon S. Roudiez (New York : Columbia University Press, 1980)

또한 1980년대 이후 우리 문학에서 패러디나 패스티쉬 문제가 자주
거론 되었던 것은 우리 문학이 포스트모더니즘 시대로 진입했다는
것으로 해석할 수 있을 것이다. 오규원의 시 <시인 구보씨의 일일>
도 박태원의 소설 <소설가 구보씨의 일일>과 상호텍스트적이며, 모
더니즘 문학에서 포스트모더니즘의 요소를 어떻게 반영하고 있는가
를 비교해 볼 수 있는 좋은 텍스트가 될 것이다.

3. 박태원 소설에서 구보의 상징성

박태원의 <소설가 구보씨의 一日>은 1930년대의 이 작가를 모더
니스트로 자리매김하게 한 모더니즘 소설이다. 구보라는 이름이 갖
는 상징성은 지식인, 소외의식, 배회(혹은 산책자, 떠돌이)등을 지니
고 있으며, 형식적인 측면으로 들어가면 모더니즘의 새로운 얼굴로
떠오른다. 어느 영화 관련 잡지의 영화 소개란의 제목이 '소설가 구
보씨의 영화구경'이라고 한 것도[11] 구보라는 이름이 갖고 있는 상징
성에서 취해왔을 것이다. 또한 후술하겠지만 오규원의 연작시 <시인
구보씨의 일일>도 이와 같은 소설 이름이 지닌 상징성을 패러디 한
것이다. 즉, 표면상으로는 장르를 초월하여 소설 작품의 제목을 패러
디 한 것이지만 내용면에서는 이 소설이 담고 있는 여러 가지 상징적
인 의미를 패러디 한 것이라고 볼 수 있다.

소설 속의 주인공 구보는 스물 여섯 살의 소설가이지만 특정한

---

11) 「씨네 21」에 1997년부터 연재되었음.

직업을 갖고 돈을 벌지 못하는 지식인 룸펜이다. 박태원의 아호가 구보였다는 점으로 볼 때, 그 스스로가 작품의 모델이었다고 볼 수 있다. 뿐만 아니라 박태원의 초기 소설 중에는 구보와 같은 소시민적인 룸펜 인텔리 소설가들이 많은 편이다. <적멸>(1930), <피로>(1933), <음우>(1940), <투도>(1941), <채가>(1941), <재운>(1941) 등의 소설이 이에 해당되며 모더니즘적인 경향을 띤다. 자전적 소설인 이 작품들에서 특히 미혼이 주인공인 경우 일정한 직업이 없는 룸펜 인텔리는 경제적인 문제에 별다른 고민을 하지 않는데, 작가가 비교적 여유가 있는 중산 계층이라는 환경 조건을 갖고 있기 때문일 것이다.[12] 이러한 점은 <소설가 구보씨의 일일>에서도 만찬가지이다. 현실속에 합류하지 못하면서 도시 공간을 배회하는 소외의식은 자연적으로 주인공의 내면의식에 소설의 초점을 두게 되며, 이것은 모더니즘 문학의 특징이기도 하다.

이와 같은 구보의 모습은 제임스 죠이스의 <율리시즈>를 연상케 하는데, 박태원은 <소설가 구보씨의 일일>을 쓰면서 죠이스의 소설을 염두해 두었을지 모른다. 박태원이 이 소설을 발표하던 1934년은 우연하게도 제임스 죠이스에 대한 소개와 논의가 활발하게 전개된 바 있다. 이 해의 벽두부터 복영환은『신생』지에 <세계문학에 일대 반향을 일으킨 쩨임스・쪼이스>라는 제목으로 <율리시즈>를 소개했으며, 같은 해 8월에는 백석이 <죠이스와 애란문학>이라는 제목으로『조선일보』에 글을 연재했다. 뿐만 아니라 9월에는『중앙』과『신동아』에 김광섭과 필자 미상의 인물에 의하여 <율리시즈>가 언

박태원의 <소설가 구보씨의 일일>에 대한 오규원 시의 패러디 • 107

급되었으며, 더군다나 이 해 말 박태원은『조선중앙일보』에 <표현, 묘사, 기교>라는 제목의 글을 연재했는데13), 이 글에서 박태원은 <율리시즈>를 거론하면서 '이중로출'을 말하며 자신의 작품 <소설가 구보씨의 일일>을 예로 들었다. 1934년은 박태원은 물론 우리 문단에 제임스 죠이스와 <율리시즈>의 열풍이 불었던 해라고 진단할수 있을 것이다. 주인공이 집에서 외출하는 것에서부터 시작하여 귀가할 때까지 하루에 일어나는 일을 그리고 있다는 점에서도 두 작품의 관계는 매우 깊지만, 특히 내면독백을 통한 의식의 흐름을 사용한것은 두 작품의 긴밀함을 말해주는 것이다. 이런 것들은 전통적 소설에서 흔히 볼 수 있는 연대기적 정연한 플롯을 좋아하지 않는 모더니즘의 특성을 그대로 담고 있는 것이며, 마음에 떠오르는대로 기록하되 시각이나 사건의 이미지들의 패턴을 쫓는 모더니즘 수법과 마찬가지이다.14) 그 밖에도 이들 소설이 영화에서 볼 수 있는 이중노출의 기법을 보이거나, 소설 문장 속에 노래 악보나 광고(<율리시즈>)를 삽입한 것, 두통약의 처방전을 그대로 드러내는 방법(<소설가 구보씨의 일일>)은 전통적 문장과는 다른 형식의 새로움을 추구하는 모더니즘의 기법이다.

구보는 떠름한 얼굴을 하여본다
취박(臭剝)   4.0
취나(臭那)   2.0
취안(臭安)   2.0

---

13) 조선숙(1997), "소설가 구보씨의 일일의 비교연구", 『비교문학』, pp.109∼110.
14) Woolf, "Modern Fiction", 김욱동(1992), 『모더니즘과 포스트모더니즘』, p.83 참조.

    약정(若丁)   3.0
    수(水)   200.0
    일일 삼포 분복(分服) 2일분
    그가 다니는 병원의 젊은 간호부가 반드시 '3삐스이'라고 발
음하는 이 약은 그에게 조그마한 효험도 없었다.

    구보가 집을 나와 거리를 걷다가 갑자기 격렬한 두통을 느끼면서
병원에서 처방한, 그러나 조그마한 효험도 보지 못한 처방약의 성분
과 복용 방법을 떠올리는 대목으로 일상성의 미세한 부분까지 그리
면서 새로운 문장 스타일을 통해서 독자들에게 낯설은 감각을 느끼
게 한다. 박태원이 모더니즘의 미학과 실험성을 위하여 문장을 매우
중요시 여겼음은 그가 1934년『조선 중앙일보』에 연재했던 글 <창
작여록－표현, 묘사, 기교>에 그대로 담겨 있다. 그는 전문가들의
월간평이라는 것이 내용이나 이데올로기만을 가지고 비평하는 현실
에 대하여 비판하면서, 형식이나 문장에 대한 새로운 의미를 부여하
고자 했던 것은[15], 스타일리스트로서 박태원의 모습을 보여준 것이
나 다름없다. 그 후 발표하기 시작한 <창작여록 - 표현, 묘사, 기교>
는 박태원의 문학의 미학과 실험성을 보다 구체적으로 보여준 것일
뿐이다. 이 글에서 박태원은 문장 속의 언어는 어느 일정한 의미만
전하는 것으로 그쳐서는 안되며, 반드시 그와 함께 그 음향으로 어느
막연한 암시를 독자들에게 주어야 한다고 강조한다.[16] 문장에 대한
박태원의 이러한 주장은 문장의 어조(tone)나 이미지를 통한 암시적

---

15) 박태원, "3월 창작평-문예감상은 문장의 감상", 「조선중앙일보」, (1934 .3. 26)
16) 박태원, "표현, 묘사, 기교", 「조선중앙일보」, (1934 .12 .20)

효과를 말하는 것이며, <소설가 구보씨의 一日>의 위 인용문은 바로 그러한 방법을 실험적으로 사용한 것 중의 하나이다. 즉 지식인의 신경쇠약적인 모습을 하나의 완결된 문장으로서가 아니라 병원 처방약의 성분을 기억하는 주인공의 모습을 간략하게 나열하여 소설 문장의 새로운 형식을 시도한 것이다. 이 소설의 내용이 전통적 방식인 정연한 플롯으로 짜인 소설이 아닐 뿐만 아니라, 유기적으로 통일된 이미지를 담지 않으며 시간의 흐름에 따라 진행되는 단속적인 이야기와 이미지들이라는 점에서 볼 때 위의 인용문도 그러한 문장의 효과를 노린 것이라 본다. 이 소설에서는 이야기의 진행상 위의 처방약의 성분을 소개해야 할 필요가 전혀 없기 때문에 오히려 통일된 이미지의 흐름을 방해할 뿐이다. 그러나 모더니즘 소설에서는 이러한 방법을 오히려 의도적으로 사용한다. 논리적 구성을 피하면서 질서 정연하고 형식에 치우친 해결 대신 계시적인 통찰을 만들어 낸다거나, 이미지의 연상에 의존하면서 때로 공감각과 이미지의 부조화를 꾀하는 모더니즘의 특징은[17] 박태원의 <소설가 구보씨의 일일>에도 그대로 적용된다고 할 수 있다.

구보씨를 주인공으로 한 이 소설의 또 하나의 실험성은 영화적인 새로운 기법이랄 수 있는 이중노출을 시도한 것이다. 과거의 대한 회상을 현재의 시간 속에 혼재시켜 노출하는 방법 등으로 과거와 현재의 시간을 미묘하게 교차시키는 수법을 사용하고 있다.[18] 그 밖에도 과거 어느 시간대를 회상하다가 정지되면서 미래의 시간대가

17) Irving How, p.29. 김욱동 참조.
18) 조선숙, 앞의 글, p.125.

끼어들고 현재로 다시 돌아오는 등, 외부로부터의 자극과 그에 따라 반응이 이어지는 의식의 흐름을 사용한다.[19]

　　그가 그 여자를 만나보고 돌아왔을 때, 그는 집에서 아들을 궁금히 기다리고 있던 어머니에게 '그 여자면' 정도의 뜻을, 표시하였던 것에 틀림없었다. 그러나 구보는, 어머니가 색시 집으로 솔직하게 구혼할 것을 금하였다. 그것은 허영심만에서 나온 일은 아니다. 그는 여자가 안하고 있는 경우에 객쩍게시리 여자를 괴롭혀주고 싶지 않았던 까닭이다. 구보는 여자의 의사와 감정을 존중하고 싶었다.

　　그러나, 물론, 여자에게서는 아무런 말도 하여오지 않았다. [⋯중략⋯] 혹시, 여자에게서 먼저 말이라도 있다면⋯⋯. 그러면 구보는 다시 이 문제에 흥미를 가질 수 있을 게다. 언젠가 여자의 집과 어떻게 인척 관계가 있는 老마나님이 와서 색시집에서도 이편의 동정만 살피고 있는 듯싶더란 말을 들었을 때, 구보는 쓰디쓰게 웃고, 그리고 그것이 사실이라면 , 그것은 희극이라느니보다는, 오히려 한 개의 비극이라고 생각하였다. 그러면서도 구보는 그 비극에서 자기네들을 구하기 위하여 팔을 걷고 나서려 들지 않았다.

　　전차가 약초정 근처를 지나갈 때, 구보는, 그러나, 그 흥분에서 깨어나, 뜻모를 웃음을 입가에 띄워본다. 그의 앞에 어떤 젊은 여자가 앉아 있었다. 그 여자는 자기의 두 무릎 사이에다 양산을 놓고 있었다. 어느 잡지에선가 , 구보는, 그것이 비처녀성을 나타내는 것임을 배운 일이 있다. 딴은 머리를 틀어올렸을 뿐이나, 그만한 나이로는 저 여인은 마땅히 남편을 가졌어야 옳을 게다. 아까 그는 양산을 어데다 놓고 있었을까 하고, 구보는, 객쩍은 생각

---

19) 강진희(1997), "박태원『구보씨의 일일』의 모더니즘적 특성고", 「청람어문학」, pp.20～21.

을 하다가, 여성에게 그런 관찰을 하는 자기는, 혹은 어떠한 여자
를 아내로 삼든 반드시 불행하게 만들어주지나 않을까, 하고 생각
하였다.

　의식의 흐름으로 이어지는 구보의 자유 연상은 전차 안에서 맞선
을 보았던 한 여자를 만난 후 그 여자와 관련되는 여러 연상을 하다가
다시 현실로 돌아와 차 안에 앉아 있는 양산 든 여자에게로 이어지고,
그로 인하여 다시 이미 전차에서 내린 맞선을 보았던 전의 그 여자에
대한 생각으로 이어진다. 현재의 시간대에서 과거의 시간대로 이어
지고 다시 현실로 돌아 왔다가 미래에 대한 예견까지 끊임없이 넘나
드는 내면적 독백의 의식의 흐름이다.
　이와 같은 박태원 소설의 모더니티는 당대의 평론가들이나 독자들
에게 박태원을 새로운 모더니스트로 각인시켰으며, 소설의 주인공
구보는 모더니즘적인 작품의 인물로 상징성을 띠었다 해도 과언이
아니다. 더군다나 이 소설이 지니고 있는 형식의 새로움 외에도, 구보
의 배회성, 도시성, 룸펜 이텔리겐치아, 소외의식 등은 작품의 스타일
과 함께 내용을 포괄하는 하나의 상징으로 자리잡았다 해도 틀린
말이 아닐 것이다. 이렇듯 구보를 상징할 수 있는 내용들은 모더니즘
적 작품성 외에도, 그 작품 내면에 담고 있는 현실에 편입되지 못해
행복을 찾지 못하는 지식인의 고독과 우울함이다. 물론 이 소설이
발표되었던 1930년대라는 시대적 상황은 지식인이 처한 고난이 무엇
인가를 추정해볼 수 있는 사회학적 지표가 될 수 있을 것이다. 일본
유학까지 갔다 온 박태원 같은 인물들이 직업을 갖지 못하는 경우가
수두룩했던 룸펜 지식인 사회, 그 암울함이 구보와 같은 인물을 만들

었다고 본다. 공부를 많이 했어도 사회에 뿌리내릴 수 없었던 허무감은 결국 식민지 시대라는 역사적 굴욕의 시대를 겪는 슬픔일 것이다. 지식인이 현실 사회에 편입되어 직업을 갖는 경우, 사립학교 교원이나 신문사 기자 등의 직함을 얻을 수 있었지만 소수에게만 기회가 돌아갔고, 관료 사회로 진입한다는 것은 친일이라는 눈총을 피할 수 없었기 때문에 이것 또한 같은 민족에게 소외당할 수 있는 심한 갈등의 요소를 안고 있었던 것이다. 이러한 부분에 대해서 <소설가 구보씨의 일일>에서는 다음과 같이 묘사되고 있다.

이 시대에는 조그마한 한 개의 다료를 경영하기도 수월치 않았다. 석 달 밀린 집세, 총총하던 별이 자취를 감추고 하늘이 흐렸다. 벗은 갑자기 휘파람을 분다. 가난한 소설가와, 가난한 시인과 …… 어느 틈엔가 구보는 그렇게도 구차한 내 나라를 생각하고 마음이 어두웠다.

밤 늦은 시각 구보가 시인인 벗을 만나며 떠올린 생각들이다. 이 짧은 내용 안에는 그 시대를 살아가던 지식인들의 무력감이 함축적으로 표현되어 있으며, 구보라는 이름의 소설가 지식인의 고독과 소외의식을 어느 정도 헤아릴 수 있는 것이다.

4. 박태원의 소설과 오규원의 시 〈시인 구보씨의 일일〉의 상
호 텍스트성

현대시의 특별한 변화 가운데 패러디나 페스티쉬 현상은 포스트모더니즘과 관련하여 매우 주목할만한 현상이다. 후기 산업사회화 되면서 생산품의 대량 복제화가 흔하게 되었고, 컴퓨터의 대량 보급으로 문화적 독창성을 추구하는 지식 산업마저도 복제되고, 여기저기 흩어져 있는 텍스트들에서 따다 모방하며, 재편성하는 페스티쉬 방법이 손쉽게 이루어질 수 있는 시대에 와 있다. 이것은 원텍스트의 독자성을 정면으로 부정하는 방법으로서 포스트모더니즘이 지향하는 상호텍스트성의 기반은 바로 이러한 사회 현상의 변화와 관계가 있다. 또한 이런 현상들로 인해 탈장르화 혹은 장르확대라는 장르간의 경계선 좁히기가 활발히 전개되고 있으며, 팝 아트와 같은 대중적인 문화의 확산은 문학에서도 환타지 문학과 같은 주변적인 문학을 관심의 중심부로 끌어들이게 되었다. 패러디와 페스티쉬의 경계선도 이론가에 따라서 모호한 점이 있지만 페스티쉬에 대한 공통적인 주장을 정리해 보면 원텍스트에 대한 비판 없이 이것 저것 끌어다 모방한다는 부정적 의미가 많이 담겨 있다.[20] 그렇게 본다면 이미 생성된 작품을 모방 혹은 반복하되 새로움을 더 하여 재창조화 하는 것으로 풀이 되는 패러디가 훨씬 고급한 인유가 될 것이다.

오규원의 시에는 패러디 시가 많은 편이다. 이 글에서 텍스트로 삼은 연작시 <시인 구보씨의 일일>이 수록되어 있는 시집 『가끔은

---

20) 정끝별(1997), 『패러디 시학』, 문학세계사, p.49.

주목받는 生이고 싶다』(1987년간)에도 <시인 구보씨의 일일> 외에
도 패러디 시가 등장한다.

> 나는 봄에게로 가서 어떤 의미가 되지 않았다 나는
> 기혼남자였고 아내가 무서웠기 때문이다
> 나는 봄에게로 가서 꽃이 되지 않았다
> 인간으로 태어난 사실을 남들도 다 알고 있었기 때문이다
> 나는 봄에게로 가서 부활하지 않았다 나는
> 호적에 사망신고가 되어 있지 않았기 때문이다
>   ― '나는 부활할 이유가 도처에 없었다' 중에서

이 시가 김춘수의 <꽃>을 패러디 하고 있음은 그 어투로 금방
드러난다. "~전에는 ~에 지나지 않았다"나 "~에게로 가서 ~이
되었다"는 김춘수의 <꽃>의 문체는 이미 굳어져 버린 독특한 어투
가 되어 누군가가 작품에 이런 표현을 썼을 때, 그 목적이 어디 있든
김춘수의 <꽃>으로부터 끌어 왔음을 쉽게 눈치챌 수 있다. 이러한
김춘수의 <꽃>을 우리 현대 시인들 가운데 패러디 한 경우는 많이
발견되는데, 이처럼 시의 문체가 독특한 면을 지니고 있기 때문일
것이다.

> 내가 단추를 눌러주기 전에는
> 그는 다만
> 하나의 라디오에 지나지 않았다.

> 내가 그의 단추를 눌러주어

쏠 때
그는 나에게로 와서 전파가 되었다.

내가 그의 단추를 눌러 준 것처럼
누가 와서 나의
굳어버린 핏줄기와 황량한 가슴 속 버튼을 눌러다오
그에게로 가서 나도
그의 전파가 되고 싶다.

우리들은 모두
사랑이 되고 싶다.
끄고 싶을 때 끄고 켜고 싶을 때 켤 수 있는
라디오가 되고 싶다.

　　장정일은 이 시를 김춘수의 <꽃>을 변주했다고 부제를 달았다. 김춘수 원작의 존재론적 탐구에 대한 비판이나 풍자인,[21] 이 시는 꽃이라는 자연물을 라디오라는 전자제품으로 대치했을 뿐 아니라 스윗치만 켜면 누구에게나 전파를 보낼 수 있는 라디오처럼, 그러한 이 시대적인 사랑을 담고 있다는 데서 원전의 지고한 존재적 의미를 풍자한다. 패러디라는 기법을 사용한 것 뿐만 아니라 담고 있는 내용도 포스트모더니즘적이라 할 수 있다. 이렇듯이 포스트모더니즘의 시에서는 원전을 패러디 하는 경우가 많으며, 극단적으로는 포스트모더니즘을 패러디 시학이라고도 한다.[22] 오규원이 박태원의 소설

---

21) 이승훈, 『모더니즘 시론』, 문예출판사, 1995. p.160.
22) 김준오, 『도시시와 해체시』, 문학과 비평사, 1993. p.155.

<소설가 구보씨의 일일>을 패러디한 것은 모더니즘 시대로부터 포스트모더니즘 시대로 전환되고 있음을 보여주는 것이다.[23] 오규원의 연작시 <시인 구보씨의 일일>은 박태원의 소설 <소설가 구보씨의 일일>을 패러디 했지만 구체적으로는 제목을 패러디 한 것이며, 소설 장르에 등장하는 구보라는 인물이 담고 있는 상징성을 패러디한 시 장르인 셈이다. 제목만 패러디 했다면 오규원의 시는 박태원의 소설과 비교할 아무런 의미도 지니지 못했을 것이다. 그러나 오규원의 시에는 소설 속의 구보와 같은 떠돌이성 화자가 등장한다. 물론 서사문학인 소설과 달라서 詩에서는 구보의 행보가 구체성을 담고 나타나지는 않지만 14편의 연작시에 담긴 공간은 화자의 떠돌이성 혹은 배회의 모습을 보여준다. 즉 그 공간을 이동하면서 화자의 이야기가 진행된다는 것이다.

오규원 시의 14편은 서두 부분이랄 수 있는 <시인 구보씨의 일일(1)…구보씨가 당신에게 보내는 사신 또는 희망 만들며 살기> 과 맨 마지막 부분 14번째 연작품이 에필로그라 할 수 있다. 중간 부분은 공간이 바뀌면서 작품 번호도 바뀐다. 그렇기 때문에 부제에는 '…에서'라는 말이 붙는다. 연작시 5번, 6번과 8번이 예외이지만 이 시들에서도 공간성이 전혀 배제된 것은 아니다. 즉 부제목에만 공간이 들어

---

23) 모더니즘과 포스트모더니즘의 관계는 매우 미묘하다. 논자에 따라서는 포스트모더니즘을 모더니즘의 연장선상으로 파악하려는 이론가들이 있으며, 제럴드 그래프나, 프랭크 커모우드 같은 사람이 대표적이다. 그와는 달리 포스트모더니즘을 모더니즘과의 의식적 단절이나 비판적 반작용으로 파악하고자 하는 다우브W.포크마 같은 사람이 있으며, 어빙 하우도 포스트모더니즘을 모더니즘과 대립되는 개념으로 본다. 이러한 논란을 정리하면 양자간의 상호 관련성은 계승적 관계, 발전적 관계, 대립적 관계, 적대적 관계 등으로 종합할 수 있을 것이다. 김욱동(1922), 『모더니즘과 포스트모더니즘』, 현암사 참고.

있지 않을 뿐 시의 본문에는 시인 구보가 찾아간 체험 공간이 들어 있다. 연작시 5번의 체험 장소는 눈이 내리는 공간이며, 6번은 대림시장 골목이고, 8번의 체험 공간은 5월의 대학 잔디밭이다.그러므로 이 시는 시인 구보가 공간과 공간을 이동하며 관찰하고 느낀 점이 하나 하나 시로 형상화 됐다고 할 수 있다. 그런 점에서 박태원 소설에서 소설가 구보씨가 경성을 배회하며 관찰하고 느낀 점을 글로 쓴 것과 동일한 방법이 된다. 다만 박태원의 소설 <소설가 구보씨의 일일>에서는 주인공 구보가 정오에 집을 출발하여 다음 날 새벽 두시에 집으로 귀가하는 하루 안에 이루어진 이야기라면, 오규원의 시 <시인 구보씨의 一日>은 화자인 구보가 얼마 동안 체험한 일인지 알 수 없는 무시간성으로 나타난다. 다만 이 시의 14번 에필로그의 부제목이 '봄,여름,가을,겨울'이라고 하여 일년을 나타내고 있지만 봄에서 겨울까지가 아니므로 세월 자체를 뭉뚱그려 표현한 무시간성 이라 해도 과언이 아닐 것이다.

봄이 왔다 한반도에 여름이 왔다 갔다 오랑캐꽃이며 패랭이꽃 은 지난 해보다 더 불안하게 피었다 졌다 가을은 오는 듯 가출한 아이들과 임시 천막을 거두고 새처럼 사라지고 사산된 아이들이 계곡에서 우는 소리가 겨울의 비를 온몸 안으로 우우우 흩어놓곤 했다 눈도 오지 않는 겨울

사람을 찾아오는 길 하나
불치의 병처럼 갈 줄 모른다

<시인 구보씨의 일일>의 맨 마지막 14번인 이 시는 이 연작시가 처음 시작될 때 붙혀진 부제 '구보씨가 당신에게 보내는 사신 또는 희망 만들며 살기'와는 달리 매우 우울한 분위기로 끝난다. 희망 만들기를 위해 배회했던 시인 구보의 마지막 독백은 이렇듯 음울하고 씨니컬하다. 가출한 아이들이 새처럼 사라지고 사산된 아이들이 계곡에서 울어 비내리는 겨울, 눈도 오지 않는 겨울에서 구보가 계획한 희망 만들기는 단지 희망이었을 뿐이라는 걸 알 수 있다. 그에 비하면 핵심적인 주제어가 구보의 행복 찾기인 박태원의 <소설가 구보씨의 일일>은, 초반부에서부터 주인공이 행복은 어디에 있는가 찾으면서도 진정한 행복에 대하여 회의적인 반응을 보이지만 소설 후반부에 오면 긍정적으로 전환되는 모습이다. 즉 박태원 소설의 핵심어인 행복 찾기가 부정에서 긍정으로 결말되었다면, 오규원의 시에서는 핵심어인 희망 만들기라는 긍정적 측면에서 부정적인 결말로 끝이 나고 있는 것이다. 오규원의 시 <시인 구보씨의 일일>의 맨 마지막 14번 시에 나타난 이러한 끝맺음은 어떻게 해석해야 할까? 우리는 그것을 시인 구보가 배회했던 공간 공간의 정황과 상징 속에서 유추해 낼 수 있을 것이다.

이 연작시에서 뭉뚱그려 놓은 시간은 모더니즘, 혹은 포스트모더니즘에서 더욱 극단화 한 불연속성의 분열된 시간이다. 따라서 시간성을 명징하게 그려놓을 필요가 없다. <시인 구보씨의 一日>이라고 했지만 하루만의 이야기가 아닌, 알 수 없는 시간들로 이루어진 연작시이기 때문이다. 굳이 시간을 따져보자면 겨울을 배경으로 한 5번 시, 봄을 배경으로 한 7번시, 5월이라고 굳이 못박아 놓은 8번시, 8월

이라고 밝힌 9번시, 그리고 봄, 여름 가을 겨울이 모두 드러난 14번시
가 작품 속에 시간을 나타내는 계절이 들어 있지만 연속적인 아무런
의미도 없는 시간일 뿐이다. 공간의 이동도 마찬가지이다. 마치 박태
원의 <소설가 구보씨의 일일>이 구보가 집에서 나와 다시 집으로
돌아오는 원점 회귀 방식을 썼듯이, 오규원의 <시인 구보씨의 일일
>도 남산에서부터 시작하여(2번시) 남산으로 돌아와 끝나는(13번시)
원점 회귀 방식을 쓰고 있다. 그러나 그 중간에 시인 구보의 행보는
쇼핑센터, 다방, 심지어는 부산의 한 부두, 포구까지 이어지는데 시간
의 변화가 불연속성이었듯이 공간의 이동도 논리적으로 해명될 수
없는 불연속성을 담고 있다는 데서 포스트모더니즘이라고 할 수 있
다.24)

　　나는 사주고 싶네 사랑하는 애인에게 라이너 마리아 릴케같은
　　스판덱스 브래지어, 사주고 싶네 아폴리네르 같은 팬티 스타킹,
　　아, 소포로 한짐 보내고 싶네 에밀리 디킨슨의 하얀 목덜미 같은
　　생리대 뉴후리덤
　　　　　　－ '시인 구보씨의 일일(3) － 쇼핑센터에서' 중에서

　　세계적인 문인들과 병치시킨 스판덱스 브래지어와 같이 열거된
상품들은 겉으로 보기에는 소비지향적인 산업사회에 대한 풍자이며

---

24) <시인 구보씨의 一日>의 14편의 시에 붙은 부제를 밝히자면 다음과 같다.
　　久甫씨가 당신에게 보내는 私信 또는 희망 만들며 살기 (1), 南山에서(2), 쇼핑센터에서
　　(3), 다방에서(4), 눈싸움(5), 뿌리를 못내리는 치자나무를 보며(6), 개나리 꽃밭에서 불러
　　본 동요(7), 5월, 어느 대학에 보낸 祝詩(8), 8월의 입원실에서(9), 부산의 한 부두에서(10),
　　바닷가에서(11), 포구에서(12), 다시 南山에서(13), 봄, 여름, 가을, 겨울(14) (오규원(1987),
　　『가끔은 주목 받는 生이고 싶다』, 문학과 지성사, pp.59～88.

야유라 할 수 있다. 그러나 포스트모더니즘에서는 이러한 모습이 자
연스럽게 단순한 문명 비판으로 끝나는 것이 아니다. 고급한 세계를
야유하며 대중적이고 세속적인 일상성을 지향하기 때문이다. 라이너
마리아 릴케를 스판덱스 브래지어로 아폴리네르를 팬티 스타킹으로
끌어 내린 이면에 포스트모더니즘 문학이 지향하는 세속성, 대중성,
반권위성 등을 엿볼 수 있다. <시인 구보씨의 일일(1)>에서,

> 오해하고싶더라도제발오해말아요
> 시인도詩먹지않고밥먹고살아요
> 시인도詩입지않고옷입고살아요
> 시인도돈벌기위해서일도하고출근도하고돈없으면라면먹어요
> 오해하고싶더라도제발오해말아요
> 오해하고싶으면제발오해해줘요
> 시인도밥맘먹고못살아요
> 시인도마누라만으로는못살아요
> 구경만하고는만족못해요
> 그러니까시인도무슨짓을해야지요

라고 말한다. 전통적으로 예술 작품에 대하여 유일성과 신비적 분
위기인 Aura를 지닌 것으로 생각했듯이, 그 예술품의 생산자인 시인
역시 엘리트적이고 일반인과 다른 분위기를 지닌다고 생각했었다.
오규원의 위 시는 이러한 생각들에 대한 반격인 셈이다. 발터 벤야민
은 기술복제가 다량으로 이루어지는 시대의 예술품에서 위축되어 있
는 것은 Aura라고 말한 바 있다.[25] 대중들에게 널리 유포되어 이러한
Aura가 상실된 예술이 포스트모더니즘의 특징이라고 한다면 오규원

의 <시인 구보씨의 일일(1)>은 시정의 세속 도시에 내려 앉은 시인의 처지를 그대로 드러낸 것이다. 즉, 예술의 Aura를 믿던 시대의 예술가를 생각하듯 오늘 날의 시인을 같은 눈으로 보지 말라는 뜻이다. 그래서 화자는 '오해하고싶더라도제발오해말아요'라고 말한다. 시인도 돈을 벌어야 하며, 밥만 먹고 못살며, 마누라만으로는 못사는, 그러니까 무슨 짓을 할 수 있다는 화자의 선언은 세속적이고 일상적인 세계에 더불어 묻힌 포스트모더니즘 시대의 예술가를 그대로 반영한 것이다. 그러나 박태원 소설의 주인공 소설가 구보는 다르다. 한 때 좋아했던 친구의 누이가 결혼한 후 속되게 변한 것에 대하여 한숨 짓고, 우연히 만난 중학교 때 열등생이던 전당포집 아들인 동창을 만나서는 비속한 그와 차를 마실 생각은 없다고 생각한다. 이러한 작중 소설가 구보의 의식은 포스트모더니즘 문학이 지향하는 대중성, 세속성과는 거리가 먼 것이고, 오규원 시에 나오는 구보와는 그만큼의 간격이 있다고 할 것이다.

그러나 이들 두 작품에서 경계를 지을 수 없는 부분 중의 하나는 작중 화자를 통해서 토로되고 있는 시대적 고민이다. 박태원의 소설에서는 앞에서도 서술되었듯이 자기 할 일을 찾지 못하는 룸펜 지식인들이 겪는 식민지 시대의 굴욕감이 나타나 있다면, 오규원의 시에는 분단시대의 시대적 고뇌가 엿보인다.

남북과 동서통일로
대지의 상처는 가을이라는 이름 밑에

---

25) Walter Benjamin(1983), "기술복제시대의 예술작품", 『발터 벤야민의 예술이론』, 민음사, p.202.

단정적이고 통계적으로 숨겨진다
　　　　　⋮

남북과 동서통합의 누른 내상이
엎질러진 달빛의 飛瀑에 가 씻길 동안
　　　　　　　－'시인 구보씨의 일일(2)'－南山에서

人事는 물로 흘러야 비로소
도달하는 곳이 있다
東西와 南北의 하늘이 오늘
서로 흩어져 하늘의 자리를 비우고
　　　－'시인 구보씨의 일일(8)'－5월, 어느 대학에 보낸 祝詩

　여기에서 분단은 남북의 분단만 뜻하는 것이 아니다. 우리 현대
정치사에 상처의 고름으로 앉아 있는 지역감정의 동서 분단이라는
시대적 아픔까지도 함께 들어있다. 뿐만 아니라 '대학에서온 퍼포
그'('시인 구보씨의 일일(7))', '미국의 대한무역압력과 남북한 고향방
문단'('시인 구보씨의 일일(9))' 등 한 시대 우리의 아픔으로 기억되는
이야기들이 이 시에서는 적절히 이용된다. 그 만큼의 진지함을 담고
있다는 것에서 이러한 부분은 박태원의 소설과 오규원 시의 경계성
은 없는 것이다.

5. 맺음말

　패러디는 시공을 초월하여 이 쪽과 저 쪽을 연결하면서 동시에 그 경계를 무너뜨리기도 한다. 이러한 패러디의 복합성을 이합 하산 Ihap H. Hassan은 '과거의 현재화'로 허치언Linda Hutcheon은 '과거의 현존'으로 명명했다. 이러한 패러디는 현대시 방법의 중요 창작원리가 되었지만 그러나 훨씬 오래 전부터 한국문학에서도 패러디의 기법은 많은 작품들에서 활용되었다. 현대시만 하더라도 김소월, 서정주, 장정일, 오규원 같은 시인들은 패러디를 시창작의 주요 방법으로 활용하여 현대시의 새로운 영역을 개척했다. 이들은 패러디 기법을 시의 창작원리로 도입하여 표현의 풍부성을 꾀하고자 했으며, 더구나 현대의 포스트모더니즘에서는 예술을 예술로서 이야기 하는 자기 반영적인 패러디가 강한 편이다. 이러한 점을 생각한다면 패러디는 현대시 창작의 중요한 기법이라는 점을 인정하지 않을 수 없을 것이다.

　이러한 패러디의 문제를 박태원의 소설 <소설가 구보씨의 일일>과 오규원의 시 <시인 구보씨의 一日>을 통해서 살펴보면 지식인의 배회와 소외의식의 공통점, 그리고 오규원의 시에서 보이는 무시간성, 분산되어 나타나는 배회 장소 등에서 차이가 나타나는 것을 볼 수 있었다. 이러한 관계 속에서 모더니즘적 의식 더 나아가서는 포스트모더니즘으로 연계되는 시대성을 통찰할 수가 있다. 즉 오규원이 박태원의 소설 박태원의 소설 <소설가 구보씨의 一日>을 패러디 한 것은 모더니즘 시대로부터 포스트모더니즘 시대로 전환되고 있음을 보여주는 것이다.

구보라는 이름에서 떠올려지는 것은 지식인, 소외의식, 배회하는 산책자 등으로 오규원의 연작시 <시인 구보씨의 일일>은 바로 이런 상징성을 패러디한 것이다. 소설가 구보가 행복 찾기를 위해 배회했다면 시인 구보는 희망 만들기를 위해 배회한다는 점에서 두 작품의 차이점이 있지만 행복과 희망의 차이는 그리 커 보이지 않는다. 다만 박태원 소설에서는 행복 찾기에 대한 주인공의 반응이 부정에서 긍정으로 전환되는데 반하여 오규원의 시의 핵심어인 희망 만들기는 긍정에서 부정적인 결말로 끝난다는 차이가 있다. 이 밖에도 오규원의 연작시에서 뭉뚱그려 놓은 시간은 포스트모더니즘 문학에서 극단화 한 불연속성의 분열된 시간이며 세속성, 대중성, 반권위성 등을 지향한다는 점으로 볼 때 이 작품은 모더니즘적인 박태원의 소설과는 달리 포스트모더니즘을 지향하고 있음을 알 수 있다. 그러면서도 이들 작품에는 시대적 아픔을 표출한 지식인의 고뇌가 공통적으로 들어있다.

2

다산 사상과 문학의 고향 마현(馬峴)

1. 왜, 다산 정약용인가

즈믄 해가 밝아오면서 우리 사회는 온통 바꾸지 않으면 살 수 없다는 개혁의 목소리가 드높다. 심지어는 유행가에도 '바꿔 바꿔'를 외치며 새로운 시대의 새 패러다임을 요구하고 있다. 아직도 곳곳에 썩어있는 물, 그 냄새를 맡으면서도 코만 막을 뿐인 우리 시대에, 뇌성과 천둥을 동반한 폭우로 썩어서 고여 있는 물을 씻어 보내는 일은 요원한 것일까?

21세기의 첫 관문에서 조선 시대의 개혁 사상가이자 큰 시인이었던 다산(茶山) 정약용(丁若鏞, 1762~1836)을 떠올리는 것은, 단순히 조선 시대를 끌어가던 성리학적 이데올로기에서 실학이라는 새로운 물줄기를 만들어 대하를 형성했던 조선 후기 최고의 사상가이자 주체적 문학정신을 실현했던 선비였기 때문만은 아니다. 그것은 변하지 않으면 죽음 뿐이라던 다산의 강력했던 개혁 의지가 그 사회가 안고 있던 비도덕적 모순의 벽을 깨고자 함이어서, 오늘날 우리 사회가 가야 될 개혁의 타당성에 시사하는 점이 많기 때문이다. 다산은 다스린다는 치(治)를 지배행위가 아닌 사람을 섬기는 봉사행위로 해석해서, "하늘은 그 신분이 관리인가 백성인가"를 묻지 않는다고 하여 만인 평등을 선언했으니, 다산 사상의 근대성은 오늘에 와서 음미해 보아도 전혀 낡은 것이 아닌 보편적인 진리 자체이다.

농민들의 참혹한 궁핍에도 불구하고 지방관리들이 행하던 탐학상을 몸소 체험한 다산은 현실 사회의 이러한 모순에 대항하여 그 해결책을 500여권의 방대한 저술을 통하여 제시한다. 그 사회가 안고 있던 구조적 모순, 이를테면 토지제도를 비롯한 삼정(三政)의 문란(紊亂), 문벌 정치의 폐해, 관리들의 가렴주구, 봉건적 신분제도와 과거제도 등의 제도적 모순 등을 개혁해야만 백성들이 굶주림에서 벗어날 수 있다는 애민사상은 그가 겪은 체험에서 얻은 것이다. 이것은 암행어사로서, 지방 목민관으로서, 당파에 밀려 18년간 살았던 전라도 강진의 귀향살이에서 직접 겪고 분노했던 체험사상으로 끝없는 학문 탐구와 융합된 다산의 독자적 사상체계가 아닐 수 없다.

이와 같은 다산 사상은 그의 문학 속에서도 그대로 용해되어 독자적이고 주체적인 문학 세계를 이룩했다. 다산은 음풍농월의 한가한 자연 완상의 풍류시보다는 인간의 삶이 배어있는, 그러므로 우리의 토착어가 농익어 묻어나는 시쓰기를 즐겨했다. 따라서 다산은 중국시의 흉내내기를 거부하고 주체적인 문학관을 엄수했으며, 조선의 선비들이 가졌던 중국문화에 대한 열등의식을 떨치고 우리 문화에 대한 새로운 자존심을 싹틔웠다. 그가 선언한 '조선시(朝鮮詩)' 정신과 시형식은 그 단적이 예가 될 것이다. 그가 남긴 시는 1,195편에 2,263수인데 그의 시정신과 더불어 그가 남긴 방대한 양의 시는 우리 문학사에서 우뚝 솟아있는 봉우리라 하지 않을 수 없다.

문학의 위기라는 이 시대에 다산의 정신을 어떻게 받아들여야 할 것인가. 상업주의가 창궐하면서 작가와 비평가 그리고 출판사가 냄새 나는 밀회를 지속하는 동안 대중은 점점 더 문학을 떠나버리기 시작했다. 문학에 대한 향수가 사라진 시대의 사람들은 대중 예술판으로만 몰려들고 현란한 가벼움만이 인간의 정신을 지배하게 될지 모른다는 우려를 떨칠 수 없는 이 시대에 우리는 다시 한 번 다산을 생각해 보는 것이다.

2. 다산의 고향 마현

다산은 그가 태어나고 어린 시절을 보냈으며, 유배지 전라도 강진에서 18년만에 돌아와서 75세로 서거할 때까지 18년 동안 살았던 향리 광주군 초부 마현(혹은 소내, 현재 지명은 경기도 남양주군 조안면 능내리) 동산에 누워 있다.

다산은 마현에서 아버지 정재원(1730~1792)과 어머니 해남 윤씨(1728~1728)의 4남으로 태어났다. 어머니 해남 윤씨는 윤덕열의 딸이며, 고산 윤선도의 6세손녀이자 조선 후기의 화가 공제 윤두서의 손녀이다. 그러나 어머니는 다산이 아홉 살이 되던 해에 세상을 하직하여 다산은 어머니 없는 외로움을 형들에게 의지하며 어린 시절을 보냈다. 다산은 스스로 외탁을 많이 했다고 말했는데 특히 그의 외증조부 윤두서와 닮았다고 했다. 다산이 강진에 유배해 있던 시절 해남의 외가 댁에 자주 들러 많은 서책들을 빌어다 보았으며, 그가 이 시절 많은 저술을 할 수 있었던 것은 이와 같은 독서가 큰 뒷받침이 되었다.

부인 홍씨와 합장되어 있는 그의 유택은 발치 아래의 그가 살았던 고택을 굽어보고, 눈을 들어보면 다산이 살았던 그 때와 다름없이 시름도 모르고 흐르는 강물이 보인다. 다산의 유택에서 보면 흐르는 강물이 햇빛을 받아 반짝이는 모습이 눈에 들어오고, 강 저 건너에 주걱산의 높고 낮은 봉우리들이 물결치듯 이어져 있다. 마재라고도 하는 이름 마현은 말이 쉬어가는 고개라는 뜻이며, 서울로 들어가기 전 잠시 쉬어가는 곳이라는 뜻이 담긴 듯 하다. 물론 지금은 더 가까워졌다. 자동차로 팔당대교만 건너면 한달음에 달려와 마현, 즉 능내로 들어올 수 있으니 조용한 이 마을에 까페가 생겨나고, 다산의 문학과 그의 사상을 흠모하는 이들이 다산 기념관을 둘러보며 사색하는 장소로 입소문이 난 것이다.

기념관에서는 학문을 몸소 실천했던 학자로서 다산의 업적을 한눈에 알 수 있도록 그가 만들었던 기중기, 도르래의 모형과, 그가 26세에 설계했다는 한강 배다리에 대한 기록을 확인할 수가 있다. 정조 때 수원의 화성을 쌓는데 인부들이 무거운 돌을 지고 나르는 모습을 보고 기중기를 만들어 사용한 결과 인력, 시간, 경비를 획기적으로 절약할 수가 있었다. 절감된 비용이 4만냥이나 되었다고 전해진다. 당시 지식인들이 천시하던 과학 기술을 다산 스스로가 연구하고 실천했던 것은 백성을 사랑하는 마음, 목민관으로서의 철학이 있었기 때문이다. 배다리는 배를 나란히 띄워 만든 다리로서 배 60여척을 띄워 위에다 널빤지를 깔아 만들었기 때문에, 이 다리는 빠르고 안전하게 건널 수 있어서 정조가 그의 아버지 사도세자를 성묘하러 갈 때 주로 이용했다는 기록이 있다. 실학을 경세치용학파(經世致用學派), 이용후생학파(利用厚生學派), 실사구시학파(實事求是學派)로 나누는데, 인맥으로 보면 다산 정약용은 경세치용학파에 속하지만 그의 높은 학문 수준은 이 세 개 유파를 모두 집대성한 사상가로 평가받는다. 정조는 다산의 이와 같은 능력과 깊고 넓은 학문을 높게 평가하여 그를 총애하였다. 그러나 왕의 죽음 이후로는 당파 싸움에 밀려 다산은 길고 험난했던 18년간의 유배생활을 감내해야 했다.

다산의 생애를 크게 세 시기로 구분한다면 마현에서의 유년기와 아버지의 임지를 따라 외지에서 살다가 관직에 들어갔던 청장년기가 그 첫 번째 시기이다. 두 번째 시기는 나이 40세에 강진에 유배되어 18년 동안 보냈던 때이며, 해배되어 마현으로 돌아와 여생을 보냈던 때가 세 번째 시기이다. 다산이 죽란시사(竹欄詩社)를 만들어 시우들과 어울렸던 때는 첫 번째 시기였다. 다산은 그의 생애 중 가장 화려했던 시절인 관직생활을 하던 때에 15명의 동인들과 시사를 맺어 시와 정치를 논하며 친교를 가졌다. 시사란 오늘날로 말하자면 가까운 친구들과의 모임인 일종의 문학동아리로서, 당색도 같은 사람끼리 모이며 선배들의 지원과 보살핌을 받았다. 죽란시사는 다산이 명례방(明禮坊 – 오늘날의 명동)에 살 때 정원에 석류, 매화 등 수십 종의 정원수를 심어놓고 대나무로 난간을 설치한 데서 비롯되었다. 15명의 동인들 중 다산을 비롯하여 9명이 초계문신(抄啓文臣) 출신인 것은 이 시사의 성격을 말해준다. 초계문신은 정조의 인재 배양 정책에 의해 문재 있는 연소 문신을 뽑던 제도로서 여기에 선출되는 것은 일대의 영광으로 여길 정도였다.

이들은 거의 하루도 거르지 않고 만나던 가까운 사이였지만 정기적 모임과 비정기적 모임이 있었다. 정기적 모임은 살구꽃 피면, 복숭아 꽃이 피면, 한 여름 참외가 익으면, 가을에 연꽃이 피면, 국화꽃이 피면, 세모에 화분의 매화꽃이 피면 각 한번씩 모이는 것이었다. 비정기적 모임은 아들을 낳으면, 지방의 수령으로 나아가면, 승진을 하면, 자제가 과거에 급제하면 시회를 마련하는 것으로 되어 있었다. 삼십대의 문신들로 동인들은 모두 관직에 있었으며, 다산도 득의의 시절이었기에 그의 인생에서 가장 행복했다. 이런한 면모들은 죽란시사와 시우들에 관한 많은 시에서 찾아볼 수 있다.

그의 생애에서 가장 험난했지만 독서와 학문에 몰두하여 문학과 사상을 원숙하게 꽃피울 수 있었던 것은 두 번째 시기였다. 다산의 유배는 정조의 죽음으로 노론 벽파가 정치적 세력을 얻게 되자 순조 원년인 1801년에 발생한 신유사옥으로 천주교의 박해가 시작되면서였다. 서학의 금지는 노론 벽파의 정치적 반대 세력인 남인 시파를 제거하기 위한 명분 쌓기에 지나지 않았다. 이때 박해를 입은 인물들은 이벽, 이가환, 이승훈, 최창현, 권철신, 정약현, 약전, 약종, 약용 3형제와 황사영 등이며, 이들의 대부분은 인척지간이었다.

다산은 20대에 3년여 간 천주교를 잠깐 접한 적이 있었으나 관계를 끊었으며, 정조 때 천주교를 이용한 노론 측의 사상 논쟁이 거세지자 이를 벗어나기 위해 정조 14년경부터는 천주교와의 관계를 완전히 청산한 것으로 알려져 있다. 그러나 노론 벽파의 남인을 제거하기 위한 음모는 다산을 그냥 두지 않았다. 이 신유박해로 인하여 다산의 형 약종이 처형 당했으며, 약전은 흑산도로 유배당했다가 황사영 백

서 사건26)으로 우이도로 옮겼다가 1816년 59세로 사망했다. 다산만
이 18년만에 고향 마현으로 돌아올 수 있었다. 그러나 다산 정약용은
강진에서의 18년동안, 고독과 절망으로 세월을 보내기보다는 수많은
책을 저술하고 제자들을 가르치고 시를 지으면서 위대한 업적을 쌓
는 기간으로 삼았다. 그의 대표적 저서 중의 하나인『목민심서』도
이 기간 중에 완성된 것이었다.

　옛 이름 마현에서 이름이 바뀌어 능내라 불리는 이 곳에는 다산의
6대손인 정해운씨가 다산유적지 명예관리인으로 선조를 돌보며 살
고 있다. 능내는 가구 수가 그리 많지 않은 조용한 동네이지만 정해운
씨 집은 좀더 마을 안켠으로 들어가 있었다. 신유사옥 사건으로 집안
은 거의 쑥대밭이 되다시피 하여, 많은 세월이 흘러갔고 이미 선조들
의 과거 이야기지만 천주교라면 지금도 고개를 절레절레 흔든다.
　"혹시 집안 분들이 천주교를 믿지는 않으십니까?"
　"아니요. 내가 어렸을 때만 해도 못된 사람을 보면 <저런 천주학
을 할 놈>이라고 했고, 그건 참 큰 욕이었지요."
　그 말 한 마디에 조용한 이 마을을 휩쓸고 갔던 이 천주교 박해
사건의 후휴증이 얼마나 컸었나를 짐작할 수 있을 것 같았다. 다산
형제들이 학문을 논하면서 산책하고 걸었을 조용한 이 마을, 강변에
는 그 때의 그 주인공들을 알고나 있는지 무심한 바람만 불고 있을
뿐이다. 다산이 자신의 고향을 얼마나 사랑했는가는 다음과 같은 시

---

26) 1801년 황사영이 주문모 신부의 죽음을 북경 천주당 신부에게 알리기 위해 백반에 물을
　　타서 글씨를 썼던 편지(帛書)가 발각되어 천주교도들이 수난당했던 사건. 백반에 물을 타서
　　글씨를 썼다가 말리면 아무것도 보이지 않다가 다시 물에 넣으면 글씨가 살아난다.

에서도 알 수 있다.

> 뜻밖에 고향 마을 이르렀는데
> 문 앞에는 봄 물이 흘러가누나
> 흐뭇하게 약초밭 내려다보니
> 예전처럼 고깃배 눈에 들어와
> 꽃잎이 화사한데 산가 고요코
> 솔가지 늘어져라 들길 그윽해
> 남녘 땅 수천 리를 노닐었으나
> 이와 같은 지역은 찾지 못했네
>   － <소내의 집에 돌아오다(還苕川居)>[27]

다산은 마재에서 태어나고 자랐어도 관직을 받은 아버지의 임지에 따라가 산 경우가 많았고 또한 오랜 유배 생활로 고향을 비운 적이 많았지만 그에게서 고향만큼 아늑하고 정겨운 곳은 없었다. 다산의 시에는 유난히도 그의 고향 소내에 관련된 시가 많다. <여름날 소내에서 지은 잡시>, <소내에서 배를 타고 한양에 당도하다>, <초여름 처자를 거느리고 소내로 돌아오며> 외에도 많은 시를 발견할 수가 있다. 위의 시에서도 남녘의 여러 곳을 다녀봤지만 자신의 고향 같이 정겨운 곳은 찾을 수 없었다는 솔직한 심정을 통해서 다산 문학과 그의 사상을 싹틔울 수 있었던 근원적인 밭이 바로 마재라는 다산의 향리였음을 알 수 있을 것 같다.

---

27) 忽已到鄕里 門前春水流 欣然臨藥塢 依舊見漁舟 花煖林盧靜 松歪野俓幽 南遊數
　　千里 何處得玆丘

3. 주체적 문학관과 조선시 선언

　다산은 그의 저서 『흠흠신서』에서 살아야 할 사람이 죽고 죽어야 할 사람이 사는 현실을 통탄한 바 있다. 또한 조선 사회 어디 한 구석이라도 병들지 않은 곳이 없다고 하며, 충신지사가 어찌 수수방관할 수 있겠는가 라고 혁신적인 의견을 거침없이 논했다. 마찬가지로 조선의 문학은 큰 병을 앓고 있다면서, 스스로 진단하고 새로운 방법론을 제시하였다. 다산은 우리 것은 업신여기면서 중국의 것만 숭상하고 모방하는 어리석은 병을 깨우치고 고치기 위해서 조선시론을 전개했으며, 작품에는 농민들의 삶과 당시의 현실을 사실감 넘치면서도 토착적인 표현으로 묘사했다. 다산의 이와 같은 주체적인 문학관은 오늘날의 한국 문학에도 시사하는 바가 많으며, 새 시대가 개혁을 원하듯이 새 시대의 문학 또한 달라져야 함을 우리는 2백여년 전의 다산 문학론에서 배운다.

　조선 사람에게 외국어라고 할 수 있는 한문은 아무리 열심히 공부하고 또 잘 쓸 수 있다고 해도, 그것을 문학으로 형상화 하는 데는 한계가 있을 수밖에 없다. 중국어와 음운 체계가 다르고 살아가는 생활 방식도 다르기 때문이다. 특히 시를 짓는 데는 평측(平仄)과 운(韻)을 맞추어야 하는 등 까다로운 작시법 때문에, 중국어 발음과 다른 우리말 발음으로 한시를 짓는 것은 매우 어려웠다. 옛날 대동강 부벽루에 걸린 현판의 시들은 중국 사신이 오면 모두 떼어버렸다고 하는데, 중국인 앞에 내놓기가 부끄러운 시였기 때문이었다. 한문 문장의 대가라 할 수 있는 다산조차 중국의 운이 어려워 조선시를 쓰겠다고 말할 정도였으니 조선에서 틀에 맞지않는 엉터리 한시가

얼마나 양산되었는지 짐작할 수 있으며, 주체적 문학을 위한 독립선
언이라 아니할 수 없다.

> 늙은이의 한 가지 즐거운 일은
> 붓 가는 대로 마음껏 시를 쓰는 것
> 어려운 운자(韻字)에 신경 안쓰고
> 고치고 다듬느라 늦지도 않아
> 흥이 나면 뜻을 싣고
> 생각이 이르면 곧 바로 시를 쓰네
> 나는 조선 사람이기에
> 즐거이 조선시를 쓰리
> 그대는 마땅이 그대의 법을 쓰면 되니
> 시작법(詩作法)에 안맞는다 비난할 자 누구리오
> 중국시의 구구한 격(格)과 율(律)을
> 먼 데 사람 어떻게 알 수 있으랴
> [···중략···]
> 배와 귤은 그 맛이 각각 다른 것
> 입 맛따라 저 좋은 것 고른는 건데
>   - <노인의 즐거운 일 중 하나(老人一快事)>28)(밑줄 - 필자)

　다산의 이와 같은 주체적 문학관은 중국 중심주의의 사고에서 벗
어나려고 하는 독자적 문화의식에서 나온 것으로, 중국시를 앵무새
처럼 흉내내는 선비들의 허식과 문학풍토를 반성하며 조선시의 새로

---

28) 老人一快事 縱筆寫狂詞 競病不必拘 推敲不必遲 興到卽運意 意到卽寫之 我是朝
　鮮人 甘作朝鮮詩 卿當用卿法 迂哉議者誰 區區格與律 遠人何得知 ………梨橘各
　殊味 嗜好唯其宜

운 길을 제시한 것이다. 그의 시에서 자주 찾아볼 수 있는 순수한 우리말이나 민요풍의 시들은 바로 조선의 정서와 의식을 조선의 고유 언어에 실은 작품이다. 다만 그 표기가 한자어로 되어 아쉬움이 있지만 당대의 현실로 보았을 때 지금의 우리들도 이해할 수밖에 없는 것이다.

물론 다산의 이러한 혁신적 문학의식은 이익, 이용휴, 이가환, 박지원, 이덕무, 유득공, 이학규 등 실학파 문인들의 작품에서도 찾을 수 있고, 서로 간의 문학적 호응을 얻어 조선조 후기 문학의 새로운 방향을 이끌었다. 그런 가운데서도 다산을 주목하는 것은 그의 방대한 저술을 통해서 밝혀놓은 개혁 의식이, 문학에서도 그대로 실천되고 있어서 다산 문학의 근대성을 잘 드러내고 있기 때문이다. 참담하게 살아가는 농민들을 비롯하여 조선의 현실을 사실적으로 담아내기도 하고, 토착적인 시어를 발굴해 쓰면서 중국시의 격식에서 벗어나고자 한 주체성이 바로 그것이다. 조선 후기 새 문학의 조류에 한시를 중국시의 격식에서 벗어버리고 우리의 민요적 요소를 많이 담고자 했던 풍조나, 사대부 문학이던 시조에 하층민들이 참여하여 진솔한 민중의 삶을 담았던 사설시조의 유행 등, 이와 같은 조선 후기 문학의 근대성에 물꼬를 트고 대하를 이루는데는 다산의 주체적인 문학의식 개혁이 큰 역할을 했다고 본다. 다산이 오랜 세월 강진에서 유배 생활하는 동안에도 그가 지은 이러한 시들은 서울에까지 전해져 많은 독자층을 얻게 되지만 그 가운데는 "과연 별난 재주로구나, 별난 재주는 상서롭지 못한 것이니라"고 하면서 비방하는 자들도 있었다. 이것은 다산의 개혁성과 새로운 문학에 대한 보수층의 반발이었으며, 이러한 점은 어느 시대나 다 있어왔던 것이다.

> 계랑(桂浪) 봄바다에 뱀장어도 물때 좋아
> 파란 물결 헤치며 활선이 떠나간다
> 높새바람 불 제 항구를 떠나
> 마파람 불 제 급히 돌아온다네
>
>   — <탐진어가(耽津漁歌)> 1장[29]

> 다북쑥 캐고 또 캐지만
> 다북쑥이 아니라 제비쑥이라네
> 명아주도 비름도 다 시들고
> 자귀나물은 떡잎도 안생겨
> [⋯중략⋯]
> 높은 분네들 살피지도 않고
> 흉년이다 기근이다 말만 앞세워
> 가을이면 모두다 죽을 판인데
> 내년 봄 가야 구휼한다네
> 남편조차 유랑걸식 떠났으니
> 나 죽으면 그 누가 묻어주리
> 오 하늘이여
> 어찌 그리 무정한가
>
>   — <채호采蒿>[30]

위의 시 <탐진어가>는 우리말의 원 뜻을 최대한 살리기 위해서

---

29) 桂浪春水足鰻리 樺取弓船樣碧漪 高鳥風高齊出港 馬兒風緊是歸時
30) 采蒿采蒿 匪蒿伊敵 藜莧其萎 慈姑不孕 ⋯⋯⋯⋯君了不察 曰饑曰饉 秋之?殞 春將
　　賑兮 嗚呼蒼天 曷其不愁

우리 발음에 맞추어 한자의 뜻을 빌어온 시어가 많이 보이며 민요적인 느낌을 준다. 활선(弓船), 높새바람(高鳥風), 마파람(馬兒風) 등이 그것이다. 이 밖에도 다산 시에는 싸전(米廛), 책씻이(洗書禮) 등 한자의 훈을 차용한 시어가 많다. 또한 어부가에서 흥을 돋우기 위한 후렴구 지국총(指掬葱)이나 물고기인 낙지(絡蹄) 등의 시어는 뜻과는 관계없이 한자의 소리만 차용한 우리의 토착적인 시어이다.

<채호>라는 시에서 다산은 흉년을 걱정하고 있는 동시에, 백성들을 제대로 돌보지 않는 높은 관리들의 무성의를 비판하고 있다. 배고픔에 가족들도 흩어져 노숙자로 유랑걸식하는 참혹한 실정이 매우 현실감 있게 느껴진다. 이렇듯 문학을 통한 하층민들의 궁벽한 삶에 대한 아픔과, 관리들의 횡포에 대한 풍자는 다산이 시도한 개혁사상의 문학적 재조명이며, 근대적 의식의 민중문학이라 아니할 수 없다.

4. 글을 나오며

마현 동산에 누워 있는 다산은 말이 없다. 다만 우리들 가슴에 불씨로만 남아 있을 뿐. 그 불씨는 오늘에 와서도 활활 타올라야 할 현실의 모순에 대한 비판정신이며 동서 사상을 종합하는 열린의식이다. 또한 그의 문학 속에서 선명하게 투영된 국민에 대한 사랑과 주체적 문화의식은, 오늘 날에도 우리 가슴에 담고 새로운 세기로 질주해야 할 변치않는 화두이다.

행정 구역상 양주군 조안면 능내리로 바뀐 마현 마을 앞 강물은 역사가 그렇게 흘러가듯이, 오늘도 유유히 흐르고 있다. 강물의 흐름

은 겉으로 보기에 너무나 조용하다. 그러나 바윗돌에 부딪치고, 둔덕
을 돌며 찢어지는 물살의 비명 어찌 없을까. 역사 속으로 돌진해 간
한 인간의 삶도 그래왔다. 지금은 그 물살이 내뱉는 소리에 귀 기울여
야 할 때, 시대가 한 위대한 사상가를 그렇게 부르고 있다.[31]

---

31) 이 글을 쓰는데 다음의 책들을 참고했다.
　　민족문화추진회 편,『다산시문집 1～10』, 솔, 1996.
　　김상홍,『다산 정약용 문학연구』, 단국대출판부, 1991.
　　문순태,『다산 정약용』, 큰산, 1992.
　　송재소,『다산시연구』, 창작사, 1986.
　　정석종,『조선후기의 정치와 사상』, 한길사, 1995.
　　정옥자,『조선후기 문학사상사』, 서울대출판부, 1997.
　　조동일,『한국문학사상사시론』, 1982.
　　조동일,『한국문학통사』, 지식산업사, 1984.

백석의 번역시집 『이싸꼽스끼 시초』

1. 『이싸꼽스끼 시초』와 백석의 번역시가 갖는 의의

'고서연구회' 회원으로부터 소개 받은 『이싸꼽스끼 시초』는 90년 이후 연변대학에서 민속학과 독일어를 가르치며 외국인 교수로 일한 오석근 박사의 수집 도서 중에 섞여 있던 것으로, 필자가 『백석』(1995년 건국대 출판부 간)을 쓰게 된 인연으로 이 번역 시집을 얻게 되었다. 백석이 단독으로 번역한 시집은 아니지만 총 20 편 중에서 백석이 12편을 번역했으니, 백석의 역할이 가장 큰 시집이라고 할 수 있다.[1] 이제 이 시집에 수록된 백석의 번역시를 공개함으로써 해방 이후 미진한 백석 자료에 큰 보탬이 될 수 있고, 백석 문학의 또 한 부분을 추정할 수 있는 뜻 깊은 자료가 될 수 있다고 본다.

1930년대의 개성적인 시인 가운데 한 사람인 백석과 그의 시에 대한 연구는 1980년대 이후 주목을 받기 시작하여 1990년대를 지나오면서 많은 성과가 이루어지는 진척을 보였다. 백석시의 개성은 식민지 시대를 살면서 우리 민족의 원형질적인 삶의 모습을 모국어로

---

1) 『백석』(1995, 건국대)에는 지면 관계상 백석이 번역한 이사꼬프스키 시의 제목만 백석 연보에 소개 했었음.

빚어냈던 솜씨와 더불어, 그의 시가 갖고 있는 실험적 형식에서 이루어진 것이라고 본다. 이를테면 전통적이며 향토적인 세계가 주류를 이루고 있는 백석의 시에서 새로움을 느낄 수 있다면 그것은 민요나 사설시조 혹은 판소리 등 전통 문학에서 흔히 사용되는 반복의 형식을 새롭게 자기식으로 변조시킨 그의 시의 실험정신에서 얻어진 것이다. 그리고 이것은 당대의 시와 차별되는 그만의 지배소dominant로 작용했다고 본다.[2] 당시 대부분의 시인들이 서구 문학에 관심을 기울이고 그 영향 아래 놓여 있을 때, 백석은 옛 것을 자기화 하여 오히려 독자들에게 신선한 느낌을 불러일으키고 있었던 것이다. 백석이 서구문학에 대한 이해가 부족했기 때문에 그처럼 시대적 주류에서 벗어나 있었던 것은 아니다. 무엇보다도 일본 유학생으로서 대학에서 영문학을 전공했으며, 타고르와 토마스 하디 등 외국 문학을 여러 편 번역해서 발표했던 점으로 볼 때 백석은 누구보다도 서구문학에 대한 이해가 높았던 것으로 추측되기 때문이다.

이제까지의 가벼운 평설을 비롯하여 약 70여건에 이르는 백석시 연구는 여러 시각에서 조명되어 왔고 그 성과도 매우 컸다. 이러한 관점에서 본다면 그의 시에 대한 많은 부분이 밝혀졌다고 보아도 과언은 아니다. 그러나 북에서 활동했던 모든 문인들과 마찬가지로 해방 이후 백석의 행적은 명확히 드러나 있지 않기 때문에 백석의

---

2) 백석시에서 자주 보이는 반복과 병렬의 형태는 고시가의 엮음구조에서 수용한 것으로, 촘촘히 엮어나가는 긴 사설의 형식, 특히 사설시조의 그러한 방식과 긴밀한 관계에 있으며 「여우난곬족」, 「고방」, 「모닥불」 등 백석의 많은 시가 이런 형식을 받아들이되 재구성, 재기호화하여 자기식의 변조를 꾀하고 있다. 이에 대한 자세한 내용은 필자의 논문 <백석시의 엮음구조와 사설시조와의 관계>(중원인문논총 18집, 1998) 참조

문학적 전모를 밝힌다는 것에는 일정한 한계가 있을 수밖에 없다. 지금까지 드러난 해방 이후 백석의 문학적 행적은 주로 북한의 조선 작가동맹 기관지『조선문학』에 실린 문학 작품을 통해서이다.『조선 문학』에는 1956년 4월호에 이·뜨왈도브스끼의「레닌과 난로공」이 라는 번역시가 실린 이후 창작시와 평론 등이 계속 발표되다가, 1961 년 이 잡지 12월호에 실린 시 두 편을 끝으로 백석의 이름은 보이지 않는다. 이 기간 동안 백석은 창작시 12편, 번역시 1편, 아동문학평론 3편, 수필 1편을 발표했다.[3]

  1961년 이후의 백석의 이름을 찾을 수 없듯이 1948년 고향에 머물 러 있던 백석의 시 <남신의주 유동 박시봉방> 외 두 편이 친구 허준 에 의해 남한에서『학풍』등에 발표된 이래, 1956년『조선문학』에 그의 이름을 발견하기까지 약 10여년의 행적도 앞서 밝힌 백석의 번역시집『이사꼽스끼 시초』를 공개하기 전까지는 전혀 알 수 없었 다. 우선 이 10여년 사이 그가 어디에서 무엇을 했는가, 작품 활동은 했는가, 이전의 작품과 비교할 때 어떤 변화가 있었는가 등 몇 가지 의문점을 해결할 수 없었다. 따라서 1954년에 출간된 백석의 번역시 는 백석이 그 무렵까지도 활동했다는 단서가 될 것이다. 그러나 중국 연변에 조선족이 많이 살고 있긴 하지만 어째서 북한이 아닌 곳에서 번역 시집이 나왔는가도 의문점이다.[4]

---

3) 정효구, 「백석」, 문학세계사, 1996, p.218.
4) 기록에 의하면 백석은 1941년부터 해방이 될 때까지 만주에서 살면서 측량 관계의 일과 단동에서 세관원의 일을 했다고 하니, 연변 지역은 백석과 인연이 깊은 곳이긴 하다. 그러나 해방 이후 어떻게 그 곳에서 시집이 발간되었는지 그의 거주지가 연변이었는지 지금으로서는 알 수 없다.

2. 『이싸꼽스끼 시초』의 구성과 이사꼬프스키에 대하여

이 책은 편집 및 출판이 연변 교육출판사로 되어 있으며, 인쇄는 길림성 연길시에 소재한 동북 조선인민보 인쇄창, 발행인은 길림성 연길시의 동북 인민서점총점 1954년 3월 1일 1차 인쇄로 기록되어 있다. 값은 2천 6백원이다.

3쪽에 걸쳐 머리말이 수록되어 있는데, 이사꼬프스키가 어떠한 시인인가를 간략히 언급하고 있다. 즉, "쏘비에트 시 문학계에서 인민들에게 많은 사랑을 받고 있는 미하일 와씰리웹츠 이싸꼽쓰끼는 외국인에게도 널리 알려져 있는 유명한 시인으로 특히 부르면 그대로 노래가 되어 인민들이 즐겨 부르는 시들이 많은 것이 그의 시의 특징"이라고 소개하고 있다. 이 번역 시집의 몇 편은 한역에서 중역된 것이라고 하는데, 백석의 번역시는 원시 그대로를 번역했을 것으로 본다. 백석이 러시아말을 잘했던 것은 여러 기록에서 확인된 것이며, 실제로 솔로호프의 <고요한 돈강>을 번역했던 것 등이 그의 러시아어 실력을 말해주는 예가 될 것이다.

총 20편의 번역시 중에서 백석이 12편, 전동혁이 3편을 번역했고, 손남, 허일, 백구령 등이 각 1편씩을 번역했으며, 역자를 밝히지 않은 작품이 2편 있으며, 모두 68쪽으로 된 시집이다.

미하일 이사꼬프스키(Михаил ИСАКОВСКИЙ 1900 ~ 1973)는 시 애호가와 문학에 정통한 사람들만이 아니라 문학적 관심과는 매우 거리가 먼 독자에게도 알려져 있는 시인이다. 그러나 작가가 누군지 모르는 사람들도 <시골을 따라>, <까쮸샤>, <적들은 고향의 농가를 불태웠다>, <오, 까마귀 밥나무가 핀다>, <등불> 외에 많은

이사꼬프스키의 노래시들을 알고 또 노래하는 러시아의 대표적인 서
정시인이다. 따라서 그는 민요의 특징을 살린 구비 민중시인, 즉 민요
시인이라고 할 수 있다.5) 근래 우리나라에서도 그의 시가 번역 소개
되어 있으며6), 그의 시에 대한 한결 같은 평가는 시의 음악성을 강조
한 전통을 지속 발전시켰다는 점이다. 백석이 이사꼬프스키의 시를
번역한 것도 이와 같은 시풍이 마음에 들었기 때문일 것으로 본다.
백석시가 지니고 있는 향토성, 전통성, 그리고 자신만의 새로운 개성
으로 변화시킬 수 있는 모더니티, 이런 것들이 두 시인에게 맞닿아
있는 것으로 보인다. 그러나 러시아 혁명을 통한 정치적 상황은 문학
작품에도 변화를 주었고, 이사꼬프스키도 정치성이 농후한 시를 쓰
게 되었다. 백석이 번역한 이사꼬프스키의 시에도 이런 정치적인 시
가 여러 편 보인다.

---

5) <러시아현대문학사>, 꼬발레프 외 저, 임채희·이득채 공역, 제3문학사, 1993.
6) 이항재 역, 『소련현대시선』, 장백, 1989. 이 책에 <까쮸사>를 비롯해서 모두 6편 수록.

3. 백석이 번역한 이사꼬프스키의 시 12편

조국찬송

1
오래 살으리라
영원히 멸하지 않으리라
근로 인민의 나라
우리의 쏘베트의 나라

땅과 자유와 권세와를 위한
원쑤와의 피투성이 된 싸움에서
그는 전능하고 자유스러운 나라의 자리에
승리를 자랑하며 올라 갔도다

우리는 가슴을 벌려 그를 안아 지키였도다
모든 생각을 그에게로 바치엿도다
당신네들의 그 크나크신 사랑으로
렌닌과 쓰딸린은 이것은 불태우셨도다

그 위에서 인민들은 처음으로
자기들의 해를 우러렀더라
그의 일에 부지런한 손들이여 오래 살으리라
그의 이름이여 빛나도다!

2

살아라 쏘베트의 조국아
레닌의 끼치신 말씀에 어긋남이 없이
살아라 사회주의의 나라야
쓰딸린의 뜻을 뜻으로 한 나라야
        레닌의 끼치신 말씀에 어긋남이 없이
        우리들에게는 기쁨이 되게 살아라
        원쑤들에게는 무서움이 되게 살아라

그 굳세인 힘을 쥐인 손아귀에서
너는 영광스러운 깃발을 놓지말라
굳게하라 그 자유롭고 평등한 단결을
인민들의 또 민족들의 단결을
        인민들의 또 민족들의 단결을
        우리들에게는 기쁨이 되게 굳게하라
        원쑤들에게는 무서움이 되게 굳게하라

나아가라 앞으로 굴하지 말고
온 나라의 평화로운 성좌에서
로동자와 농민의 나라야 너는
꺼지지 않는 별이 되여 빛나라!
        로동자와 농민의 나라야!
        우리들에게는 기쁨이 되게 빛나라
        원쑤들에게는 무서움이 되게 빛나라!

인민에게 영예를

씨비리의 가없는 벌판으로 부터
폴레씨야의 수풀과 소들에 까지
슬기로운 인민은 일어섰도다
우리의 위대한 쏘베트의 인민은

자유롭고 옳바른 – 그는 나오다
싸움은 싸움으로 대답하면서
그 크나큰 조국을 지키고저
강대한 우리의 나라를 지키고저

그는 무쇠도 돌덩이도 부숴가면서
원쑤를 용서없이 깨쳐버리다
베를린의 하늘 높이 승리의 기를
저이들의 진리의 기를 세웠도다

그는 불이며 물을 지나오면서
그는 제갈 길을 버리지 아니하도다
영웅인 – 인민에게 영예를 드리자
그의 붉은 군대에게 영예를 드리자!

나의 우크라이나 우크라이나!

한시를 쳤다 순간은 왔다

어슴푸레한 새벽안개속에
군대는 일어나 공격에 나아갔다
군대는 우크라이나의 땅을 향해 떠나갔다
고향내기들 결의형제들 친한 동무들……
눈 쌓인 벌판을 서쪽을 향해 갔다
나의 우크라이나 우크라이나
나를 낳은 어머니

생각하고 느끼고 노래 부른 모든 것
모든 것 이 길위에 누웠다……
중위는 소원이 누구보다 먼저
제 우크라이나에 가 닿는것이였다
꽃 일은 겨우사리 저녁녘이면
꾀꼬리 기다리던일 생각났다
나의 우크라이나 우크라이나
나를 낳은 어머니여!

당신이 계신데까지 제아무리 길이 멀어도
우리는 당신의 문턱에 가 닿으리라……
그러나 중위는 넘어졌다
다시는 일어나지 못할것 같았다

독일놈은 떨어지는 어뢰에 맞아
뜨거운 피는 콸콸 꼴라 올랐다.
나의 우크라이나 우크라이나

나를 낳은 어머니

타국놈들은 당신을 갈기 갈기 찢어놓고
비틀어 꼬고 병신 만들고 하였다
—— 곁의 형제들 나를 일으켜주오
고향사람들 나를 추켜 세워주오
나는 전투의 대열을 버리지는 못하오
나는 죽어도 좋으나 그러나 거기까지는 가 닿으려오
나의 우크라이나 우크라이나
나의 가슴이여……

우리의 힘으론 이 뜻을 거스릴수도
이 말에 무엇을 탓할수도 없었다 ——
바로 이때 죽음까지도
그의 타는 듯한 소망앞에는 물러섰다
그는 일어났다-독수리 새끼들아
내 뒤를 따르라! ——
그러자 사람의 물결 등등하니 일어났다.
그러자 하이햔 농가들이 보이였다
우크라이나가 보이였다!

그는 고국에 다달았다
성실하니 병사의 의무를 다하고
그러나 그는 마지막 힘으로 떨어뜨리고
비틀거리다 넘어지고 그리고는 고요해졌다

고향내기들 결의형제들 친한 동무들 ——
인민의 병사들은 슬픔속에 모자를 벗었다
나의 우크라이나 우크라이나
나의 젖 어미여!

잘있느냐 쓰몰렌쓰크!

어서 가라 행길로 나루터로
네 아들들을 만나보라……
잘 있느냐 오랜 로씨야의 영광의 거리야
잘 있느냐 나의 청춘의 거리야!

몇 번이나 가슴 아픈 리별속에서
쓰디 쓴 숨을 쉬는 싸움속에서
네 광장과 거리를 향해
멀리 내 손길을 뻗치였던고

너는 원쑤의 발뒷축 밑에
뜨거운 눈물에 젖어 누웠도다……
노래의 거리야 지지우리던 노을의 거리야
놈들이 너를 어떻게 하였단 말이냐?

네 정원을 놈들이 찍어버리지 않았더냐?
네 거리를 놈들이 불 놓지 않았더냐?
네 처녀애들을 놈들은 죽이지 않았더냐
종처럼 억지로 끌고가지 않았더냐?

이 여러 광장의 돌멩이들이 모두
네 피를 뒤쓰지 아니했더냐?
포로의 거리야 갖은 슬픔의 거리야
모든것을 너는 참고 견디고 끝내 항복하지 않았다

고문으로도 형벌로도 너에게서는
원쑤놈들 아무것도 얻지못했도다
너는 믿었었더라 이 명절이
네 부활의 명절이 오고야 말것을

네 갖은 슬픔을 위하여 로씨야의 땅이
원쑤에게 세음쪽을 들여대일것을……
기약한 날은 왔다 쓰딸린이 그 군대를
네 성채의 낡은 담벽을 향해 나외었도다

자 이제 네 이름을 이름으로 한 이것은
너의 앞을 지나 나간다
이리하여 승리를 얻은 싸움의 깃발
성벽위에 사랑스러이 나붓기노나

광장으로 행길로 나루터로
너는 어서 가 용사들을 만나라……
너는 풀려났도다 로씨야의 영광의 거리야
내 청춘의 빛나는 거리야!

아들에게 하는 부탁

내 속으로 나온 아들아! 얼른 땅에 엎디여 들어다고
눈물로 부어진 말을
내 속으로 나온 아들아! 네 어미에게는
시방 - 빵도 없고 땅도 없고 피도 없구나

그들은 왔고나 흉악한 흑사병처럼 왔고나
그리고는 우리 피로 배를 불키고
짐승은 홀어 쫓고 집은 불 놓고
늙은이도 어린것도 욕을 하였다

밤이나 낮이나 나는 외로이
불에 탄 수풀과 마을을 헤매이노나……
내 속으로 나온 아들아! 네 안해는 어디 가 있니?
내 속으로 나온 아들아! 내 며누리는 어디 가 있니?

부정한 강도놈의 손을 가지고
뜰악에선 빼앗고 잡아채고
아침이 다 진토록 희롱질 하고
이러다 거기서는 - 잘있자 - 하고 총칼로 끝장을 내였더
라

혹독한 고초에 시달려서
네 어미 없는 자식은 가고 말았다……

나는 이것을 무덤속에 묻을 때
그 얼굴 네게로 네가있는 동쪽으로 놓아주었다

땅에 엎디여라 그러면 그 심한 싸움속으로
네 젊은 혼은 들을 것이다
네 어린것의 사랑이 얼마나 너를 그려 우는지
죄 없이 흘린 피가 얼마나 서러 우는지

내 아들아 귀를 기울여라 그리고 싸움에 선봉 서라
우리들을 위해 조국을 위해
이 대답 없는 무덤을 위해
미쳐 날뛰는 것을 부수고 벌을 주어라

부정한 짐승의 씨를 업새라
불로 사르고 기계로 눌러버려라!
참으로 여기에 내 축복이
영원히 사라지지 않는 축복이 있다

여기에 붉은병사 장사 지내다

걷든지 타든지 그 어디로 가다도
여기서는 잠간 멎어서라
이 귀한 무덤에
정성껏 절을 드리라

그대가 그 어떤 사람이라도 - 고기잡잇군이나 광부이나
학자나 또는 목동이나
언제나 잊지 말라 - 여기에 누운이
그대의 가장 좋은 친구임을

그대를 위해서 또 나를 위해서
그는 제 힘을 다 하였도다!
몸을 아낌 없이 싸움으로써
조국을 안아 지키였도다

땅

집체농장에서 차지한 땅은 아무 값없이
또 한없이 즉 영원히 리용할 수 있음
(쏘련헌법에서)

땅이여 땅이여 - 나를 낳은 어머니시여!
사랑하는 아들과 이야기 좀 하셔요……
당신의 묏밭과 벌판에는
끝이나 가이 보이지 않습니다

당신의 가멸하심은 헤아릴수 없습니다
이것은 다함이 없이 놓여 있습니다……
땅이여 땅이여! 얼마나한 불행을
우리는 당신을 위하여 참았습니까!

오랜 세월을 두고 당신이야말로
우리들에게는 말하기 두려운 소망이 아니였겠습니까!
캄캄한 어둠속에서 가난한 사람의 운명이
당신을 두고 노래 부르지 않았습니까

우리들로 하여금 옴쭉할수 없이
마지막 썩은 기둥뿌리도 팔게한것은 당신이 아니였습니
까?
우리들을 이주민의 무개렬차에 실어

고향을 떠내보낸것이 당신이 아니였습니까?

해마다 해마다 부자놈의 발아래
우리가 절해온것은 당신때문이 아니옵니까?
인민들이 울라지밀의 길로
걸어가게된것이 당신때문이 아니옵니까?

나를 낳은 어머니시여 ─ 살찐 땅이여
오랜 세월을 내내 당신은 사로잡힌몸이 아니옵니까?
우리가 끝에서 끝으로 온 나라를
뒤타 다닌것도 당신때문이 아니옵니까?

땅이여 땅이여! 새벽하늘이 붉었습니다
이리하여 당신은 우리를 위해 ─ 사방으로 활짝 열렸습니
다……
땅이여 땅이여! 글쎄 얼마나한 불행을
글쎄 얼마나한 슬픔을 지나왔습니까?

내가 자란 쓸쓸한 시골

　　내가 자란곳은 쓸쓸한 시골
　　거기는 농군들의 흥 없는 롱담 −
　　복이 말을 타고 그들을 찾아온걸
　　글쎄 그것을 부자놈들이 덮치였다는

　　내가 자라기는 남의 땅바닥
　　내 아버지며 할아버지 풀죽어 헤매이던 곳
　　여기서는 집집이 − 아마도 한 천년 −
　　가난히 아랫목에 앉았었더라

　　내가 자란 곳은 토박한 벌판
　　길이란 길은 모두 안개속에 잃어지고
　　어린것 재우는 어머니의 흥어리
　　미리부터 슬픈 팔자 노래했더라

　　흙덩이라 보습이라 탑죄지라 −
　　내고향 다만 이런것이 였더라
　　우리 세상 드높은 하늘아래서
　　내 생각 자꾸만 고향으로 돌리라

　　내 생각이 에도는 지나간 세월
　　흐릿하고 거칠던 청춘의 한때
　　오늘은 우리 손에 잡은 모든것
　　나날이 내게는 귀해만 져라

까츄샤

능금꽃 배꽃 활짝 피고
강위엔 물안개 서리여라
까츄샤는 나왔더라 강기슭으로
그 높고 험한 강기슭으로

나와 서서 부르는 노래
풀밭에 사는 재빛 독수리의 노래
그 사랑하는 사람의 노래
가슴에 안은 편지 임자의 노래

오 너 노래야 처녀의 노래야
밝은 해를 따라 날아가라
먼 국경의 병사 하나에게
까츄샤의 인사를 전해다고

그이가 수수한 이 처녀를 생각케 하라
이 처녀의 노래를 듣게하라
그가 조국의 땅을 지키게하라
그리고 까츄샤의 사랑도 지니게하라

능금꽃 배꽃 활짝 피고
강위엔 물안개 서리여라
까츄샤는 나왔더라 강기슭으로
그 높고 험한 강기슭으로

봄

눈은 녹고 진펄이 푸르렀다
다리위론 다시금 달구지 덜컹
참새는 햇볕에 취했고나
능금나문 꽃일어 흔들리노나

뜰악마다 일이야 있고 없고
아침부터 흥겨운 덜커덕 소리
지난겨울 들어온 더부사리에
마소떼 몰고 나는 풀밭이로다

봄 봄은 이곳 저곳 살아 숨 쉬고
봄 봄은 온곳에 설렁대노나...
수탉은 지붕끝에 날아 올라가
마을이 들썩하니 울어대도다

열창들 열렸구나 따스한 바람
강에선 흰 김이 사려오른다
아이들 해를 반겨 좋아 떠들고
늙은이들 가만이 살림을 생각코

살틀한 것들

호도나무 수풀이야
익은 호도알 채롱에 굽알지고
길섶에는 수풀 수풀
나무 그림자는 져라

골을 돌아 벼랑을 돌아
버드나무가지 사이 사이로
고요히 또 수집게
누으런 가랑잎 떠 흐르는 개울물

다람쥐 나무가지에 춤을 추구
벌거벗은 수풀 말이 없어라
구름짱 틈으로 해는 비치여
흘겨보듯 볕살을 보내여라

수풀섶에 조으는 말들
시당나무 등걸에 기대였고나
그들의 꾸는 꿈엔
들판에 소리 없이 눈보라 울어라

단층 학교집이
빙그레 창문으로 웃음 짓고
물까마귀 농업기술가 처럼

거드름 빼며 밭을 거닐어라

풀밭에 사는 게우 물웅덩이에
그 새빨간 게우발을 씻는…
이는 모두다 이내몸의것 모두다 내고향의것
나를 살려온것 나를 낳은곳

다시 보자 거리야 오막살이야

다시 보자 거리야 오막살이야
먼 길이 우리를 부르고 있다
슬기롭고 젊은 아이들아
이른 새벽 우리는 진군을 하자

처녀들아 새벽에는 집을 나와서
공청단패 떠나는데 배웅을 하라
처녀들아 서러 말아 우리 없다고
우리는 이기고야 돌아오리라

원쑤의 흐린 구름 날려버릴라
앞길의 거칠매를 쓸어버릴라
원쑤놈들 그제는 어데로 가랴
면치못할 죽음에서 그 무덤에서

위대한 리별의 때는 왔고나
인민은 우리에게 총을 맡겼다
다시 보자 거리야 오막살이야 -
이른 새벽 우리는 진군을 하자

박재륜, 마지막 모더니스트

1. 떠나가는 시인들

한 시대가 갔다. 그리고 우리는 새로 도래한 이 시대를 21세기라 부르고, 뉴밀레니엄 시대라고 말한다. 한 시대가 가면서 근래에 우리 언어의 새로움과 위의를 지키던 문단의 원로들도 문학사의 저 쪽 페이지로 넘어 갔다. 소설가 황순원을 비롯하여, 서정주 시인의 부음을 들은지 엊그제 같았는데 이번에는 우리 시단의 최원로였던 박재륜 시인이 향년 91세로 우리 곁을 떠났다. 그들이 남겨 놓은 빈 자리에 우리 시는 또 어떻게 단을 쌓아야 할 지 막막하다. 그들과 함께 시의 시대도 가버린 것이 아닌가 하는 불안감, 우리 시를 위해 새로운 진단이 필요하지 않을까 하는 시대적 소명의식 때문일지도 모른다.

문학의 위기가 팽배되어 있는 이 시점이지만 지금 문단은 한창 시끄럽다. 떠나간 이의 무덤에 흙도 마르기 전 그들 시력에 대한 공과가 무수히 떠돌고 있기 때문이다. 떠나간 이들에게 찬사를 던지든 돌을 던지든 정리할 것은 정리하고 한 시대를 접어야 할 것이다. 그리고 또 문학을 향한 먼 길 떠나야 한다. 그 길이 비록 순탄하지 않을 것이라는 예감이 서려도.

박재륜, 향년 91세를 일기로 지난 5월 14일 서거한 이 시인을 기억하는 이는 얼마나 될까? 1930년대의 모더니즘 시인으로 꼽히던 박재륜 시인이 당시에 어떠한 평가를 받았는지에 대한 명확한 자료가 없어서 필자가 소장한 1930년대 조선일보 축쇄판의 문예면을 살펴보고 다음과 같은 기사를 발견할 수 있었다.

> 새로운 시인 박재륜씨는 금년 중에 『신여성』에 발표한 몇 편의 시로만도 그는 현재의 시단의 일반적 수준보다 높은 실력에 도달한 것을 스스로 말하였다.
>
> 그가 구사하는 이미지는 결코 전통적인 것은 아니다. 그러한 특이한 이미지를 연결하여 빚어내는 그의 메타포는 자못 함축 많은 사상의 의상과 깊이를 가지고 있다. 물론 우리들의 선구자 정지용씨가 그의 천재적인 시에서 이미 시험한 것이지만.
>
> 시인 박재륜씨는 그의 시에서 항상 딕션(어법)의 미에 대한 주도한 주의와 조탁을 베풀고 있다. 다만 단어 그것의 미보다도 단어와 단어의 위치와 배치에 의하여 생겨나는 의미의 향기를 자아내려고 하는 곳에 그의 딕션의 특징이 있는 것이다.
>
> 그는 이미 매우 익숙한 시상에 도달하고 있으나 우리는 오히려 이 시인의 금후의 노력에 많은 것을 기대하고 싶다.
> ― 김기림, <1933년의 시단의 회고와 전망>, 『조선일보』, 1933. 12. 12

당대 최고의 평론가라 할 수 있는 김기림에게서 이처럼 호평을 받을 정도로 박재륜의 문학적 출발은 사람들의 특별한 관심을 끌기에 충분했다. 그가 휘문고보 시절 괴테나 셸리, 그리고 보들레르에 심취하면서 학우들과 『네바다』라는 프린트물 동인지를 발간하고 교지『휘문』의 편집에 참가했던 것은 휘문고보의 문학적 환경과도 무관하지 않을 것이다. 휘문엔 가람 이병기 선생을 필두로 하여, 박재륜 시인의 선배인 박종화, 이태준, 김유정, 이무령, 정지용을 배출하였으며, 오장환이나 정훈 같은 그의 후배들도 거쳐간 곳이었다.

이러한 환경 속에서 문학의 꿈을 키워온 문학청년 박재륜은 1930년『조선지광』에 <풍경 점.점.점>을 발표하고, 1931년 5월호『신여성』에 <MISS.R號의 風船球>, 6월호에 <5월>, <월광곡> 12월호에 <외로운 전망> 등의 시를 같은 해에 집중적으로 발표하면서 등단하게 되었다. 이에 앞서 박재륜 시인은 개벽사에서 발간하던『학생』지에 네 사람이 함께 릴레이 형식으로 집필하는 연작 소설 모집에 학우들과 응모하여 당선된 바 있었는데, 그것이 계기가 되어 같은 회사에서 발행하던『신여성』지에 청탁을 받게 되었던 것이다. 이 가운데 산문시인 <MISS.R號의 風船球>는 어느 회사원이 그의 연인이 죽자 화장을 해서 푸른 하늘로 날아다니고 싶다는 연인의 유언대로 뼈를 곱게 갈아 열 여덟 개의 풍선에 넣어 하늘로 높이 날려 보내면서, "free air로— free air로— free air로— / blue birds와 같이—"를 주문처럼 외웠다는 내용이다. 이 시의 형식이나 내용은 그 당시로 볼 때 퍽 유니크하게 느껴질 만한 시였다. 그만큼 박재륜은 모더니즘적 요소를 시에 담고 출발했다고 할 수 있다.

박재륜은 1930년대에 활발한 작품 활동을 하던 김광균, 오장환, 장만영, 김기림, 이상, 정지용, 유치환, 이한직, 조경희 등과 교류하며 시 창작에 심혈을 기울였다. 그가 네 번째 시집『인생의 곁을 지나면서』(1978)에서 밝힌 내용 중에는 김기림이 그의 시 <마음의 묘지>

라는 단시를 칭찬하여 자기에게 빌려달라는 농담도 할 정도였으니
문단의 신인 박재륜에 대한 김기림의 호감을 알 수 있을 것 같다.
박재륜은 이무렵『신여성』외에도『조선지광』,『중앙』등에 <寂心>,
<강촌연곡>, <편지> 등의 초기 시편들을 남긴다. 그러나 박재륜은
1940년 <잠오지 않는 밤의 노래> 5편의 시를 마지막으로 이후 1958
년까지 절필한 채로 살아왔다. 이에 대하여 그는 다음과 같이 말한
바 있다.

> 1940년 내 나이 31세 된던 해 나는 <잠오지 않는 밤의 노래>의
> 5편 시작을 끝으로 1958년까지 17,8년간을 시필을 잡지 못한 채
> 보내고 살았다. 무엇인가 절박한 느낌 속에서 보낸 장구한 세월이
> 었다. 이민족 압박하의 시달림과 곧이어 사변과 전쟁, 이어서 조
> 국해방의 기쁨도 일순간 그리고 남북분단, 6·25 사변의 동족 상
> 잔의 참극, 참으로 숨가빴던 역사의 발자취다.
> ─『인생의 곁을 지나면서』, 1978

20대에 10여 년간 펼쳤던 시작 활동을 멈추었다가 나이 50이 다
되어서야 다시 문단에 얼굴을 내밀게 되었으나, 그 때 이미 한국 시단
은 젊고 새로운 신진 시인들로 재편되어 있었다. 격동의 현대사 속에
온 마음과 몸을 던져 시를 써온 시인들에 비하면 그가 남긴 공백은
너무나 컸으며, 극복에도 한계가 있었다. 그는 이미 낡은 인물로 생각
되었을지도 모른다. 그가 30년대에 교류했던 문인들인 정지용, 이상,
오장환, 김기림, 유치환 등도 이미 작고했거나 월북하여 생사조차
알 수 없었던 때였다. 그만큼 그의 재등장은 흘러간 인물의 흘러간
노래라고 생각되었음인지 크게 주목을 끌지는 못했던 것 같다. 더군

다나 서울에서 활동하지 않고 주로 그의 고향 에서 살았기 때문에 자신의 존재를 알리며 문단 활동을 하는데도 쉽지는 않았을 것이다. 그럼에도 불구하고 박재륜은 그 후 7권의 시집을 남겼으며, 손꼽을만한 시가 많기 때문에 그에 대한 평가가 새롭게 이루어져야 한다고 생각한다.

2. 1930년대의 모더니스트로 출발

앞서 언급 했듯이 1931년 『신여성』에 발표한 <MISS.R號의 風船球> 라는 시는 산문적 형식에다 이야기시(narrative poem), 영문 혼합 등 독특한 느낌을 주는 실험성을 담고 있었다. 이처럼 박재륜의 초기시는 당시 유행하던 모더니즘의 영향을 받은 것으로 보이는데 특히 주지적인 이미지 시에 돋보이는 작품이 많다.

괴이한　洞穴인 내 마음에
헤일수 없는 까마귀떼는 소요하며 날아든다
그들은 그 속에
무수한 무덤을 발견하였으므로

                                       - <마음의 묘지>

멀리 푸른 바다는 빛나고
물새는 온종일 물결에 탄식한다.
우울한 봄날에 내마음은 찬 모래밭
느끼어 부딪치는 그의 생각에
오늘도 모래톱은 슬프게 깎인다.

깎이어 말 없는 헛되인 정서
복사꽃 만발한 항구의 촌락엔
봄빛도 적막히 닭소리 길고
멀리 떨어져 여수에 잠긴 몸은
가없는 권태를 모래톱에 눕혀
바닷가 촌락에 헛되이 버려진
三十女人과의 사랑을 생각한다.

— <寂心>

김기림에게 호의적인 평을 받았다는 시 <마음의 묘지>는 상징적 이미지만 드러나 있는 단시이다. 洞穴, 까마귀떼, 무덤 등의 언어들이 유기적으로 결합하여 어둡고 암울한 젊은 날의 한 초상을 보여주고 있는 듯한 느낌이다. 그래서인지 짧은 시이지만 울려오는 파장은 꽤나 크다. 그 무렵 그가 『조선 중앙일보』에 발표했던 <섬>이라는 단 두 행으로 된 시에 "여자란 하나의 기이한 섬 / 누구나 아름다운 항구를 가졌다"라고 되어있는데 당시의 문단 수준으로 볼 때 이와 같은 시에서 보인 언어감각은 꽤 참신해 보였을 것이라고 생각한다. 그러나 박재륜의 초기시들이 모두 주지적인 이미지 시에만 머물러 있던 것은 아니다. 의도적으로 이미지를 작품 속에 펼쳐도 그러한 조형미 속에 박재륜의 시는 깊은 사색의 무늬를 그려넣고 있다. 이러한 점은 이미지즘 시가 지닌 사물시(physical poetry)로서의 단조로움을 넘어선 것이라 할 수 있다. 위의 <寂心>은 이미지의 조형 외에도 한시의 감각이 남아 있다. "멀리 푸른 바다는 빛나고 / 물새는 온종일 물결에 탄식한다"와 같은 행은 한시에서 볼 수 있는 댓구이며 7, 8행도 같은 형식을 띠고 있다. 그는 어린 시절 선조 때부터 내려오던 많은 서책을 가까이 하며 지냈다고 했는데, 그 서책들 가운데 들어있을 법한 경서며, 시문류를 읽지 않았을 리 없고 그것은 그의 시쓰기에 밑바탕이 되었을 것이다. 그의 조부는 일찍 돌아가신 아버지 대신 박재륜의 문학과 인격 수양에 많은 영향을 끼친 것으로 알려져 있다. 그 조부는 박재륜의 초기 시편 가운데 <江村>이나 <戀心> 같은 시는 화공을 불러서 화폭에 담아 직접 집안을 장식했다고 하니 문학에 대한 깊은 이해를 짐작할 수 있을 것 같다.

그는 1940년 <잠오지 않는 밤의 노래> 외 몇 편의 시를 끝으로 더 이상 시를 쓰지 못한다. 그 가운데 < ● >라는 시가 있다. " 符牒이다. / 악마의 符牒이다. / 검은 태양이다. / 잠오지 않는 밤의 노래다." 라고 시작하여 "이 가슴에 사랑이란 사랑이 없어진 때 / 그것은 태양이다. / 태양의 가장 슬픈 喪章이다."라고 맺는 이 시는 그 시대가 안고 있던 어둠과 고뇌를 상징적으로 노래한 것이다. 식민지 시대의 막바지, 우리 말, 우리 글을 더 이상 쓸 수 없었고 일본의 군국주의가 극에 달했던 이 시기에 박재륜은 붓을 놓고 만다. 시인이 모국어로 자기 민족의 정신을 담을 수 없다면 그건 이미 시인이 아니라는 무언의 뜻일까?

다섯에 읽고 / 일곱에 쓰고 / 열 살에 詩作, 그리고 畵 / 열 셋에 絃의 묘운을 알고 / 열 다섯에 안 포오,램보, 보드렐 / 열 아홉에 차지한 詩壇의 자리 / <괴이한 洞穴의 마음>의 주인은 / 다시 <寂心> <滯鄕>을 지나 / 한 때는 모색하던 씸볼의 妙意 / 다른 때엔 봘레리의 예지의 세계 / [⋯중략⋯]

사십 - 무능한 비즈니스 맨 / 그리고 평범한 가두의 낭인 /
너를 누가 신동이라 불렀더냐 / 박재륜 - 오늘밤 슬픈 싯귀 한
마디 / 너 회한의 鬥札이여

- <나의 詩歷>

위의 <나의 시력>이라는 작품을 보면 박재륜은 인생 중반기를
넘어서 자신의 문학적 발자취를 더듬어 보았지만 회한에 가득차 있
을 뿐이다. 주변에서 신동 소리를 들을만큼 총명했던 그는 열살에
시를 쓰기 시작했고, 포우나 랭보, 보들레르와 같은 상징주의 문학에
깊은 관심을 기울이며 문학적 성취를 하지만 그것도 젊은 날의 한
때, 중년을 넘긴 자신의 모습은 무능한 비즈니스맨이자 가두의 낭인
일 뿐이라는 것이다. 18년간 절필한 공백을 문학적으로 뛰어넘기가
그만큼 어려웠던 것 같다. 1958년 그가 다시 복귀한 문단에서 조병
화, 장만영, 김광균, 백철, 서정주, 조연현 등과 교류할 수 있었지만,
박재륜이라는 이름 석자조차 문단에 기억하는 이 있을까 생각키 어
려울 정도로 대부분은 눈설고 귀설은 인물들로 가득차 있었던 것이
다. 그럼에도 불구하고 박재륜의 나이 이미 오십이 다 되었지만 문학
에 대한 열정은 다시 살아나기 시작했다. 그가 이후 발간한 일곱 권의
시집이 그걸 증명해 준다. 그는 실로 열심히 쓰기 시작했다. 그리고
남한강의 시인으로 불려지기 시작한다. 그의 고향이 그의 이름을 만
들어 준 것이다.

3. 문단 再歸 : 주지적 경향에서 전원시까지

문단에 복귀한 지 일년 후 펴낸 박재륜의 첫 번째 시집인『궤짝 속의 왕자』(1959년)엔 1958년 전쟁으로 황폐해진 서울 거리를 헤매면서 썼던 20여 편의 시들이 수록되어 있다. 그리고 1968년에 발표한 시집『메마른 언어』까지도 초기시에서 보여주었던 주지적인 경향이 많이 남아 있었으며, <메마른 언어>나 <청계천> 같은 작품은 많은 화제를 불러일으켰다. 그러나 1959년 고향의 고등학교 교장으로 취임한 이후로는 고향을 지키며 살게 된다. 그가 태어났던 생가는 아니지만 자리잡은 곳은 달천벌, 모시래뜰이 가깝고, 우륵이 가야금을 탄주하던 탄금대와 가까운 사과 과수원 옆이었다. 자연스럽게 전원의 시들이 탄생되었고 박재륜은 세 번째 시집인『田舍通信』(1972년)을 출간한다. 그러면서 박재륜은 남한강을 접하고 사는 남한강의 시인으로 불려지게 되는데, 그것은 그의 대표시 가운데 하나인 <남한강>이라는 시에서 얻어진 이름일 것이다.

> 그 옛적 고려와 조선조
> 뱃길이 발달하였다는 이 물줄기에
> 오늘은 다만 글자와 畵像 뭉겨진 彫像만 남았고
> 곡식과 소금이 오르내리던 장삿배의 그림자는 그쳤다.
> 지난 한때는 공산군과 대진하여 총탄과 포화가 맞서던 곳
> 예 있던 집 간곳 없이
> 주추만 남은 빈 자리에
> 지금은 무, 배추꽃이 한창이다.
> 遠浦에는 돌아오는 돛단배도 있었다면

平沙에는 기러기 짝지어 내려앉음도 있었으리
마을에 그려보는 父祖의 멋
내가 그 멋을 아무렇지도 않게 지낸 듯

강물이 흐른다.
내가 오늘을 목메어 하듯
흐르는 강물이 바위를 넘는다.

— <남한강>

박재륜의 이 <남한강>은 충주 출신의 또 다른 시인 신경림이 남한강의 목계장터를 배경으로 썼던 시 <목계장터>와 비교가 된다. 밑바닥 삶을 떠돌면서 살아야 하는 사람들이 슬픔마저도 운명처럼 받아들이며 하늘과 땅, 산과 강은 날더러 구름이되라 하고, 바람이 되라하고, 들꽃, 잔돌 떠돌이가 되라 한다고 노래했던 시 <목계장터>와 박재륜의 <남한강>은 분명 대조적이다. 신경림 시의 화자가 밑바닥 삶의 떠돌이라면 박재륜 시에서는 남한강의 풍물과 그와 관련된 삶의 관조적 자세를 화자로부터 엿볼 수 있다. 박재륜의 시에는 신경림의 시처럼 지난한 삶의 그림자가 엿보이지 않는다. 그저 남한강을 바라보며 옛적을 회고해 보고 멋과 흥취 그리고 흐르는 강물을 통해 세월의 무상함 같은 것을 느끼는 것이다. 그 멋과 흥취를 돋우기 위해서 한시에서 보았음직한 "遠浦에는 돌아오는 돛단배도 있었다면 / 平沙에는 기러기 짝지어 내려앉음도 있었으리"와 같은 댓구를 사용한다. 그만큼 박재륜은 시를 풍류적인 것으로 생각했는지 모른다. 실제로 그와 교류했던 사람들은 박재륜을 단아하고 기품 있는 전형적인 선비로 기억한다. 그래서 그는 중앙 문단에 허명을 얻고자

목매달 필요도 없었으니, 시상이 떠오르면 쓰는 남한강의 시인으로
족한 자유인이었던 것이다.

『田舍通信』의 후기에도 썼듯이 "도시가 비만해지고 전원이 메말
라가고 있다 해도 우리를 낳아주고 키워주고 메마른 정서를 다시
불러일으켜 주는 곳이 있다면 그곳은 바로 田舍요, 강촌이요, 산과
들의 정취가 깃들인 곳"이라고 하여 이 시집이 자연의 정서를 노래했
음을 밝히고 있다. 그러나 이 시들은 자연의 정서만 노래한 것이 아니
다. 인생의 노년기에 들어선 시인의 작품 속엔 인생의 관조와 더불어
형형한 지혜를 담고 있는 것이다. 이후 마지막 시집『雪嶺 높은 마루』
(1986년)에 오면 그 형형함은 최고조에 달한다.

4. 잠언과도 같은 영원의 목소리

『雪嶺 높은 마루』를 간행할 때 박재륜은 이미 나이 77세에 이르렀
다. 한국문단에서 이 나이에 이르기까지 끊임없이 시를 써 온 사람이
얼마나 될까. 그렇듯 절필로 인한 18년의 공백을 박시인은 많은 작품
으로 극복하게 된 것이다. 이 시집에 담겨 있는 노시인의 시적 담론은
형형하다. 잠언과도 같은 영원의 목소리로 그득하다. 비로소 우리는
알 수 있을 것 같다. 젊은 시절엔 감수성으로 시를 쓴다면 늙어서는 지혜
의 목소리로 시를 쓸 수 있다는 것을, 그것을 박재륜은 보여주고 있다.

내가 이 곳을 떠났을 때는 / 그들 가운데 섰던 천년고목은 /
누군가의 집 마당으로 뚜벅뚜벅 걸어서 / 자리를 옮길지도 모르

고, / 그 푸른 비단폭 맑은 흐름은 / 갈모峰 협곡을 내려지르는 / 폭포가 될 지도 모르는 일 / 어쨌든 누구에게나 의식에는 / 표리가 있기 마련이니까.
— <작품 1>

끓는 물같이 / 타는 불같이 / 목숨과 목숨이 서로 부딪힐 때 / 또 하나 새로운 우주는 형성되고 / 그 목숨과 목숨이 서로 아끼고 / 쓰다듬을 때 / 나는 너에게 / 너는 나에게 있어 / 한 마리 허리 늘씬한 표범이래도 좋고 / 한 마리 살찐 멧돼지라도 좋다.
— <작품 7>

무덤은 / 그 수 많은 무덤들이 이웃해 있어도 / 孤墳을 면치 못하고 / 우리가 사는 집, 집들이 이웃하여 / 숨 쉬고 있어도 / 우리들이 지키고 있음은 / 다만 孤城일 뿐.
— <작품 10>

배부를 리 없는 시를 / 시장바닥 껌처럼 씹으면서 살아왔다. / 그 들큼한 단맛을 짜먹으며 / 질겅질겅 입맛 다시다 뱉아버리는 / 그런 인생을 되풀이해 새기면서 살아왔다. / 그 언제 호화스런 잔치가 있어 끝나고 / 말았는가. / 고전을 되새기듯 / 멀리 사라진 지난 한 때를 이야기 하자. / 불끼 없는 난롯가 / 삐걱거리는 의자에 흔들리면서.
— <작품 13>

『雪嶺 높은 마루』에서 뽑아 본 몇 편의 시다. 선비로 살아 온 한 노시인의 언어는 잠언적이다. 삶의 깊이가 담겨 있다. 기교를 염두에 두지 않아도 영원으로 울리는 언어, 그 곳까지 가려면 고고한 삶이 필요하다. 그는 이제 시집 제목처럼 雪嶺 높은 마루에 와 있는 것이다.

■■■ 연보

- 1910년 1충북 충주군 가금면 가흥리 南漢江畔 마을에서 출생 (부, 박성열
　　　 − 한성고보 졸업 26세에 요절. 모, 정진열)
- 1916년~ 1920년 조부(박상우 − 궁내부 주사) 슬하에서 한문 수학. 경서류
　　　 와 당송팔대가의 문장을 읽음. 7, 8세 때 동시를 지음
- 1921년 향리의 사립 호홍학교 입학
- 1923년 남한강 목계나루 건너 공립보통학교로 전학
- 1925년 서울 휘문고등보통학교 입학
- 1926년 가람 이병기 선생에게 문학적 감화를 받음
- 1928년 白川 趙氏家의 처녀와 결혼(처남 철학자 연세대 조우현 교수)
- 1930년 휘문고보 동창들과 동인지『네바다』등사본 간행. 셸리, 괴테, 보들
　　　 레르 등에 심취 1930년『조선지광』에 <풍경 점.점.점> 등 발표
- 1931년 휘문고보 졸업.『신여성』에 <MISS.R號의 風船球>, <외로운 전망
　　　 >, <오월> 조선중앙일보에서 간행하던『중앙』에 <편지> 등 발
　　　 표
- 1932년 장녀 경희 출생. 전매청에 취직하여 3년여간 함북 성진항변에 살
　　　 며, <북관시정> 등의 시를 남김
- 1934년 조부모의 노후를 모시기 위해 고향으로 돌아옴. 금융조합 서기,
　　　 면회계원 등으로 4년간 일함
- 1936년 차녀 선희 출생
- 1939년 장남 남진 출생. 서울로 옮겨서 식산국에 취직
- 1940년 <잠오지 않는 밤의 노래> 외 등의 작품을 끝으로 절필
- 1940년 차남 유진 출생
- 1944년 삼녀 정희 출생

• 1948년 오랫동안 병석에 있던 처 사망
• 1950년 6 · 25 때 서울을 탈출하지 못함
• 1951년 충주 향리에서 고등공민학교 설립(뒤에 농업 기술학교로 개명)
• 1954년~1958년 충주 여중고 국어과 전임강사
• 1958년 缶林洪氏家 재혼
• 1959년 4녀 은희 출생. 시집『궤짝 속의 왕자』간행. 중원군의 신명 중고
        등학교 교장 취임
• 1961년 교육감 민선
• 1962년 3남 민진 출생 충북 일대 초등학교 교장으로 일하다 1976년 정년
• 1968년『메마른 언어』간행
• 1978년 시문집『인생의 곁을 지나면서』간행
• 1981년 내륙문학회 회장으로 피선된 뒤 87년 말까지 연임. 시선집『흰수
        염 갈대풀』간행
• 1982년 수상집『川上에 서서』간행
• 1986년 시집『雪嶺 높은 마루』시문집『高原의 꽃밭』간행
• 1933년 박재륜 시비 제막(충주 체육공원 광장)
• 2001년 5월 14일 충주시 성서동 자택에서 영면

5

옛이야기의 즐거움과 전래동화

1. 옛이야기와 전래동화

우리가 이 자리에서 논하고자 하는 옛이야기란 매우 포괄적인 개념이라고 할 수 있다. 흔히 구비문학 혹은 구전 설화라고 불리는 이 옛이야기는 어린이를 주 대상으로 하는 아동문학에서는 전래동화라는 용어로 일반화돼 있다. 더러 고래동화나 민속동화, 혹은 전승동화라는 말도 가끔 만날 수 있지만 전래동화라는 말이 가장 친숙한 말이 된 것이다.

물론 모든 옛이야기가 어린이를 위한 전래동화로 재화될 수 있는 것은 아니다. 17세기 프랑스의 뻬로(Charles Perrout)도 수집한 옛이야기들을 그대로 출판한 것이 아니었다. 1697년 옛이야기들을 모아 간행한 뻬로의 동화집엔 여덟 편의 동화가 수록되어 있었는데 그 첫 번째 동화인 『잠자는 숲 속의 미녀』만 해도 구전되어 오던 이야기를 그대로 세상에 내보낸 것이 아니었다. 1636년 이탈리아의 잠바티스타 바질(Giambattista Basile)이 쓴 『5일 이야기』가 『잠자는 숲 속의 미녀』의 원전이라고 할 수 있다. 원 이야기에서 잠자는 숲 속의 미녀는 사냥을 하던 한 귀족에게 강간을 당해서 쌍둥이를 나았는데, 아이

가 잠자는 공주의 손가락을 빨아 독가시(이 이야기에서는 가시 때문
에 잠이든 것으로 되어 있다)가 빠져서 잠에서 깨어나고 다시 찾아온
귀족은 일주일동안 실컷 욕심을 채운 뒤 자기 아내에게로 되돌아간
다. 그의 아내는 남편의 숨겨놓은 여자와 자식이 있다는 것을 알고
요리사에게 쌍둥이 아이들을 잡아다 요리를 하게 하여 남편에게 먹
인다. 이 때 잔인한 아내가 당신은 자기 자식을 먹고 있다고 알려준
다. 물론 뻬로의 이야기처럼 남편은 요리사가 아이들을 구해주었다
는 것을 뒤늦게 알게 되지만, 이 잔인한 이야기는 엽기를 즐기는 어른
들에겐 재미있을지 몰라도 아이들에겐 적합지 않다고 생각한 뻬로
에 의해서 오늘날의 이야기로 개작된 것이다.

　이와 같은 단편적인 예만 보아도 옛이야기가 그대로 전래동화가
될 수 없다는 것을 알 수 있다. 학술적으로는 옛이야기를 설화라 하고
그 설화의 종류에는 신화, 전설, 민담 등이 있다. 물론 오늘날에 와서
는 구비 설화가 채록되고 출판되어 문헌설화화 된 것이 대부분이지
만 이 설화들의 원래모습은 구전되어 오던 옛이야기들인 것이다. 그
리고 기록문학written literature의 상대적 개념으로 쓰이는 구비문학
oral literature으로서의 설화에 대한 연구는 우리나라에서도 매우 활발
한 편이다. 대학의 국문학 연구자들 중에도 설화 연구자가 많으며,
특히 고전 산문 분야의 학자들은 설화와 고소설과의 깊은 관련성
때문에 설화는 이들의 관심 분야가 된다. 고소설 뿐만 아니라 현대문
학에서도 설화는 중요한 창작 모티프로 작용하는 경우가 많다. 처용
설화의 경우 현대문학에서도 자주 차용되는 설화이기도 하다. 벽사
(辟邪)의 의미로서 변화된 고려시대의 탈춤 처용무나 고려가요 <처

용가>로 이어진 처용설화가 미하일 바흐찐의 개념인 '민중적인 카니발'화 되어 해방감과 유쾌함을 주는 그로테스크의 세계이기 때문만은 아니다.[1] 이 설화가 지니고 있는 그로테스크한 재미보다 인간 고뇌에 대한 처용의 내포적 의미 때문에 작가들의 주목을 받았다고 보는 것이 옳다. 그러나 이와 같은 옛이야기를 바탕으로 만들어진 전래동화에 대한 연구는 상대적으로 미진한 편이다. 아동문학이 지닌 특성 때문이기도 하지만 이와 같은 동화가 지닌 문학 본연적 가치에 대한 논의보다는 교육적으로 어떻게 활용되는가, 또는 되어야 할까에 대한 관심이 많았던 게 사실이다.

옛이야기를 전래동화로 재화하기 위해서는 몇 가지 요소가 필요한 것은 분명하다. 옛이야기라고 무작정 동화로 꾸밀 수는 없기 때문이다. 서정오는 『우리가 정말로 알아야 할 우리 옛이야기 백가지』(현암사, 2000)에서 수많은 이야기 가운데 선정한 기준을 세 가지로 밝힌 바 있다.

① 남녀노소 누구나 쉽게 받아들일 수 있는 재미있고 건전한 이야기
② 전승력이 강하고 구성이 탄탄한 이야기
③ 우리 정서가 잘 나타나 있는 이야기

이 책은 어린이만을 위한 이야기는 아니지만 우선 남녀노소 누구나 즐길 수 있는 건전한 이야기라는 점에서 전래동화로서 재화 할만

---

1) Mikhail Bakhtin, *Rabelais and His World, trans, by Helene Iswolsky*, Idiana University Press, Bloomington,1984. 여기에서 바흐친은 그로테스크에 대한 웃음의 해방적 측면을 강조한다.

한 타당성이 있다. 그 다음 두 번째 항목은 문학 작품이 지녀야 할 보편적 가치 기준에 준거하는 것이다. 우선 구성이 탄탄하다는 것은 서사문학이 갖추어야 할 가장 큰 덕목 중에 하나이고 보면 이 부분이 살아 있으면 전승력도 당연히 있다는 전제가 가능하다. ③은 우리 이야기라면 우리 정서가 마땅히 녹아있을 거라는 일반적인 생각을 벗어난 선별 요건일지도 모른다. 그러나 외국과의 교류가 잦아진 근대 이후 우리의 옛이야기에도 다른 나라 사람들의 이야기가 섞일 수도 있었고, 의도된 이야기로 왜곡된 것도 발견할 수 있기 때문에 이 항목을 넣은 것 같다.[2] 물론 서정오의 글은 어린이들만을 위한 전래동화의 개념으로 이 책을 쓰지는 않았다. 누구나 읽을 수 있는 그러나 누군가가 이야기를 들려주는 듯한 문체인 입말의 형태로 이야기들을 끌어나간다.

구성이 탄탄하고 재미있는 우리 정서가 담긴 이야기를 유려한 문장으로 재화한다면 우선 좋은 전래동화가 될 수 있을 것이다. 그러나 글 쓰는 이에 따라서 작품의 완성도를 높이기 위해서는 모티프(화소)를 굴절시키지 않는 한도 내에서 이야기를 삽입하거나 원래 것을 삭제할 수도 있다고 본다.

---

2) 외국동화는 1920년대 집중적으로 소개되었음(이솝 우화, 그림동화)
　우리나라 최초의 동화집인 『조선동화집』(조선총독부, 1924)에 수록된 <교활한 토끼>는 우리 민담으로 널리 알려진 이야기인데 조선총독부판의 이야기는 우리정서와 맞지 않게 변형 수록되어 있다. 이에 대해서는 권혁래, <조선동화집의 성격과 의의>(『동화와 번역』 5집, 2003) 참조

2. 세계적인 옛이야기와 동화

이야기는 인류의 역사와 함께 존재해 왔으리라고 본다. 아마도 물고기를 잡고 사냥을 하면서 움막집에서 살았던 원시인들도 이야기는 즐겼을 것이다. 인류가 언어를 만든 후, 그 언어로 즐길 수 있는 가장 재미있는 놀이가 바로 이야기였기 때문이다.

이야기가 놀이라고 하는 점에 의문을 던지는 사람도 있을지 모르지만 이야기도 놀이임에 분명하다. 바로 이야기 놀이를 즐기던 사람(이야기를 만드는 사람 — 작가, 이야기를 듣는 사람 — 독자)들에 의해 그 이야기들은 바로 오늘날의 이야기 문학인 소설, 희곡, 시나리오로 발전하게 된 것이다. 이야기의 놀이성이라 할 수 있는 이 '재미'가 없다면 사람들은 이야기를 즐기지 않았을 것이다. 그래서 인간이라는 생물 종을 '생각하는 인간Homo Sapiens'이라는 뜻으로도 쓰지만, 문화인류학자 호이징하는 인간을 '놀이하는 인간Homo Ludens'라고 정의했다.

이 재미있는 이야기들은 사람들의 입과 입을 통해서 널리 퍼져 나간다. 재미있으니까 이야기는 자꾸 만들어지고 또 퍼져나가 오늘날 우리들에게까지 전해져 온 것이다. 오늘날까지도 생생하게 남아 있는 것을 보면 이야기들은 살아있는 생물체와 다를 바 없다. 우리나라 옛이야기 중에 <이야기 주머니>라는 설화가 있는데, 그 내용은 다음과 같다.

"이야기를 좋아하는 소년이 큰 자루 속에다 이야기를 모두 집어넣고 밖으로 나오지 못하도록 꼭꼭 묶어놓았다. 마침 소년이

장가를 들게 되었는데 자루 속에 갇혀 있던 이야기 귀신들이 독이
든 물, 독이 든 과일, 독이 있는 뱀으로 변신하여 소년을 장가가는
날 죽이기로 결의하였다. 이야기 귀신들이 하는 말을 들은 소년의
하인이 장가가는 날 그를 쫓아가 물과 과일을 먹지 못하도록 하고,
또한 신부 방에 들어가 독사를 제거하여 소년을 구하였다는 설화
이다.”　　　　　　　— 『한국구비문학대계』, 한국정신문화연구원

윗 글은 이야기의 생명력은 전승에 있다는 점을 말해주는 것이다.
이야기가 널리 오래도록 전승된다는 것은 이야기 가치의 중요성이
‘재미’임을 뜻한다. 그런 의미에서 볼 때 기원전 이솝(BC. 620〜560
년경)의 우화나 이집트 설화『아리비안 나이트』의 시공을 초월한 전
승은 그럴만한 가치가 있기 때문에 가능했을 것이다. 실제로 1704년
프랑스의 갈랑(Antoine Galland)이『아리비안 나이트』의 일부를 번역
하고, 이후 영국의 파인(John Paine)과 버튼(Richard Burton)이 1885년
에 완역하여 발표한 후『아리비안 나이트』에 대한 유럽의 반향은
대단하여 아동문학에도 큰 영향을 끼친 것으로 알려져 있다.

학자들은 이 이야기의 전파에 주목하여 이야기는 한 곳에서 발생
하여 여러 곳으로 전파된다는 단원발생설과, 인류의 속성이나 관심
은 비슷하기 때문에 같은 이야기가 여러 지역에서 발생한다는 다원
발생설로 설명한다. 우리 이야기와 비슷한 유형type의 이야기들이 다
른 나라에도 많기 때문에, 세계 각국의 이야기를 2,499개로 분류한
아르네(Antti Aarne)와 톰슨(Stith Thompson)의 타입 215번(AT215) 등
으로 이야기를 분류하고 그 하위 타입에 A,B(타입 215B) 등을 붙인다.
우리나라의 <콩쥐팥쥐>는 <신데렐라> 타입510A가 되고 <벌받은

도깨비 노파>는 <헨젤과 그레텔』타입327A가 된다.

아르네와 톰슨이 이와 같이 유형을 분리해서 번호를 붙인 것은 그만큼 세계 각국의 비슷한 민담이 많다는 것을 뜻한다. 그러나 세계 각국에 퍼져있는 전래동화 가운데는 프랑스의 뻬로나 독일의 그림 형제가 만든 동화가 가장 많이 읽힌다. 영국의 제이콥스(Joseph Jacobs) 전래동화 모음집에 있는 <아기돼지 삼 형제>나 <잭과 콩나무>도 전 세계 어린이들이 즐겨 읽는 전래동화다. 그런데 유독 우리나라에서도 뻬로나 그림 형제의 동화가 널리 읽히고 있는 까닭은 무엇일까. 학생들에게 기억에 남는 동화를 말해보라고 하면 대부분 그들이 말할 수 있는 동화들은 바로 이런 동화들인 것이다. 이 전래동화들은 일찍 발굴되어 문학적 교양을 갖춘 필자들에게 새롭게 재구성되어 독자들을 만날 수 있는 행운의 이야기들이라고 할 수 있다. 거기에다 유럽에서도 선진국으로 자부하는 이들 나라의 문화적 힘은 눈부신 출판을 통해서 다른 나라로 그들의 전래동화를 전파시킬 수 있는 힘을 갖고 있었다. 뿐만 아니라 1697년 출간된 프랑스의 궁정 문학자 뻬로의 동화들을 독일의 그림 형제가 출판할 때(1812년)는 그들 자신의 가치관에 따라 이야기를 변형하여 수록해서 문학적 완성도를 높이고자 했다. 이런 이유들로 인해서 이 동화들은 세계적인 전래동화가 될 수 있었다고 본다. 그림 형제가 펴낸 200편이 넘는 이야기 중에서 뻬로 동화에도 실렸던 잘 알려진 작품은 <신데렐라>, <빨간모자>, <잠자는 숲 속의 미녀> 등이었다.

앞서도 말했지만 바질의 이야기를 고쳐서 출판한 뻬로의 <잠자는 숲 속의 미녀>는 외설적인 내용을 감추어 아이들도 읽을 수 있도록 했지만 왕자의 어머니를 식인귀로 설정한 대목은 왠지 석연치 않다는 것이 베텔하임의 주장이다. 바질의 원래 이야기에서처럼 왕의 아내가 숲 속의 미녀와 남편 사이에서 태어난 쌍둥이 형제를 남편에게 먹이도록 하는 것이 심리학적으로 볼 때 훨씬 이치에 맞는다는 주장이다. 물론 전래동화를 읽으면서 이야기를 논리에 맞지 않는다고 타박하는 것은 옛이야기나 어린이 문학의 판타지적 요소를 이해하지 못한 결과일 수도 있다. 그러나 인간의 삶에는 누구나 수긍할 수 있는 본원적 질서가 있기 때문에 이야기의 논리성 결여를 무작정 판타지로 해명하는 데도 한계가 있는 법이다. 그림은 <잠자는 숲 속의 미녀>의 앞부분을 훨씬 옛이야기적 냄새가 나도록 공을 들인다. 뻬로의 것에는 왕과 왕비는 아이가 태어나지 않자 곳곳의 기적의 샘을 찾아다니며 기도를 드렸다고 간단히 처리했지만 그림의 것은 훨씬 구체적이고 동화적이다.

옛날 옛날에 어떤 왕비가 있었는데 매일같이 "아, 만약 우리에게 아기만 있다면!"하고 말했다. 그러나 그들은 아기를 갖지 못했다. 한번은 왕비가 욕조에 들어갔는데, 개구리가 물에서 헤엄쳐서 땅으로 나와 왕비에게 말했다. "당신의 소망은 이루어질 것입니다. 일 년이 지나기 전에 당신은 딸을 낳을 것입니다."

우리나라에도 자식을 못 나으면 전국의 명산 대찰을 찾아다니며 기도 드리는 이야기가 많이 나온다. 뻬로판을 보면 기도드리는 부분이 우리 이야기와 비슷하다. 그러나 그림 동화는 개구리가 등장한다. 그것이 무엇을 상징하든 간에 좀더 새롭고 재미있다. 그림은 자신의 책을 거듭 출판하면서 이야기도 다듬어 왔고, 어린이 독자의 중요성을 깨달으면서 오늘날의 그림동화로 굳어지게 만든 것이다. 그림동화에서 <헨젤과 그레텔>이나 <백설공주>에 나오는 계모들도 처음엔 생모의 이야기였다가 이를 께름칙하게 생각했던 그림형제가 계모들로 바꾸었다고 한다. 이런 그림의 개작은 인간의 심리적 본성을 염두에 둔 것이라고 볼 수 있다. <빨간모자> 역시 뻬로판 보다는 그림판의 작품이 좀더 완성도가 높게 느껴지는 것은 그림이 자신들의 전래동화를 계속 고쳐가며 완성시켰기 때문이라고 본다.

우리 전래동화도 아이들은 읽고 자랐으며 또한 기억하고 있다. 한 조사에 의하면 오늘날 우리나라 대학생들은 <콩쥐팥쥐>와 <심청>, <흥부와 놀부>, <해와 달이 된 오누이>, <장화홍련> 정도가 그들에게 영향을 미친 우리나라 동화라고 답했다.[3] 놀라운 일도 아니지만 그들은 <인어공주>나 <신데렐라>, <성냥팔이소녀>와 같은 서양동화가 자기들에게 더 영향을 미쳤다고 생각했다. 물론 이 조사의 표집이 극히 한정적인 일부 대학생들이기 때문에 대학생 전체를 대표한다고 볼 수는 없지만 우리 동화에 대한 일단의 의식을 추정할 수는 있다고 본다.

3. 우리 옛이야기의 세계화

인지 과학에 셰마타schemata라는 용어가 있다. "이것은 읽기 뿐만

---

3) http://www.dongwhaac.org/
   김환희, 오늘날의 대학생에게 영향을 미친 동화들, 그리고 <미운오리새끼>

아니라 듣기, 느끼기, 보기 등은 되풀이해서 일어나는 숙련된 활동이고, 그것들은 모두 이전에 존재했던 구조에 의존한다. 세마타는 즉각적으로 지각할 수 있고, 되풀이해서 일어나는 동안 조절되기도 한다는 것이다."[4] 사람들은 각자가 서로 다른 언어나 체험을 갖고 있기 때문에, 즉 다른 세마타를 갖고 있어서 공유하는 단어의 의미도 서로 다르게 생각한다. 같은 텍스트에서 서로 다른 스토리를 발견하는 것도 이런 이유다. 똑같은 대상에 대한 느낌이 서로 다른 것도 세마타 때문이다.

이 이론에 의하면 한 집단의 서로 같은 체험의 되풀이 과정은 접하는 어떤 대상에 대해서도 그 집단 구성원이 비슷한 느낌과 생각을 갖게 만든다고 볼 수 있다. 세마타가 같은 것이다. 그리고 숙련된 훈련으로 대상을 받아들이는 감각은 친근하고 익숙하지만 너무나 익숙하기 때문에 참신한 느낌도 얻지 못한다. 그것은 문학을 비롯한 예술 작품에 대해서도 마찬가지로 작용한다. 반대로 어떤 작품에 대해서 서로 다른 인식과 반응을 보였다면 그것은 각자 이전의 체험 정도가 다르기 때문일 것이다. 즉 세마타가 다른 것이다.

만약 앞서 거론했던 대학생들의 전래동화에 대한 인식에서 우리 것보다 서양 동화가 더 매력적이었다면 우리 것에 대한 되풀이 된 체험으로 익숙함이 지나쳐 식상했기 때문일 수도 있다. 늘 만나는 우리 이야기에 대한 정서적 체험이 우리 전래동화에 대한 매력을 반감시켰다고 해석할 수 있다. 이런 문제는 전래동화만의 문제가 아

---

4) Neisser, Ulric. *Cognition and Reality: Principles and Implications of Cognitive Psychology*, San Franciso, Freeman, 1976.
페리 노를먼, 김서정 역, 『어린이 문학의 즐거움』, 시공주니어, 2001. 95~99쪽 참조

니고, 문학을 비롯한 예술 전반의 문제이기도 한 것은 사실이다. 원래 기존의 것을 벗어나 새로운 세계를 지향하고자 하는 것이 예술의 속성이다. 발터 벤야민은 예술작품이라는 오리지날이 갖는 시간과 공간에 대한 현재성과 일회성 때문에 얻어지는 신비스러움을 아우라aura라고 했다. 이런 예술의 아우라를 논하지 않더라도 모든 예술은 새롭고 실험적이기를 원한다. 한마디로 낯설음을 지향한다는 뜻이다. 우리는 러시아 형식주의자들의 예술적 낯설기라는 용어를 상기하지 않더라도 어떤 예술 작품에서 풍기는 참신한 실험성에 대하여 전율했던 경험이 있을지 모른다. 예술의 새로운 시대를 끌어가는 사람들은 다 그런 사람들이다. 보통의 예술 향유자들은 이런 새로움에 익숙하지 못하기 때문에, 다시 말해서 낯설기 때문에 작품의 지정한 의미를 느끼지 못한다. 어렵게만 느껴지는 것이다.

간단하게 시를 통해서 설명해 보자. 시에서 많이 쓰이는 원리 가운데 수사적 표현으로서 은유법은 동일성의 원리에 의해서 만들어진다. 다시 말하면 원관념(本意, tener, primary meaning)과 보조관념(喩意, vehicle, secondary meaning)의 결합이 그것이다. 즉 '원관념 A = 보조관념 B'라는 형식으로 표현된다. 이것을 휠라이트(P.Wheelwright)는 치환은유라고 명명했으며, A와 B가 동일성의 원리에 의해서 결합되지 못하고 멀리 떨어져 있는 상태의 비유를 병치은유라고 했는데5), 이런 병치은유는 예술을 독자적이게 하는 원리가 되며, 일상적이고 논리적인 의미를 배제하는 원리이다. 휠 라이트는 E. Pound의 '지하철 정거장에서'를 병치은유의 대표로 들고 있다.

---

5) Philip Wheelwright, *Metaphor and Reality*, Bloomington : Indiana Univ Press,1962. p.72.

<치환은유>
- 사람은 생각하는 갈대
- 자동 판매기를
  賣春婦라고 불러도 되겠다
  黃金 교회라고 불러도 되겠다
  이 자동 판매기의 돈을 긁는 포주는 누구일까

<병치은유>
군중 속의 얼굴들의 모습
촉촉히 젖은 나뭇가지에 매달린 꽃잎들
                    — E. Pound의 「지하철 정거장에서」

좋은 시가 되려면 원관념과 보조관념 사이에 동일성이 적어 시적 긴장감을 주어야 한다. A.Tate는 外延과 內包가 먼 거리에 있을 때, 팽팽한 긴장tension을 느낀다고 했는데 이런 과정을 통해서 제 3의 의미 차원으로 변용시킬 수 있다는 것이다. 동일성의 원리에 충실하게 빚어진 위의 치환은유의 시들은 쉽게 이해되고 익숙하게 받아들일 수 있는 표현이지만 E. Pound의 <지하철 정거장에서>는 원관념인 '지하철'과 보조관념인 '군중 속의 얼굴들'이나 '촉촉히 젖은 나뭇가지에 매달린 꽃잎들'의 관계는 그 의미의 사이가 너무 벌어져 있어 이해하기 난감하다. 독자는 문맥에만 의존하지 않고 이미지로 환기되는 정황 등을 파악하여 이 독자적 표현을 해득하여야 한다. 분명 낯설게는 느껴지지만 E 파운드의 시가 좋은 시라는 것을 느낄 것이다. 독자들에게 다양한 해석을 이끌어낼 수 있게 하기 때문이다.
어린이 문학도 마찬가지다. 문학의 보편적 원리는 어린이 문학에서도 그대로 적용된다. 단순한 것 같지만 미묘하게 짜여져 있는 내용의 고리들은 많은 사람들에게 다양한 느낌과 다양한 해석을 끌어내게 한다. 전래동화도 마찬가지일 것이다. 익숙한 이야기에 익숙한 정서, 거기에다 그림책의 경우 그림까지도 참신한 맛이 없다면 옛이야기의 스테레오 타입(정형성)을 벗어날 수 없는 것이다.

전래동화에서 아우라를 기대하는 것은 잘못된 것인지도 모른다. 원래 전래동화란 이미 존재해 왔던 옛이야기를 다시 재정리한 것에 불과하기 때문이다. 그러나 같은 AT510 유형의 신데렐라형 이야기인 <콩쥐팥쥐>가 그림동화 <신데렐라>보다 우리 어린이들에게 선호도가 낮다면 그것을 무엇으로 설명해야 할 것인가. 같은 유형의 이야기라도 서양 동화가 지닌 낯선 인물들과 배경들에 대한 호기심과 매력, 그리고 우리 사회에 깔린 서양 문화에 대한 콤플렉스 같은 복합적인 요소들이 아이들과 또한 책을 골라주는 어른들에게 나타난 현상일지도 모른다. 그러나 또 한편으로 생각해 본다면 독일의 그림동화는 뻬로의 동화를 그대로 옮기지 않았을 뿐 아니라 판본을 거듭하면서 고쳐 써가며 오늘날의 완성본으로 다듬었다는 점이다. 그것은 독자가 접근하는 수용미학적 관점에서 볼 때 독자의 심리를 재면서 이야기를 완성시켰다는 뜻이 된다. 우리 옛이야기를 세계화할 수 있는 비밀은 이러한 논의들 속에 숨어있는지 모른다.

4. 옛이야기와 개작의 매력

옛이야기는 많은 변형을 낳는다. 기본 구조는 같아도 변형판에서는 재화자의 솜씨가 가미된다. 재화자는 세부 묘사에서 자신의 가치관과 미학적 관점에 따라 새로운 버전을 내놓는 것이다. 노들먼은 수많은 <빨간모자> 변형판의 기본이 다음과 같다고 말했다.

1. 엄마가 빨간 모자에게 뭔가를 지시하고 할머니에게 보낸다.
2. 빨간 모자가 늑대를 만난다.
3. 늑대가 할머니에게 가고(그리고 대부분의 변형판에서는 할머니를 잡아먹고), 할머니로 변장한다.
4. 빨간 모자가 도착하고, 늑대가 들어오라고 한다.
5. 빨간 모자가 늑대의 외모에 대해 말한다. 대화가 고조되다가 늑대는 빨간모자를 잡아먹겠다고 위협한다.

이 내용을 기본으로 하여 <빨간모자>는 수많은 변형판이 나오게 된다. 뻬로의 이야기는 빨간모자가 늑대에게 잡혀먹는 것으로 끝이 나는데 그림은 빨간모자가 늑대에게 잡혀 먹혔지만 사냥꾼이 늑대의 배를 갈라 빨간모자를 구해 주고, 이후 빨간모자는 늑대를 만나도 속지 않게 된 이야기로 끝난다. 이처럼 전래동화는 비슷한 기본 구조를 토대로 하여 세부적인 에피소드에서 많은 변형을 시도할 수 있는 유동의 문학인 것이다.

이렇듯이 옛이야기를 개작하는데도 옛이야기를 거의 그대로 옮겨 놓은 단순개작에서부터, 옛이야기의 기본 구조에다 더욱 흥미롭게 플롯을 확장시키기도 하고 더욱 세밀한 상상력을 통해서 창작 수준의 개작을 하는 경우도 있다. 그러나 전래동화가 원래 이야기에서 너무 지나치게 벗어나면 전래동화라는 이름도 무색해지지 않을까 생각한다. 물론 옛이야기로부터 촉발된 상상력을 통해서 새롭고 재미

있는 동화가 탄생되었다면 그 동화는 옛이야기로부터 빚을 지고 있
는 것임에 틀림없다. 이런 것은 동화뿐만 아니라 새롭게 탄생되는
모든 문화적 현상이 과거의 유산으로부터 변형 발전되는 것이 평범
한 진리이기도 하지만 말이다. 다음 이야기를 통해서 이런 부분을
다시 한 번 생각해 보도록 한다.

<똥벼락>

김 부자는 돌쇠 아버지를 30년동안 머슴으로 부려먹었습니다.
그러고는 새경이랍시고 내놓은 것이 풀 한 포기 자라지 않는 돌밭
이었습니다.
그래도 돌쇠 아버지는 기뻤습니다.
"처음부터 기름진 밭이 있나?"하면서 손에 피가 나도록 돌을
골라냈습니다.
그런데 이번엔 밭에 뿌릴 거름이 걱정이었습니다.
워낙 가난한 살림살이라 마땅한 거름이 없었으니까요.
돌쇠네는 죽기살기로 똥을 모았습니다. 먼데서 놀던 돌쇠도 똥
이 마려우면 부리나케 집으로 달려왔습니다. 길거리에 굴러다니
는 개똥만 봐도 "똥이다. 똥"하고 금덩이처럼 귀하게 들고 왔지요.
하루는 돌쇠 아버지가 산너머 잔칫집에 갔습니다. 모처럼 잘차
린 상을 받았는데 갑자기 배가 아프지 뭐예요.
"귀한 똥을 밖에서 눌 수는 없지."
돌쇠 아버지는 벌떡 일어나 똥구멍을 꼭 오므린 채 집을 향해
달렸습니다.
산 중턱에 이르자 "꾹 꾸르르륵!" 똥이 당장이라도 밀고 나오려
했습니다.
"싸서라도 가져가자." 돌쇠 아버지는 허둥지둥 커다란 나뭇잎

을 깔고
　"뿌지지직!" 참았던 똥을 누었습니다. 그러자 오줌도 세차게 뻗
쳐 나왔지요.
　어찌나 세차게 뻗쳤던지 그만
　낮잠자던 산도깨비 얼굴에 폭포처럼 쏟아지고 말았습니다.
　"어푸푸! 웬놈이 내 얼굴에 오줌을 싸느냐?"
　깜짝 놀란 돌쇠 아버지는 그만 똥 덩이 위로 털썩 주저앉고
말았습니다.
　"아이쿠! 아까운 내 똥 다 뭉개졌네!"
　똥 묻은 엉덩이를 흔들며 발을 동동 굴렀습니다.
　그 꼴을 보고 산도깨비는 기가 막혔지요.
　"그깟 더러운 똥이 무에 아깝다고 그래?"
　"뭐? 돌밭 거름할 귀한 똥이 더럽다고 - ?"
　돌쇠 아버지는 눈물까지 글썽거렸습니다.
　산도깨비는 돌쇠 아버지가 딱해 보였지요. 그래서 돌쇠 아버지
를 도와주기로 했습니다.
　"걱정마. 내가 잔뜩 주지." 하더니 중얼중얼 주문을 외웠습니다.
　"수리수리 수수리!" 김 부자네 똥아 돌쇠네로 날아라!"
　집에 돌아와 보니 거름간에 똥이 수북했습니다. 들큼한 똥 냄새
가 밥보다 반가웠습니다. 돌쇠 아버지는 똥에다 풀도 베어다 넣고
재도 섞었습니다.
　며칠 뒤 푹푹 잘 썩은 똥 거름을 돌밭에 내다 뿌렸습니다.
　똥 거름 덕분에 농사가 아주 잘 되었습니다.
　조며 수수도 잘되고, 고구마도 참 잘되었습니다.
　그런데 이게 어찌된 일일까요?
　고구마를 캐는데 누런 금가락지가 딸려 나오지 뭐예요.
　"어라? 웬 가락지람?"

돌쇠 아버지는 곰곰 생각하다가 곧장 김부자네로 달려갔습니다.

"혹시 이게 -"

가락지를 보자 김 부자는 눈알을 뒤룩뒤룩 굴렸습니다.

"저건 지난 봄에 손자놈이 똥독간에 빠뜨린건데. -"

수염을 배배 꼬며 꼬치꼬치 물었습니다.

"그걸 왜 네놈이 갖고 있느냐?"

돌쇠 아버지는 그동안 있었던 일을 죄다 말해 주었지요.

그러자 김 부자가 버럭 소리쳤습니다.

"뭣이? 그럼 네놈이 똥 도둑놈이렷다.

여봐라! 저 도둑놈을 매우 쳐라!"

돌쇠 아버지는 뼈가 녹신녹신해지도록 매를 맞았습니다.

김 부자는 실컷 매를 놓고도 모자라 시커먼 속을 드러냈습니다.

"훔쳐 간 똥을 모두 갚든지, 아니면 그 똥 먹고 자란 곡식을 몽땅 내놔라."

돌쇠 아버지는 하도 막막해서 절뚝거리며 산도깨비를 찾아갔습니다.

산도깨비도 기가 막혀 입을 쩍 벌렸습니다. "김부자 그 놈 욕심은 끝이 없군. 뭐 걱정할 것 있나. 가져온 똥을 백 배로 갚아주지."

산도깨비는 산이 쩌렁쩌렁 울리게 주문을 외웠습니다.

"수리수리 수수리! 오 세상 똥아, 김 부자네로 날아라!"

사방팔방에서 똥 덩이가 솟아올라 커다란 똥 구름을 일으켰습니다.

거무누르스름한 똥 구름이 하늘을 뒤덮었습니다.

김 부자는 대청에 앉아 돌쇠 아버지를 기다렸습니다.

'설마 제깟 놈이 똥을 가져올 수야 없겠지?'

그러던 차에 무언가 마당에 '픽' 하고 덜어졌습니다.

"옳거니, 곡식이 왔구나!"

김 부자는 한달음에 마당으로 달려나갔습니다.

하지만 곡식은 무슨 곡식입니까?

곡식은커녕 온갖 똥 덩이가 김 부자 머리 위로 떨어집니다.

굵직한 똥자루 똥, 질퍽질퍽 물찌똥, 된똥, 진똥, 산똥, 선똥, 피똥, 알똥, 배내똥, 개똥, 소똥, 닭똥, 말똥, 돼지 똥, 토끼 똥, 염소 똥까지 후득후득 처덕처덕 사정없이 쏟아져 내립니다.

"아이쿠, 이게 웬 똥벼락이냐!"

김 부자가 이리 뛰고 저리 뛰지만 피할 틈도 없이 촘촘하게 내리꽂힙니다.

푸드득 푸드드득, 퍼드득 퍼드드득!

밤새도록 똥벼락이 내리치더니 큼지막한 똥 산이 생겼습니다.

이 똥 저 똥 잘 섞인 거름 산입니다.

온 동네 사람들이 산을 헐어서 똥 거름을 가져다 농사를 지었더니 이듬해 흥겨운 풍년 노래가 오래오래 울려퍼졌지요.

- 김회경 지음, <똥벼락>에서 인용함

근래에 똥을 소재로 한 책들이 많은 화제를 불러일으켰는데 위의 <똥벼락>도 그 중의 하나가 된다. 이 가운데서도 <똥벼락>은 인물 배경이나 문체, 그림 등이 전래동화의 모습으로 만들어져 있지만 전해오는 우리의 옛이야기에 이와 똑같은 이야기는 없다. 다만 추측해 보건데 이 이야기는 우리 이야기에서 흔히 찾아볼 수 있는 도깨비 이야기와 가장 더러운 '똥'이 가장 신성한 생명줄인 '밥'이 되는 이중성에 대한 우리 선인들의 사고를 교묘하게 배합하여 만든 옛이야기 형식의 창작품이라고 하는 편이 옳다. 이런 동화를 문학적 전래동화라고 하는데 전래동화에 바탕을 두되 작가가 자신의 이야기로 창조하여 전혀 새로운 이야기로 만든 작품을 말한다. 안데르센의 동화들은 이런 방식으로 성공한 작품들이다.

기회자장삼십 기분자장오십(棄灰者杖三十 棄糞者杖五十)이란 말이 있다. 똥과 재는 농사를 짓는데 필요한 자원이기 때문에 이것을 함부로 벌이는 자에 대하여는 그만큼 엄한 벌을 내렸다는 말이다. 실제로 옛날 사람들에게 귀중한 거름이 되는 똥오줌을 보기 위해서 아무리 급해도 집으로 달려와 해결하는 것은 이상한 일이 아니었다. 이처럼 <똥벼락>은 표면상으로는 마음씨 나쁜 노랭이 김부자를 벌주고 열심히 일하는 착한 돌쇠네에 복을 주는 권선징악의 흔한 옛이야기 주제를 담고 있지만 이 글이 성공할 수 있었던 것은 다양한 요인들이 있기 때문이다.

우선 짤막한 이야기이면서도 그 구조가 재미있게 짜여져 있다. 도깨비의 등장과 금가락지 때문에 똥벼락을 맞는 짜임은 재미있는 얼개라고 할 수 있다. 그 다음 이 이야기는 해학적인 내용을 담은 문체로 아이들의 흥미를 쉽게 이끌어낼 수 있다. 그러나 겉으로 드러난 형식만 갖고 이 글을 평가한다면 지나치게 재미를 추구하여 오히려 글의 품격을 떨어지게 한다는 비난을 받을 수도 있을 것이다. 글이 처음부터 끝까지 '똥'이라는 단어로 칠해져 있는 것만 보아도 그런 느낌을 받을 수 있다. 그러나 이 글의 내포적 의미는 앞서도 제기한 똥의 이중성, 즉 똥이 밥이 될 수 있는 문제에 이른다. 이것은 또한 유기물이 많은 똥이 흙과 섞여 미생물의 분해 과정에 의해서 우리의 먹거리들을 풍부하게 키워주는 자원으로서의 환경 문제도 담고 있는 것이다. 이런 다양한 요소들이 이 글을 단순히 재미있는 글이 아니라 나름대로의 의미를 담고 있는 옛이야기로서 관심을 끌게 되었다고 본다.

5. 옛이야기를 통한 새로운 문화 콘텐츠

많은 전래동화들은 월트 디즈니를 통해서 새롭게 변형되어 태어나 많은 사람들의 사랑을 받아왔다. 전통을 고수하는 민속학자들은 원형에서 많이 변화되고 사람들의 구미에 맞게 개작되는 이런 전래동화들을 비난하기도 한다. 그러나 오늘날은 옛이야기라는 생명체가 시대에 맞게 돌연변이화 할 수 있는 환경적 여건이 너무나 풍부하다. IT 산업의 급속한 발달로 옛이야기들은 컴퓨터 게임의 소재가 되어 막대한 산업 자본으로 환원되기도 하고, 신화를 토대로 한 판타지 문학도 종이 매체인 책만이 아니라 영화로도 큰 흥행을 기록하는 시대이기도 하다. 우리는 그만큼 다양한 문화 매체와 그것에 담길 다양한 이야기 변종들을 경험하는 시대에 와 있다는 뜻이다.

선진국에 비하여 우리의 산업화 과정은 뒤떨어졌지만 IT 분야에서는 우리가 앞서가고 있는 것처럼, 어찌보면 이것을 이용한 문화의 산업화는 우리에게 기회의 분야일 수 있다. 우리가 갖고 있는 옛이야기들은 문화 산업을 일구는 보물창고가 될 수도 있다는 이야기다.

우리 시대 우리 시인론

제3부

●목차

（1）

백이운 시조의 광맥, 『왕십리』

1

시란 무엇인가. 이러한 원론적인 문제들에 대한 사유를 다시 한번 되풀이 하지 않을 수 없었던 7·80년대 이후의 서정성이 결여되었던 비시적 시들 앞에 백이운의 시조는 간명한 답변을 던져준다. 백이운 의 시조는 그만큼 우리 시의 현주소와 방향을 다시 한번 성찰할 기회 를 갖게 한다. 어찌보면 시조는 그동안 잃어버렸던 우리 시 서정성의 고향 같은 것일지도 모른다. 실제로 우리 현대시가 신문학 초기 서구 문학의 무분별한 모방으로부터 벗어나 분명한 자기 위치를 찾으며 시문학의 새로운 시대를 열기 시작한 1930년대 이후, 적어도 2·30 여 년간의 아름다운 서정시들은 시조의 가락과 시조문학이 지향하는 서정주의를 담고 있었다. 정지용의 많은 시들이 그랬고, 그의 제자였 던 소위 청록파 시인들의 초기 작품들에서도 시조 혹은 민요적 가락 을 응용한 가작들이 많다는 것은 다 알고 있는 사실이다. 문제는 그 이후 문학 비평가들을 포함한 문학 연구자들의 문학 이론 과잉생산 에서 비롯되었다. 더군다나 외국문학 이론의 무분별한 수입, 그 중에 서도 모더니티를 추구하는 실험적 문학 집단은 새로움의 반대편에다 전통 서정시를 두고 버려야 할 유산 쯤으로 치부하는, 다시말하면 서구 콤플렉스에 빠져 있었다. 그 결과 전통을 바탕으로 한 새로움이 아니라 새로움만을 위한 새로움의 시들은 우리의 보편적 정조 속에 용해되지 못했고 점점 시는 독자들에게게 외면 당하는 위기의 시대로 전이된 것이다.

더군다나 오랜 세기 동안 문화 발전의 선봉장 역할을 다해오던 인쇄 문화가 정보 통신을 비롯한 전자 문화에로 그 자리를 점점 더 이양시키면서 인쇄 문화의 꽃이었던 문학은 점점 더 자신의 영토를 지켜나가기 어려운 시기에 이르렀다. 이미 마샬 맥루한(Marshall McLuhan)이 설파했던 "매체가 바로 메시지이다"라고 한 말은 화려했던 인쇄 매체의 시대가 가고 새롭고 다양한 매체를 통한 의사 소통의 시대가 왔음을 선언한 것이나 다름없다. 이러한 시대에 우리 시가 설 곳은 어디일까? 그것은 문학 본연의 물음에서부터 다시 시작해야 한다. 20세기 그 혼돈의 시대를 절름대며 따라와 막다른 골목에까지 이르러 드디어는 죽음까지 선언 당한 문학(앨빈 커넌Albuin Kernan 저, <문학의 죽음>)이 부활하기 위해서는 문학이란 무엇인가, 시란 무엇인가에 대한 본질적인 물음에서부터 다시 시작해야 한다. 그것이 21세기 문학의 화려한 복귀를 위해 붙잡아야 할 화두이다.

시의 서정성 복귀야말로 반서정성의 테크놀러지 시대에 독자들을 끌어들일 수 있는 대안이 될 것이다. 우리의 영혼을 위무해 주는 시, 메마른 이 시대 우리 밑바탕에 가라 앉아버린 정서의 한 가닥에 촉촉한 물기를 끌어올리는 시, 독자들은 바로 그것을 원하고 있다. 그리고 그 자리에 시조가 있다. 우리의 현대시는 시조로부터 많은 것을 받아들일 필요가 있다고 생각한다. 지루한 요설, 언어의 해체를 통한 시문법의 파괴, 이렇듯 온갖 형식을 위한 시형식의 난무 속에서 잃어버린 시의 원형을 시조로부터 우리의 현대시는 받아들여야 한다. 그것은 받아들이자는 것이지 회귀하자는 것이 아니다. 전통적 서정양식에 새로움을 담은 시, 독자들은 그것을 알고 또 원하고 있다.

2

앞에서 언급한 우리시의 현주소를 염두에 두고 백이운의 시조집 『왕십리』를 읽었다. 그의 첫 번째 시조집 『슬픔의 한복판』을 통해서 우리말의 아름다움과 명징한 이미지들을 읽어냈던 필자는 이번 시조집을 통해서 그 언어적 바탕 위에 삶의 무게와 본원적 문제의 언어망을 또한 읽을 수 있었다. 그의 언어망에 걸리면 모든 사물은 새로운 의미로 다시 태어나고, 그것을 표현하는 언어의 빛깔은 시적 향기를 품는다. 이미 첫 번째 시조집 『슬픔의 한복판』에서 보여주었던 언어를 다루는 이와 같은 솜씨가 더욱더 농익어 삶의 무게를 더 얹어 놓은 『왕십리』로 탄생된 것이다.

내가 가진 것은

기동차 까만 기적과

바람을 닮은 웃음기

주운 사금파리 몇 개에다

배추밭 파랗게 어는,

그뿐인 오후 네 시.

— <배추밭－하왕십리 18>

이 작품은 그의 이번 시집 『왕십리』 연작시조 50편 가운데 뽑아 본 시조이다. 왕십리가 갖는 상징성에서 비어있는 듯 하지만 꽉 차 있으며, 흘러간 것 같지만 우리를 맴도는 한국인의 감성과 사유의 일단이 보여진다. 한번 생각해 보자. 시인이 어린 시절을 보냈던 왕십리에 대한 일반적 이미지는 서울 변두리, 5·60년대만 해도 미나리밭, 배추밭으로 덮혀 있었고, 거름 냄새가 나던 곳이다. 그러나 이곳이야말로 사람 사는 냄새가 나는 곳이 아닐 수 없다. 모두들 잘 살기 위해, 성공하기 위해 화려한 도심의 불빛 아래로 몰려드는 이 시대 서울 한 귀퉁이 그런 왕십리가 갖는 상징성은 우리네가 그토록 소중히 여기던 인정, 혹은 인간 냄새에 대한 향수를 자극한다는 점이다. 여기에서 시인은 이렇게 읊고 있다. 내가 가진 것은 기동차의 까만 기적이나, 웃음기, 사금파리 그리고 배추밭 파랗게 어는 오후 네시라는 것.

이것들은 결코 우리들 욕망의 중심에 있는 것들이 아니다. 그 중심을 비껴나 있기에 허허로운 것 같아도 그러나 가득차 있는 그래서 시인에게는 더할수 없는 시의 광맥이 되는 것이다. 왕십리가 갖는 상징성, 그 시의 광맥이 있었기에 백이운 시인은 그가 시집 서문에서도 말한 것처럼, 열병 앓듯이 연작시 50편을 써내려 갈 수 있었다고 생각한다.

『왕십리』 연작 시조집은 1부 <상왕십리> 연작 시조와 2부 <하왕십리> 연작 시조로 되어 있다. 그러나 1부, 2부로 나눈 특별한 원칙은 크게 눈에 띄지 않는다. 다만 1부 <상왕십리> 연작 시조에는 화자의 어린 눈에 비쳤던 왕십리 사람들의 진한 삶의 정경들이 매우 사실감 넘치게 그려져 있다. 시조라는 전통 시형식의 장르를 통해서 이처럼 삶의 리얼한 모습들을 형상화 할 수 있는 백이운 시조의 실험성은 시조의 현대화를 위해서도 고무적이라 하지 않을 수 없다. 그 곳에는 왕십리 '광무극장'에서 상연되는 춘향전의 이야기가 있으며 ('광무극장'), 맹꽁이 검정 운동화를 신고 달리는 아이들이 있으며 ('검정운동화'), 차력사와 약장수의 고된 삶 속에서도 넘쳐나는 구수함이 있다. 흑백 필름으로 다가오는 이야기들이지만 결코 버릴수 없는 정겨운 이웃들의 이야기, 그러기에 <상왕십리> 연작 시조들에서는 인간의 냄새가 그리움처럼 배어 있는 것이다.

> 무릎까지 차오르는 밤새 내린 눈길
> 술국을 받으러 가는 쌩쌩한 꼭두새벽, 누런 털모자
> 뒤집어 쓰고 술국을 들이키던 짱아 아버지. 말똥냄
> 새 쇠똥냄새 술국에 말아먹으며 자식놈만은 절대로
> 이 고생 안시키어…
>
> 장쇠네 우멍한 소처럼 눈가가 붉어지던…
>   ― <마부―상왕십리8>

백이운 시인은 어린 시절의 마부를 기억하고 있단 말인가. 자동차로 메워져 버린 거리에 한 때 주인공이던 마차들. 그리 오랜 세월도 아닌 듯 하지만 말과 마부는 전설 속의 이야기로 흘러가 버린 듯한데, 백이운은 한 편의 드라마처럼 마부를 기억하고 작품으로 출력했다. 밤눈은 무릎까지 차오르게 내려 덮히고 하루를 마감하는 마부는 말똥냄새, 쇠똥냄새 섞인 술국으로 목을 축인다. 그 짤막한 이미지들만으로도 한 편의 단편 영화 같은 장면들을 선명하게 떠올릴 수 있다. 우리네 삶 저 편으로 밀려가버린 듯 하지만 그러나 또 오늘의 우리를 만들었던 삶의 궤적들, 백이운의 시는 오늘의 우리를 다시 거울 속에 비춰보도록 만든다. 과연 우리는 진정 누군가. 정체성조차 모호해진 오늘의 우리들 정신의 뿌리는 어디에 있는가.

이처럼 『왕십리』 연작 시조들은 추억의 헛간에 가두어 놓은 먼지 뒤집어 쓴 필름 속의 이야기가 아니다. 백이운 시인의 시 속에 살아나 오늘의 우리를 다시금 거울로 비춰보게 하기 때문이다.

<상왕십리> 연작품들이 추억 속의 이야기라면 <하왕십리> 연작품들은 그 뿌리를 바탕으로 본원적인 문제들에 대하여 사유한다. 시인은 이렇게 노래한다.

잊혀져 사라지는 것은 추억이 아니리

저희끼리 집을 짓고 마음을 이룬 추억들

간간이
안개에 묻혀
붉은 꽃도 피우네.
— <추억에 관하여 – 하왕십리25>

이 시조의 종장에서 암시하는 바는 무엇인가. 때로 추억은 묻히기도 하지만 붉은 꽃으로 피어난다는 말 아닌가. 과거와 추억은 오늘에 잇대어 있다. 삶의 진리와 지혜도 그런 것들이 뿌리가 되어 잉태되는 것이다. <하왕십리> 시들이 담고 있는 본원적인 것들에 대한 노래도 바로 <상왕십리> 연작시에서 보여주었던 질퍽한 삶의 눈뜨기가 있었기에 가능한 것이다. <하왕십리>의 시조에서는 약사불이 여러 번 나온다. 중생을 아픔이나 재난에서 건져준다는 이 부처를 우러르는 마음은 결국 삶에 대한 아픔과 연민으로부터 나와 시인의 정갈한 언어로 엮어져 노래된다. "때로는 神과 和通하여// 눈물들의 숨은 뼈를// 우두둑 우두둑 쏟아내린다"고 말한다. 그러면, "약사불, 그걸 추스려선// 윷놀이나 하자신다."라고 노래한 작품 <우주의 갈색 그림자 - 하왕십리5>를 통해서 우리는 우주와 신과 인간으로서 시인과의 소통관계를 그려볼 수 있다. 마치 보들레르가 그의 유명한 시 '相應(correspondance)'에서 천상계와 지상계, 그리고 인간이 자연과 천상계와의 상응·교감하는 그 상징의 숲을 시인이 들어간다고 했듯이, 시인은 천상계와 지상계를 소통하는 영혼의 소유자라 할 수 있을 것이다. 그 시인의 삶과 역할은 매화 내지는 은장도의 이미지(<매화1 - 하왕십리12>, <매화2 - 하왕십리13>)로 다시 환치된다. 매운 향기로, 향기롭게 쓸 비전의 은장도로 비추어진 이미지들은 낡은 것 같지만, 그래서 오히려 이 시대에는 신선하고 그리운 아름다움이 배어있는 것이다.

3

　시의 시대는 갔다고 단언하는 사람들이 많다. 그러나 시를 좋아하는 사람들은 또 여전히 좋아한다. 이제 문제는 참다운 시의 본 위치를 찾는 일이다. 반서정주의를 앞서가는 시로 평가했던 자리에 진정한 서정시를 되돌려 놓아야 한다. 그 자리찾기에 우리의 시조 문학은 큰 역할을 할 수 있다고 본다. 백이운의 시조집『왕십리』를 읽으면서 그 가능성을 점쳐볼 수 있었다. 역동적이고 리얼한 삶의 모습을 선명히 그리면서도 결코 흐트러지지 않는 간결미, 또한 본원적 물음에 대한 깊은 성찰마저도 깔끔한 형식으로 담아낼 수 있는 시조 미학, 이런 것들이야말로 시란 무엇인가를 함축적으로 답변해 줄 수 있는 요체라고 본다면 백이운의 이번 시조집『왕십리』는 시사하는 바가 크다.

문혜관 시인의 시세계
-사바의 번뇌, 깨달음의 꽃-

1. 깨달음을 위한 성찰

속세에서 출가하여 법문에 들어간 승려 시인의 작품 세계는 깨달음의 길을 걷는 한 도(道)의 세계이며, 필연적으로 종교적 성찰을 담지 않을 수 없다. 승려인 문혜관 시인의 작품 세계 역시 그러하다.

사실 헤아려 보면 우리 한국 문학에서 승려 시인들의 작품은 매우 찬란한 문학사적 업적을 일구어 냈다. 신라의 향가 시인인 월명사, 충담사, 균여대사에서부터 근세의 대 시인 만해 항용운에 이르기까지 승려들의 불교 문학은 한국 문학을 풍성하고 아름답게 그리고 있다. 그러면서도 문학을 통해서 사상적 깊이의 형이상학적 세계에 천착했던 것도 빼놓을 수 없는 불교 문학의 성과가 아닐 수 없다고 본다. 거기에다 오묘한 깨달음의 경지에서 읊은 고승들의 오도송은 시를 배워서 익힌 전문 시인들의 세계와는 또 다른 경지를 보여주기도 했다. 한국 근대 불교사에서 빼놓을 수 없는 전설적인 네 인물 중에서 수월(水月), 혜월(慧月), 월면(月面)과 이들 세 달의 스승이었던 경허(鏡虛) 대선사(大禪師)가 있다. 이들 중 스승이면서 많은 일화를

남겼던 경허 스님의 경우만 보아도 훌륭한 선시들을 많이 남겼는데,
졸고 있는 자신의 잠을 예찬한 다섯 편의 시인 <우연한 노래(偶吟)>
만 해도 꿈꾸는 몽유행자(夢遊行者)를 읊은 절창이 아닐 수 없다. 그
가운데 한 편만 소개해 보자.

喧喧寧似默　시끄러움이 오히려 고요함인데
攘攘不如眠　요란하다 해도 어찌 잠이 안오랴
永夜空山月　긴긴 밤 텅 빈 산의 달이어
光明一枕前　그 광명으로 한바탕 베개하였네

　이와 같은 선시는 속세의 시인이 흉내 낸다고 해서 도달할 수 있는
세계가 아님은 분명하다. 그만큼 승려들의 문학은 누구나 다 생산할
수만은 없는 한국 문학의 폭을 넓히는 데 큰 역할을 했다고 평가할
수 있다.
　이렇듯 종교적 깨달음의 길을 걷는 승려 문혜관 시인의 작품에서
도 불교 문학의 보편적 축에서 크게 벗어나지 않는 것이 사실이다.
문시인의 이번 시집 제목이 『번뇌, 그리고 꽃』이라고 했던 것에서도
짐작할 수 있듯이 깨달음의 법열을 기다리는 한 수도자의 길을 그의
시들을 통해서 엿볼 수 있는 것이다. 그러나 어찌 마냥 기다린다고만
해서 법열을 얻을 수 있는 일인가. 이러한 스님들의 번뇌 또한 크지
않을 수 없다. 문혜관 스님 역시 이러한 번뇌를 나의 방랑기라는 부제
를 단 <尋牛圖>라는 시에서 언뜻 언뜻 비춰주고 있다. 원래 심우도
란 중국 북송 시대의 곽암 스님이 지은 유명한 책이다. 심우도엔 인간
이 지닌 진리의 불성을, 사람과 가장 친근한 동물인 소에 의탁하여
불성을 구하고 도를 이루어 부처가 되는 수행과정을 목동이 소를

먹여 기르는 열 장의 그림과 시로 상징했다.

먹구름 먹구름에 젖어 떠가는
속세떠나
마음 닦아 부처 되겠다고
칠월 땡볕 머리에 이고
두륜산 구곡 구천 물따라 구름따라
찾던 나

— <1.尋牛>

매미소리 그치고
붉게 달구던 단풍마저
허공에 한 마리 새가 될 때
달빛은 중천하늘
시월 보름날
팔뚝에 연비하고 십계 받으니
사미승

— <4.得牛>

돌아온 속세
영원히 떠난 자리 아닌가!
그름 떠나듯
시냇물 흘러가듯
뿌리도 걸림도 없이 떠돌다
가을 끝
상사초 한 그루

— <10.入廛搜手>

<尋牛>에서 <입전수수(入廛搜手)>에 이르기까지의 10 가지의 수행 과정을 단시로 엮은 이 시는 시의 언어적 측면에서 볼 때도 때로는 비유적 이미지가 번득이면서 소로 상징되는 깨달음의 도를 찾아 방황하는 화자의 심정이 간결하게 전달되어 독자를 끌어들인다. 누구나 처음부터 고승의 경지에 이를 수는 없는 법이다.

그러나 어찌 또 스님이 되었다면 미혹한 번뇌의 불꽃에서 벗어나 득도의 경지를 소원하지 않으랴. 바로 그 수행 과정의 어려움이 문혜관 시인의 <尋牛圖>에 담겨져 있는 것이다. 이 시인이 시집 제목으로 삼았던 시 <번뇌, 그리고 꽃>에서도 그러한 고뇌가 선명하게 다가온다. 그래서 스님은 "어둠으로/ 어둠으로 이어지는/ 이 산에/ 언제 번뇌의 불빛은 꺼질 것인가"라고 읊고 있다. 깨달음의 법열을 얻을 때까지는 어둠의 연속이자 번뇌의 과정이라고 생각한다면 그 과정을 방랑기라고 한 뜻을 짐작할 수 있을 것 같다. 그러나 세속의 거리로 들어가 일일이 중생을 제도하는 경지라는 입전수수에 이르면 출가하여 부대끼던 번뇌의 시간들도 무화될 수 있을 것이다. 혜관 스님의 시에 보이는 유유자적의 여유가 엿보이는 시들은 어쩌면 그러한 경지를 터득하고 수긍할 수 있었기 때문에 나왔으리라고 생각한다.

그대
세상은 혼자 사는 것 아니라네
텅 빈 운동장에 혼자 달려
일등 하면 무슨 의미 있으리.

산 넘으면 들판
들판길 걸으면 산이 있고

그 길로 가노라면 봄볕에
민들레 작은 미소를 만날 수 있고
거기 더불어 살아 흘러가는
시냇물
낮은데로 흐르는 이유가 있지.

― <세상 사는 법> 중에서

이런 시도 세상 사는 법에서 얻어진 여유로움일 것이다. 따라서 세상을 바라보는 이러한 태도는 그것이 속세의 삶이든 불제자로서의 삶이든 활달하여 거침이 없고 자유로울 수 있는 정신적 여유를 얻은 때만이 이를 수 있는 경지일 것이다.

2. 세상에 대한 애정과 비판

승려 시인 문혜관은 산 속에서 홀로 얻는 법열에만 집착할 수 없었나 보다. 화광동진(和光同塵), 즉 빛은 먼지와 더불어 함께 어울린다는 뜻으로, 부처도 세속에 들어와 중생을 제도한다는 깊은 의미가 들어 있음을 환기한다면 산 속 불제자인 승려 시인도 세상 돌아가는 모습에 등을 돌릴 수만은 없었을 것이다. <심우가>를 지은 곽암 스님이나 경허 스님 같은 분이 말년 속진에 들어가 화광동진 했던 이유도 다 그런 것에 있었던 것이다.

문혜관 시인이 출가하여 법문에 들어가 수행해 온 세월이라는 것이 어떠한 시간들이었나. 학자가 연구실에서, 학생이 도서관에서, 종

교인이 그들 종교의 전당에서 자신의 일에만 몰두할 수 없게 했던
사회적으로나 정치적으로 불안했던 시대가 아니었을까. 부조리한 모
순들이 혼재된 우리 사회 어둠의 고리를 어디에서부터 풀어 나아가
야 할 지조차도 찾기 어려웠던 시대를 관통해 살면서, 한 종교인이자
시인인 혜관은 시라는 예봉을 통하여 교화와 사회적 비판의 길을
선택했을 것으로 짐작한다.

<blockquote>

전라도는 ×××
전라도 광주는 ××
경상도는 ×××
경상도 대구는 ××
이렇게 재잘거리던 얘기는
분단에 분단의 선을 긋는
여의도 국회 의사당 높은 사람들이고

대구의 길거리는
대구의 커피숍에는
너와 나를 구별하지 않고
전라도, 경상도 구별 없는
그저 백두산 정기 받은 민족
뜨거운 민족이더라
</blockquote>

— <대구를 지나면서> 중에서

　　경상도와 전라도의 금을 그어 놓는 사람들은 자신들의 정치적 목
적을 위해서 지역 갈등을 이용하려는 여의도 국회 의사당의 정치인
들일 뿐, 저자 거리의 순박한 국민들은 다 같이 백두산 정기 받은

뜨거운 민족이라고 화자는 절박하게 외치고 있다. 만약에 익명으로 발표되었다면 이와 같은 시에서 작자가 승려임을 눈치 챌 수 있는 독자는 아무도 없을 것이다. 그 만큼 이 시는 종교적 색채와는 거리가 먼 정치 의식이 앞서 있는 작품이다. 이미 남북으로 분단되어 이산가족을 비롯한 많은 사람들에게 고통을 안겨준 한반도가 다시금 동서로 갈린 지역 갈등에 시달려 온 것을 생각한다면 문혜관 시인의 사회를 향한 비판 의식의 한 면과 그의 문학 세계의 일면도 함께 엿볼 수가 있다. 그는 <왜, 소가 우는 줄 아시나요>라는 시에서도 떨어진 소 값과 농협 빚에 시달리는 농민의 아픔을 팔려가는 소가 대신 우는 것으로 그리고 있으며, 이와 같이 모순되고 부조리한 우리 사회의 우울한 모습을 승려답게 미륵이 오는 세상으로 끝낼 수 있다고 생각한다. 물론 미륵은 미래에 대한 기대이며, 상상에 의한 유토피아일 수도 있다. 그러나 승려 시인은 안타깝기만 하다. 그것은 미륵이 올 듯, 오는 듯 하면서도 나타나지 않는다고 생각하기 때문이다.

　　미륵의 세상은 언제 올 것인가

　　동방의 불타가 예언했듯이
　　동학도 4 · 19, 5 · 18 그 하나
　　미륵을 만들지 못한 채
　　세상은 세월의 윤회바퀴만 돌릴 뿐
　　진정 그 옛날 할아버지에 할아버지
　　목청 찢기는 아우성 소리는
　　이 땅에 뿌리 내리지 못한
　　恨으로

촉촉히 젖은 흙으로 있을 뿐
그 누구 하나 불타가 가르쳤던
차별과 고뇌 없는 극락을 만들지 못한
10월의 길목
초봄부터 매운 연기를 마시면서
누가 누구에게 질타할 수 없는 진흙탕에
젊은이만 쓰러져 간
이 땅 위

미륵은 진정 언제 올 것인가
　　　　－ <미륵이 오는 길목에 서서> 중에서

　위 시의 내용으로 보아서 미륵이 오는 세상이란 동학과 4 · 19, 5 ·
18 정신이 실현되는 세상이다. 목메이게 저항하다가 젊은이들만 쓰
러져 가는 세상이 아니다. 차별과 고뇌 없는 그래서 누구나가 다 잘사
는 극락 같은 세상이다.

　결국 이와 같은 시를 통해서 승려 문혜관 시인이 저자 거리로 나선
이유와, 사회에 대한 비판 의식의 시를 쓰게 된 이유를 어느정도 유추
할 수 있을 것 같다. 그는 누구나 평등하게 잘사는 민주 사회를 꿈꾸
었던 것이며, 시를 통해서 혹은 민중들과 실제로 부딪히면서 불가
수행의 마지막 과정인 '入廛搜手'를 실행하기를 원했던 것이다.

　세속에 관심을 갖고 비판한다는 것은 그에 대한 사랑이 전제되지
않으면 불가능 할 것이다. 그러나 문혜관 시인의 시에는 세속에 대한
사랑이 비판의식으로만 표출되었던 것은 아니다. 혜관 스님은 많은
시에서 세속의 어머니와 그리고 고향의 모든 것에 대해서는 그리움

과 사랑의 눈길로 자주 묘사하여, 출가해서 인연을 끊고 살아왔음에
도 어쩔수 없이 마음이 달려가는 그리움을 시를 통해서 달래고 있는
듯하다.

긴긴 겨울밤
별빛마저 꽁꽁 얼어
얼음빛으로 다가오는
자정 무렵

찹쌀떡 ~~ 사려 ~~
찹쌀떡 ~~ 사려 ~~
잠 깨운다.

시험공부 하고 나면
시장기 든다고
찹쌀떡 몇 개 감추어
두었다가
책상머리에 내 놓으시면
어머님

찹쌀떡 ~~ 사려 ~~
찹쌀떡 ~~ 사려 ~~
당신이 출가한 아들
애절하게 찾아 부르는 소리.

— <찹쌀떡 장사>

혜관 스님이 산사에 들어간 지 20여년이나 되었다 하니 속가와의

인연은 끊어질만한 긴 세월이지만 위의 시에서 보듯이 어머니에 대한 추억과 그 그리움은 결코 사라질 수 없나 보다. 아마 이 시에서 스님은 산사가 아닌 저자 거리 어디에선가 겨울 하룻밤을 묵고 있었을 것이다. 골목 어디에선가 찹쌀떡 장사의 외침이 들려 오고, 외침은 출가하기 전 밤 늦도록 시험 공부하던 학생 시절을 상기시킨다. 아들이 시장하리라 염려하시며 책상머리에 찹쌀떡을 내어 놓으시던 그 어머니의 모습이 오버랩 되면서 찹쌀덕 장사의 외침은 출가한 아들을 애타게 부르시는 어머님의 목소리로 바뀐다.

　사바세계의 고통을 씻기 위해서 법문에 들어가 수행하는 불제자도 이렇듯 속가와의 질긴 인연을 아주 끊어버리기란 쉬운 일이 아닌 것 같다. 이 시인의 또 다른 시 <봉숭아꽃>에서도 "총총총 별빛 속/ 사립문 열고/ 엄마/ 부르는 소리/ 아직도 그 옛날로 젖어 사시는/ 어머님"이라고 하여 어머님에 대한 죄송한 마음과 애절한 사랑을 봉숭아꽃 이미지에 환치시켜 놓은 바가 있다.

　승려 시인 문혜관은 이렇듯이 불법 수행을 하기 위해서 면벽하며 용맹전진하는 길만을 찾았던 것이 아님을 그의 시들을 통해서 알 수 있다. 화광동진의 세계를 추구하며, 때로는 속가 혈육간의 인연에 집착하기도 하면서 마음 흐르는대로 따라가는 자유로움이 이 시인 작품 속에 스며 있다.

3. 단아한 언어,이미지의 선명성

　위와 같은 문혜관 시인의 작품 세계를 담아내는 시의 형식과 시의 언어(poetic diction)에서 어떤 특색을 탐지할 수 있을까.

우리는 우선 이 시인이 시집 첫머리 서문에서 밝힌 내용을 통해서 언어 미학적 관심의 방향을 추정해 볼 수가 있을 것이다.

> 처음 문학을 공부할 때 자유시를 공부하다가 수도하는 사람은 시조가 어울릴 거라고 리태극 박사님과 땅끝마을 용진호 시인님의 권유로 시조 공부 하다가 시조문학 추천으로 등단했지만 자유시도 시조시도 어느것 하나 제대로 쓴 것 없이 세월만 보내다가 문학의 해를 맞이하여 자유시와 시조를 모아 시집을 발간하게 되었다.

이 글을 통해서 알 수 있는 것은 이 시인이 자유시와 시조를 자유롭게 넘나들면서 시를 썼다는 점이다. 그리고 이러한 시력이 시조의 장점이라고 볼 수도 있는 단아한 멋과 간결한 리듬의 맛을 그의 시 속에 잘 용해시켜 놓고 있다.

> 산은 산이라서 높이 있고
> 물은 물이라서 그저 흐르기만 하는데
> 추녀끝
> 풍경소리 잠 못 이룬다.
>
> 동지섣달
> 눈 오는 반야교 난간 옆
> 동백꽃 터트리는 소리
> 어느 님
> 보낸 詩이런가

산노루 발자국   소리도
그치고
대웅전 목탁 소리마저
잠 들어버린
야반 삼경 넘어
설해목 끊어지는 소리
어느 님
보낸 연정이런가

— <겨울밤, 녹차를 마시면서>

　적막하고 깊은 산사의 겨울 밤, 수도승이 잠 못이루며 그려놓은
이 시는 군더더기 없는 명징한 이미지로 한 장의 그림처럼 다가 온다.
이 시의 시간적 배경은 분명 밤이지만 우리에게 느껴지는 것은 결코
어둠이 아니다. 물론 흰 눈에 덮혀 있는 겨울 밤이기에 그런 것도
아니다. 무엇 때문일까. 그것은 앞서도 말했듯이 이미지의 명징성
때문이다.

　image란 다 아는 바와 같이 사물에 대한 감각적 경험이나 관념을
우리의 감각을 통해서 구체적으로 호소하는 것이다. 이 시의 1연은
바람이 불고 있는 매서운 겨울 밤이라는 점을 잠 못 이루는 풍경소리
로 구체화 하여 청각과 시각 이미지로 대치시켜 놓으면서, 한 편으로
는 잠 못드는 수도승의 심정을 내면 속에 깔아놓고 있다. 잠 못드는
이유가 무엇인지 시에서 말하고 있지는 않지만, 우리는 풍경이라는
절간에 매달려 있는 물체가 물고기 형상을 하고 있음을, 물고기는
잘 때도 눈을 뜨고 있다는 자아 각성의 뜻이 담겼다는 사실들을 유추

한다면 불법 수행자의 심정이 잠 못드는 풍경소리로 이미지화 한 이유가 쉽게 이해될 수 있다.

이처럼 깊은 의미를 간결하게 그려놓는 방법은 절제된 언어미를 추구하는 시조 창작의 한 방법에서 얻어왔을 것이라고 보며, 이 시 전체에 흐르는 간결한 리듬 역시 시조 미학이 담고 있는 덕목이 아닐 수 없다. 2연과 3연 역시 "동백꽃 터트리는 소리", "설해목 끊어지는 소리"라는 청각과 시각 이미지로 깊은 산 속 절간에서 느끼는 매우 감각적으로 그려진 선명한 이미지들이며, 승려이자 시인이기에 꿰뚫 수 있는 상상력의 힘이다.

> 뒷산 넘어가는 상여 꽃술
> 붉은 봉숭화
>
> 짜죽재 넘어
> 그 옛날 외가 뜰에 자라
> 열아홉 엄니 손톱에 꽃피우던
> 붉은 무지개
>
> [⋯중략⋯]
>
> 피고지고 피고지고
> 누님의 손톱으로
> 유전하는 윤회바퀴
> 영산강 물줄기 타고
> 흐르는 먼 이별의 무지개
>
> — <봉숭화, 먼 이별의 무지개>

봉숭아꽃 물들이던 시절의 추억은 아름답지만 그것은 또 알 수 없는 슬픔이기도 하다. 옛 시절 여자들의 삶이 한으로 묻어있기 때문일지도 모른다. 고단한 여성적 삶의 되물림, 어머니의 손톱에서 다시 누님의 손톱으로 피어나는 아름다움, 그러나 고달픈 시집살이처럼 울타리 한 곁에 핀 처량한 봉숭아꽃은 전 세대엔 눈물 같은 꽃이었다. 시인은 매년 꽃을 피우는 봉숭아꽃과 매년 손톱에 물드는 봉숭아의 붉은 꽃물을 보며, 삶에서 죽음으로의 이별과 할머니에서 어머니로 그리고 누이로 유전하는 윤회의 바퀴를 본다. <겨울밤, 녹차를 마시면서>와 함께 퍽 아름다운 시 가운데 하나다. 이런 시에서 볼 수 있는 시조 창작에서 획득한 간결한 리듬과 단아한 언어, 그리고 선명한 이미지는 오늘날 우리 시의 수다스러움, 거친 언어구사 등의 문제를 한 번쯤 생각하게 하는 겨를을 준다. 다만 너무 전통적 기법의 형식에 얽매이다 보면 시의 소재나 내용도 그 틀에서 벗어나기 어려울 수 있다는 점을 생각하여 새로운 감성의 언어와 문체, 형식까지도 고민하면서 개성적인 시를 만들었으면 하는 바램도 가져본다.

③

세상과의 화해

-김명숙의 시집 『판화 속의 오리 세 마리』에 대하여-

1

김명숙 시인이 네 번째 시집을 낸다. 정말 축하드리고 싶다. 주변 사람들에겐 언제나 맏언니나 누님같이 믿음직스러운 이가 김명숙 시인이다. 문학동네 구석 구석을 챙길 줄 아는 치마폭이 넓은 시인. 그러나 그의 시를 읽어보면 우리는 알찐한 슬픔같은 걸 느끼게 되어 자신도 모르게 찡한 눈물 방울 머금지 않을 수 없었다. 적어도 두 번째 시집 『세상이 나를 내게 주었으니』가 나올 때까지만 해도 그랬 었다. 세상에 대한 슬픔으로 시인의 속은 헐었거나 검댕이가 되었을 법한데, 사람들과 만나면 의연하여 이 시인의 마음 속에 무엇이 들었 는지 가늠조차 하기 어려울 정도였다.

그런데 김명숙의 시가, 세상에 대한 그의 생각들이 세 번째의 시집 『새는 빈 바람에 푸르르 날기도 하지』에서 많이 달라졌다는 것을 늘낄 수 있었다. 그것은 슬픔의 터널을 빠져 나와서 맑은 공기와 빛나 는 햇살을 온 몸에 받아들이고자 하는 변화의 모습이다. 시집 제목에 서도 독자는 이와 같은 시인의 숨은 뜻을 조금은 감지했으리라. 그러나 이 때까지만 해도 변화의 시도였지 완전히 어둠과 슬픔의 출구를 빠져나온 것은 아니었다. 시집 곳곳에 스며 있는 곰팡내가 그것을 뜻한다.(관심 있는 독자는 그의 세 번째 시집을 구해서 읽어보라) 이 세 번째 시집의 '자서' 중에 "목 잘린 수숫대마냥/ 벼랑위 루핑집 날아가고/ 바윗골을 덮은 가시덩쿨 시퍼렇다/ 비 추적추적 오는 구월 초이틀//"과 같은 대목에서 엿보이는 어두운 이미지들이 단적으로 그것을 설명해 준다. 이 말은 두 번째 시집에서와는 달리 많은 변화가 보이지만 그래도 그 흔적은 남았다는 의미가 될 것이다.

그의 두 번째 시집에서만 해도, "세상이 나를 내게 주었으니/세상이 내게 목숨을 주라 하면 줄 것이요/육신을 주라 하면 육신을 주고/세상이 음용할 살과 피를 주라 하면/피와 살을 주리다"(세상이 나를 내게 주었으니)라고 말했던 시인은 이 시의 끝 부분에 서 "나는 세상에게 올올이 다 주리라/주고도 남음이 있음이면 잡목숲에 흘러/세상에 다시 나지 않으리라"고 읊을 정도로 김명숙 시인의 시는 매우 어둡고도 습했던 것이 사실이다. 성경 구절의 어조를 패러디한 이 시는 세상을 향한 극도의 패러독스paradox에 젖어 있다.

주기도문을 패러디parody한 박남철의 시가[1] 하나님의 말씀이 이루어지지 않는 세상 이치와 부조리성을 경박한 장난기로 풍자하고

---

1) 참고로 박남철의 시 <주기도문> 중 일부분을 소개하면 다음과 같다.
지금, 하늘에 계시지 않은 우리 아버지 이름을 거룩하게 하옵시며
아버지의 나라이 말씀이 아니시며, 뜻이 하늘에서 이룬 것 같이, 그러나 땅에서는 아직도 이루어지지 않았나이다
[…중략…]
대개 나라와 권세와 영광이 아버지께 영원히 있다고 말해지고 있사옵니다. 언제나 출타중이신 아버지시여
아멘

있다면, 김명숙의 시 <세상이 나를 내게 주었으니>는 세상에 대한
풍자가 아니라, 암묵적인 항변이며 나아가서는 나 자신에 대한 지독
한 성찰이다. 그리고 그 어조는 무겁고 진지하다 못해 숨막힐 지경이
다. 가벼움이 판치는 이 시대에 그리고 가벼움의 시가 장난처럼 난무
하는 때이기에 김명숙의 시는 더 강한 느낌을 주고 있는지도 모른다.
또한 세상에 주고도 남음이 있음이면 세상에 다시 나지 않으리라고
선언했던 이 시인은 아직도 줄 것이 많이 남아서 계속 시를 쓰고
있는 것일게다. 그것도 거의 일 이년에 한 번씩 시집을 묶어내는 걸
보면, 그가 얼마나 시 쓰기에 몰두하고 있는지 세상에 대한 그의 몸짓
과 항변이 어떠했는지 짐작할 수 있을 것이다.

2

그런데 이번의 시집에서는 세상에 대한 그의 몸짓이 많이 변해서
그의 시를 읽는 독자마저도 편해진다.(이전 시에서는 결코 편하지
않았다는 것이 솔직한 표현일 것이다) 세 번째 시집에서도 완전히
변화될 수 없었던 망설거림이 이번 시집에서는 거의 없어졌다. 그것
을 나는 세상과의 화해라고 이름지어 주고싶다. 보라, 다음과 같은
시를 읽으면 김명숙 시인이 도달한 경지가 세상과의 화해에서 얻어
진 유유자적 혹은 관조의 세계인 것을.

묻지마라 내가 더 이상 물이 아닌 일에 대해서
샘물도 퍼올려야 샘물일 수 있듯이

더러운 물과도 섞여야 강물일수 있는 것을
결가부좌한 스님은 수초 아래 발을 담그고
햇살을 짓는데
어미와 아비 새끼오리들은 물속도 유유하다
자맥질도 꿈같은 풍경 속의 적요
나는 한자리 풀꽃으로도 조이 저안으로 들어
살속에 시나브로 물드는 寂寂으로 살다
긴 하루로 저물일이다
'판화 속의 오리 세 마리'

활짝 웃는 해바라기 꽃같기도 한
연꽃이
나비 한 마릴 데불고 연잎 사이를
숨박꼭질 하는데
연밥은 자꾸 이리저리 고개를 내밀며
눈짓을 보내
반가사유상 부처님은 빙그레 잎새마다
앉으시어 이슬로 구르네

— <思惟>

    세상에 줄 것 다 주고 나서 그리고도 남음이 있으면 잡목 속에
흘러 세상에 다시 나지 않으리라던 시인의 강한 의지를 읽었던 독자
라면, 위의 시들을 다시 읽으면서 이 시인에게 그동안 많은 변화가
있었으리라고 짐작할 것이다. 그 변화가 세계 인식에 대한 시인의
근원적 사유체계이든 생활 속에서 부딪히는 현실적인 문제이든 간에
부드러움과 따뜻한 눈으로 세상을 바라보게 된 시인의 태도가 놀라

우면서도 마음 든든하지 않을 수 없는 것이다.

진정 더러운 물과도 섞여야 강물일 수 있다 함은 세상의 혼탁함을 용인한다는 말이 아닐 것이다. 그 물에 발을 담그고 유유 자적하게 세상을 바라보며 화해할 수 있는 깨달음을 얻었다는 뜻으로 해석을 내리는게 온당하다. 그리하여 한 자리 풀꽃으로 적적(寂寂)으로 살다 긴 하루로 저물고 싶다는 소망은 맑고도 잔잔하게 느껴질 따름이다.

위의 시 <思惟>를 보더라도 더러운 물 속에서도 아름답게 피어나는 연꽃과 빙그레 웃는 부처님의 작품 구도가 바로 이러한 세계를 단적으로 그려낸 것이라고 말할 수 있다. "꽃 떨어지면 상가지엔 바람일고/ 물결도 시방은 자갈 위를 넘쳐/ 시위 떠난 생각하나 발끝만을 내려보다<넘어진 김에 쉬다 가지>"나 "내살, 뼈, 다 빠져나간 고운 단풍으로/ 햇빛 좋고 바람 좋은 날 골라/ 무밑둥 살 오르는 걸 오래오래 보고 싶다/ 이 가을에<97,가을>"와 같은 구절을 읽으며 김명숙 시인의 여유와 부드러움 그리고 화해의 세계를, 어쩌면 뒤늦게 얻어진 구도적 세계를 느껴볼 수 있는 것이다.

물론 김명숙 시인의 이번 시집에 세상과의 화해가 엿보인다고 해서 그의 내밀한 세계 속에 간직되어 있는 본원적 슬픔까지도 완전히 사라진 것은 아닐 것이다. 아니 사라져서는 안될지도 모른다. 그것이 시를 쓸 수 있는 원동력이 되기 때문이다. 다음의 시를 읽어보자.

어둠 기울이면
지문같은 슬픔의 이랑
불빛 속엔 는개비 내리는
그림자마저 사라져

영혼 무게의 사위
오호라 이 빈
빈 것의 우주

— <슬픔만한>

　분명 위와 같은 시에서는 슬픔을 느끼게 된다. 그러나 슬픔 그 자
체에 머물러 있지 않다. 애이불상(哀而不傷)이라고나 할까? 슬픔의
이랑으로부터 빈 것의 우주를 감지할 수 있는 구도적 자세라고나
할까?

3

　세상과의 화해 안에서 얻어지는 것은 따뜻함이다. 김명숙의 이번 시
집에서도 그 따뜻함은 대상을 바라보는 온기로서 시 속에 스며 있다.

　　鐘路3가 지하철 역사 내 할머니 한 분이 버들피리를
　　팔고 있는데 그것이 하도 작아서 한 웅큼쯤 십센치
　　길이의 푸르죽죽한 버들피리를 파는데 사람들은 구경도 없이
　　바쁘다, 곁눈질로라도 눈에 띈 사람은 한참 지난 뒤
　　저것도 팔아?
　　그래 생각해 보면 고향 시냇가 둔덕에 좌악 울타리처럼
　　널려 있던 버들강아지 피기 전 가지를 잘라 필리리 필리리
　　불던 향수를 파는게야 검버섯으로 온통 그을은듯한
　　할머니는 이제 잎 지고 삭풍에 휘청거릴 가는 가지 잘라
　　가즈런히 다듬어 이 삭막한 도시에 고향을 파는게야

허기진 뱃고래에 힘을 주어 불었던 향수를 파는게야
— <향수>

종로 3가 지하철 역사와 할머니와 버들피리, 이 시는 처음 1행에서 이렇듯 철저한 대립 구도를 펼친다. 문명과 비문명, 새로움과 낡음이라는 대립 속에서 언제나 관심의 중심 영역을 차지하는 건 전자일 수밖에 없다. 지하철을 이용하는 승객들은 바빠서인지 구경조차 없다. 그것 뿐이 아니다. 어쩌다 할머니와 버들피리에 눈길을 준 사람조차도 "저것도 팔아?"라는 말로 삭막한 도시 풍경의 한 모습을 드러낸다. 그러나 시인은 그 대상을 따뜻하게 바라 본다. 할머니가 파는 것은 다순히 버들강아지로 만든 피리를 파는 것이 아니라 삭막한 서울에 고향을 파는 것이며, 또한 향수를 파는 것이라는 이 따뜻함의 눈길, 시인은 드디어 어두운 골방 안에서의 자아를 벗어나 넓은 세계를 바라보는 눈으로 바뀌어져 있다는 것을 이 한 편의 시로서도 알수 있다.

소마리아의 궁기보다 더 진하게 오는/ 북녘땅의 찡그린 얼굴로 가슴뼈를 드러낸/ 저 애는 누구?/ 사진 밖을 걸어 다니는 나는 허깨비였구나
— <저 애는 누구?> 중에서

위와 같은 시에서도 세상에 대한 시인의 눈이 넓고 깊어져 있음을 알 수 있는데, 김명숙의 네 번째 시집에서는 이런 시들이 많이 발견된다. <곰자리 농원 주인>, <월봉산>, <양공주대장 백경옥> 등의

시는 세상과의 화해에서만이 얻어질 수 있는 따뜻함을 느끼게 하는
시들이다.

4

　세상과의 화해에 도달한 이번 김명숙 시집의 많은 시들은 시의
기법상 선명한 이미지와 내적 리듬을 담고 있는 작품이 많이 눈에
띈다. 시인은 드디어 영혼을 담아낸 그릇으로서의 시를 생각할 수
있었고, 그 그릇의 품새와 색깔까지도 짚어볼 수 있는 여유가 생겨났
음에 분명하다. 이처럼 대상에 대한 인식의 변화가 가져오는 미학적
파장까지도 한 눈에 살펴볼 수 있다는 것은 이 시집이 독자에게 주는
또 다른 즐거움이 아닐 수 없다.

　　　여기에서 저기로 놓여가는 저 미동없는
　　　침묵의 가루들이
　　　햇살 보이고 햇살 지는 한낮
　　　　　　　　　　　　　－ <동백은 죽었는지>에서

　　　일몰은 바다 속에서 꿈을 꾸듯 붉게 물든 발가락 몇 개만을
　　　잘게 고무락거리며 길고 검은 머리칼을 좌우로 흔들며
　　　해송 쪽으로 등을 돌리고
　　　한 떼 갈매기 무리져 날아오르다 모래톱에 앉는다.
　　　　　　　　　　　　　－ <비상하는 하늘>에서

여기에 두서없이 뽑아낸 위 구절들만 보아서도 이 시집에 사용된 참신한 비유의 언어들을 짐작할 수 있을 것이다. 침묵의 가루라는 당돌한 병치나 바닷가에서 바라보는 일몰 광경을 선명한 이미지로 형상화한 <비상하는 하늘>과 같은 시는 이 시인이 앞서 발간한 시집의 많은 시에서 보이는, 몽롱한 언어로 주문처럼 풀어 놓은 관념적인 세계보다 훨씬 앞선 언어장치라 할 수 있다. 이와 같은 시적 언어의 세련미 외에도 민요풍으로 느껴지는 <월봉산> 같은 시를 내놓아 이 시인이 시의 내용 외에도 형태미에 관심을 보이면서 시쓰기의 새로운 시도들을 은밀히 진행했음을 엿볼 수 있었다. 이를테면 다음의 <월봉산> 같은 시에서는 쉽게 민요적인 느낌을 가질수 있다.

단발머리 서넛 월봉산에 달뜨면
정월보름 쥐불놓고 소원 빌던
월봉산에 올라
바위 이끼위 침 퇴퇴 뱉어
묵갈 듯 오래오래 갈아
청상과부 푸른 녹빛 배다가
붉으스름한 말강말강한 액이 되면
손톱에 바르던 기억 속의 그산엔
노일전쟁부터 육이오 난리까지
죽은 시신들의 핏물이 처절철 흘러
바위들도 꿀꺽꿀꺽 핏물을 삼켜
오랜 풍상에 핏빛든 이끼만 키운다는데
망둥이 뛰듯 동강치마 펄럭대며 뛰어논
월봉산은 지금은 깎이고 다듬어져
아파트 단지에 점점 먹히어 나무 몇 그루

정원수처럼 남았구나
구절초도 어여삐 피던 그 가을날
당부하시던 어머니의 산에 가지말어
귀신 버글버글해 귀신든단 말여

— <월봉산>

이 시는 김명숙 시인이 그동안 발표했던 시풍과 다르다는 것을 알 수 있다. 그 다른 이유는 이 시가 우리 전통 민요의 형식이나 내용을 차용하고 있기 때문이다. 민요는 민요에서 잘 쓰이는 관용적 어법들이 있는데, 이 시에서 보이는 유난히 많이 쓰인 첩어나 민속적인 소재, 리듬 등에서 민요적 맛이 느껴지는 것이다.(한번 소리내서 읽어보라. 분명히 어디서 읊조렸을법한 아니면 귀에 익은 민요적 세계가 느껴질 것이다) 물론 이런 시 한 편 썼다고 해서 김명숙 시인의 시세계가 그 쪽으로 기울었다고 말할 수는 없을 것이다. 그러나 다양한 실험을 해보는 이 시인의 성실한 시쓰기가, 바로 세상과의 화해 속에서 얻어진 여유의 한 흔적이 아닐까 생각하면 매우 바람직한 일이라고 결론지을 수 있다. 앞으로도 김명숙 시인의 시세계에 많은 변화가 있으리라고 보며 꾸준히 지켜보고 싶다.

이청화 시인의 시세계
─실천적 시정신과, 서정적 미학까지─

1. 현실 참여의 시정신

한국문학 속에 불교는 오랜 세월 동안 스며들어 오늘날까지 이어져 왔다. 우리 고전 시가의 진수라 할 수 있는 향가만 해도 승려의 작품을 빼면 몇 수나 남으랴. 비록 승려는 아니었다 해도 광덕이 지었다는 <원왕생가> 같은 향가는 정토사상(淨土思想)을 담고 있으니 한국문학의 뿌리를 불교사상으로 본다고 해도 크게 잘못된 것은 아닐 것이다. 때로는 종교인으로서 승려가 일그러진 모습으로 문학 작품 속에 등장하는 경우도 없진 않지만, 심오한 사상으로서 불교는 우리 문학의 지평을 확대하는데 많은 기여를 했다고 볼 수 있다. 신문학 초기 최남선의 시조집 『백팔번뇌』로 시작하여, 현대시에서도 우뚝한 존재인 만해 한용운이나 미당 서정주의 시가 불교사상을 담고 있으니 한국문학과 불교는 그 인연이 넓고도 깊다. 또한 그 후 조지훈을 거쳐 근래에 와서도 박재삼이나 박희진의 시에까지 불교사상은 끊이지 않고 이어져 와 우리 시의 저변을 늘 풍요롭게 했다.

그 뿐만 아니라 현역에서 활동하고 있는 승려 시인들도 많아서 한국 현대시에 불교는 화려한 꽃을 피우고 있다 해도 과언이 아니다. 그 꽃을 키우는 스님 가운데는 이 글에서 논하고자 하는 청화 스님(李靑和)도 해당된다. 시인으로서 이청화는 1977년 불교신문 신춘문예에 당선 된 후 그 이듬해 한국일보 신춘문예에 연거푸 당선된다. 연이어 두 매체에서 시가 당선되었다는 것은 이청화 시인의 시재가 뛰어나다는 의미를 담고 있는 것이다. 그러나 필자에게 넘어온 이 시인의 작품 양은 그리 많지 않았다. 등단한 지 24년 된 시인의 작품으로는 너무 적었던 것이다. 아마 편집자가 이청화 시인의 시 작품을 다 챙겨놓지 못한 까닭도 있을 것이다. 실제로 이청화 시인의 여러 면을 알아보기 위해서 이 시인이 주관하고 있는 '실천불교전국승가회'에서 발간하고 있는 『실천불교』지를 뒤지다가 거기에서 두어 편의 시를 찾아낼 수 있었다.

그렇다 해도 등단한지 20년이 넘도록 아직 개인 시집을 내지 못할 정도라면 이청화 시인은 과작의 시인임에 틀림없다. 그럼에도 불구하고 필자가 또 놀란 것은 그 많지 않은 시 중에서도 가작이 많다는 점이었다. 그는 시인임과 동시에 승려이고, 게다가 실천불교전국승가회 공동의장과 조계종 중앙종회 부의장을 맡고 있으니 얼마나 바쁘게 사는지 짐작할 수 있을 것이다. 이런 점이 시인으로서 시작 활동을 몰두할 수 없게 한 원인일 수 있을 것이다. 필자는 『실천불교』지에 실린 이청화 시인의 권두언 여러 편을 읽어보았는데 세상을 향해 열려있는 이 시인의 귀와 눈은 매우 날카롭고 비판적이었다. 그는 정의를 위해 승복을 입고, 또 시를 쓰는지도 모른다. 모든 사람들이 새 밀레니엄 시대가 왔다고 흥분하고 떠들썩 했던 때도 이 시인은 다음과 같은 뼈있는 말을 했다.

불기 2544년이 시작되었다.

올해에도 우리 주변에는 여전히 고통받는 이들이 많을 것이다. 실직의 아픔을 채 씻지 못한 가정도 있을 것이고, 날로 치열해지는 경쟁사회에 적응하지 못하고 냉혹한 사회로부터 외면받는 아타까운 삶도 많을 것이다. 또한 민족의 반쪽인 북한의 어린이들이 식량이 없어서 죽어가고 있는 현실도 그리 크게 변할 것 같지는 않다.

이들에게 새천년이 시작된다 한들 무슨 희망이 있겠는가? 오히려 근거없는 희망과 미래에 결박되어 호들갑스럽게 시작되는 새천년은 이들에게 또 하나의 상처를 주는 것일 뿐이다.

불기 2544년! 우리 불자들에게는 이들의 고통과 슬픔을 바로 볼 수 있는 지혜가 필요하다. 그리하여 부처님이 우리에게 희망과 꿈과 미래를 안겨주었던 것처럼, 이들에게도 희망의 미래가 있음을 알려주어야 한다. 그것이 바로 우리의 의무이자 그들의 권리이기 때문이다.   － <미륵보살의 사유>, 『실천불교』 제15호

시 작품의 이미지나 상징 혹은 비유의 기법을 통해서 메시지를 전하는 것보다는 이렇듯 직설적 어법으로 하고 싶은 말을 하는 것이 독자들에게 더 쉽게 전달될 수 있을 것이다. 시가 지닌 함축된 미학의 경지를 해독하려면 독자는 유추와 상상력을 통해서 뜻을 풀어야 하는 우회의 길을 걸을 수 밖에 없다. 심미적인 사람이라면 기꺼이 그 미학의 길을 동반하겠지만 일반인들은 그렇지가 못한 것이 현실이다. 따라서 개벽을 꿈꾸는 혁명가나 세상의 변화를 꿈꾸는 개혁론자들은 시의 어법을 빌기 보다는 산문적 어법을 통해서 사람들을 감동

시켜야 한다. 그것이 시를 통한 우회의 길보다 훨씬 빠른 길이기 때문
이다. 시인인 이청화가 시집보다 산문집『들을 꽃이라 부른다면』
(1988년)을 먼저 출간했다는 것은 무얼 뜻하겠는가. 바로 세상을 바
로잡고 싶은 실천의지가 이 시인에게 강하다는 것을 내포하고 있는
것이나 다름없다.

> 울룩불룩 이미 힘줄이 솟은 손들 앞에
> 불쑥 내어민 우리는 보안 고사리의 손이었습네
>
> 어여쁘다 잡아주는 형님도 친척도 없는
> 늘 새파랗게 언 四顧無親의 외로운 손
>
> 그 손에 무슨 장한 힘이 있었으랴만
> 그러나 어떤 칼질에도 잘리지 않는 손이었습네
>
> — <장한 손> 중에서

'불교운동 십년을 뒤돌아 보며'라는 부제가 붙어 있는 이 시에서
보듯이 이청화 시인은 개척자의 정신으로 한 시대를 살고 있음에
분명하다. 그는 <注視>라는 시에서 불의와 맞서 싸우다가 더러는
처참하게 죽은 사람들이 많은데, "그 장렬한 희생이 차린/ 이 시대의
아침 밥상 앞에/ 슬슬 숟가락이나 들고 나오는 사람들아/ 탁 털어
피주고 목숨 주고 마련한 그것을 / 어찌 물처럼 공짜로 먹으려 드느
냐"고 힐난한다. 그는 <청년에게>라는 시에서 "통일이/ 아 남북통
일이/ 어찌 바치는 제물도 없이/ 노래로서 되겠느냐"라고도 읊고 있
는데, 끊임없이 사회적 문제가 되는 데에 시인의 눈과 귀가 열려 있음

을 이 몇 편의 시로서도 추측해 볼 수 있다. 그리고 바로 이러한 의식이 오늘날의 이청화 시인을 있게 하는 시인 정신일지 모른다.

2. 깨달음을 위한 불교적 세계

저자 거리의 부조리에 온 몸으로 대항하며 세상을 구원하고자 하는 실천승려의 길이 있다면, 어찌 승려로서 구도의 길 또한 없을손가. 이청화 시인의 작품 속에는 이러한 구도자의 모습이 곳곳에 보인다. 속진을 떠나 출가승이 되고자 할 때 그 첫 번째 목적은 깨달음을 얻어 번뇌로부터 훌훌 벗어나는 것이 아니었을까? 그것이 그리 쉬운 일이 아님을 알더라도 찾아가야 하는 길일지도 모른다. 그래서 이 시인은 사월 초파일의 연등을 천지도 감히 저항하지 못한, 어둠조차도 일격에 증발시키고 크게 깨달은 불빛으로 환치시킨 후, "나보다 더 나은 나/ 죽지 않는 나를 창조키 위해/ 칼로 깎는 보리수 나무"라고 노래한다. 그만큼 새로운 나(깨달음의 나)를 찾는 것은 어렵다는 것을 우회적으로 보여주고 있는 것이다.

1
먼데 산 눈 녹나니
마을 앞 개울물도 풀리나니

다 용서하고 싶은 이런 날
너에게 던지고픈 돌을 버리고

나는 처음 본 호수 앞에 선다
지금 막 한 떼의 백조가 내려 앉은

2

어디 죄있는 듯 하다
방금 장삼을 입고 난 마음

여기서부터 여기서부터가 바로
성불사 가는 길인가 보다

계단을 오르며 우러른 저기
환하다! 날 굽어보는 앞서 당도한 어느 스님

3

칼은 베이니 잡지 말라 하네
불은 태우니 끄라고 하네

저마다 삶이 어떻다 해도
목숨은 끝내 흰꽃을 피우라 하네

연신 머리 끄덕이며 듣는
이 천지의 고요한 설법

— <목련> 전문

이 시는 매우 아름다운 시다. 목련을 한 떼의 백조, 성불한 스님,
그래서 천지에 베푸는 고요한 설법으로 비유하고 있다. 잎새가 돋아
나기도 전에 환하게 꽃을 피우는 목련을 성불한 스님처럼 세상을
굽어보며 설법하는 듯 하다니 출가한 스님이 아니라면 누가 이런

시를 쓸 수 있을까. 저마다의 삶이 이렇다 저렇다 해도, 그저 순백의 아름다운 꽃을 피울 수만 있다면. 목련은 온몸으로 가르치고 있는 듯 하다. 그러나 시인의 눈에 비친 목련의 모습이 그러할 뿐, 구도의 길이란 그리 쉽지 않다. 이 시인의 시 <무너질 것이 없을 때까지>는 바로 이러한 갈등을 담고 있다.

> 비로소 깨달을 것 깨닫고
> 뉘우치며 일어서는 것아
> 무너지는 것이 없을 때까지
> 잘못이 있거든 또 쓰러져라
>
> 아파야 성숙하고
> 아파야 깊어진다는 이 진리 앞에
> 때 있거든 얼마든지 쓰러져라
> — <무너질 것이 없을 때까지>

이런 작품을 읽으며 이 시인이 겪는 갈등이 얼마나 큰 지 알 수 있을 것 같다. 그것이 현실에 대한 갈등이든 구도자로서의 어려움이든 그 진폭은 마찬가지일 듯 하다.

3. 또 다른 서정시들

시인이 스님이라고 해서 불교적인 시만 쓰는 것은 아닐 게다. 이청화 시인 역시 종교적 색채가 그리 드러나지 않는 시들이 있다. 시의

대상을 통해서 환기된 상상력과 그것을 감각화 시킨 이미지는 서정
시의 아름다움을 그대로 드러낸다. 그는 달을 노래해도 설명하려고
하지 않고 달로부터 떠오르는 이미지들을 그린다. 누군가 감히 생각
해보지 않은 언어, 우린 그러한 언어를 발견할 때 참신하다는 말을
한다. 이를테면, "힘껏 밀어보았으나/ 움쩍않는 바다/ 지렛대 깊이
박고/ 탁! 붉은 동백꽃 치고 보니/ 뱀처럼 /히떡 배를 드러내고 나뒹굴
어지는 바위"라고 <흰 달>이라는 시에서 달을 노래하고 있는데, 그
것은 밤하늘에 떠있는 달을 통해서 바다를 연상한 것이다. 그러한
달을 지렛대를 박고 탁 치는 순간 붉은 동백꽃으로 환원되고, 다시
뒤짚혀진 뱀처럼 허연 배를 드러내는 것으로 묘사했다. 아마도 달은
시간의 흐름에 따라 구름에 가려지기도 하고, 흘러흘러 가다 흰 배를
드러내듯 다시 환하게 세상을 비추었을 것이다.

　　<산>이라는 시에서도 "산을 보았느냐/ 배 깔고 엎드린 들녘의
끝/ 차라리 외로울지언정/ 네 발로 낮게 기는 것과 野合하지 않는
산" 이라고 하여 의연하고 묵중하되 때로는 자존을 지키느라 외로워
보이는 산을 노래했다. 한 사물이 품고 있는 내밀한 언어는 시인의
뛰어난 감성과 만날 때 빛나는 것이다. 몇 편의 시였지만 우리는 이청
화 시인으로부터 그것을 감지할 수 있다.

　　　새벽 안개에
　　　숨은 산
　　　달밤에 나오고

　　　달밤에 나온 산의
　　　청평사는

물소리는 숨었네

어딨느냐, 어디?
청평사에 와서
청평사를 찾는 나

– <청평사> 중에서

　이청화 시인은 청평사의 주지승이다. 절 주인이자 시인인 청화가 자신의 절집을 노래하지 않을 수 없었을 것이다. 그런데 시 속에 숨어 있는 청평사는 어찌 그리 아름다운지 이 글을 쓰는 필자도 한 번 찾아보고 싶다는 생각이 든다. 달밤, 청평사, 물소리…… 그것으로부터 연상되는 절은 선계(仙界)에 세워진 집인 양 느껴진다. 시인도 3연에서 청평사에 와서 청평사를 찾는 나라고 하여 그런 점을 암시했다. 사람과 사람들 사이에서는 목소리 높히던 이 시인도, 그윽한 청평사에 안기면 이렇듯 고요한 그림 속의 주인공이 되나보다. 시인 내부에 스며 있는 미의식을 이런 시를 통해서 엿볼 수 있다.

　이처럼 이제까지 살펴 본 이청화 시인의 시세계는 크게 세 가지로 나누어 볼 수 있었다. 현실 참여의 시정신과 승려로서 깨닫고자 하는 구도적 세계, 그리고 미적 감각에 충실한 서정시들이 그것이다. 이 시인의 작품이 그리 많지 않았기 때문에 좀더 깊이 있는 분석을 시도하지 못함이 아쉽다. 앞으로 더 훌륭한 그리고 더 많은 시들을 기대해 본다.

⑤

박기을 시인론
-둘이서 함께 가는 세상의 따뜻한 길-

1. 문학의 Aura가 사라진 시대와 시의 운명

성급한 문화론자들은 문학의 시대는 끝이 날 것이라고 선언한 바 있다. 문학, 그 중에서도 시의 시대는 지나갔다고 믿는 이들은 정말 많다. 그러면서도 시중에 무수히 떠도는 우리 문학의 많은 이야기들 가운데 시인의 숫자가 그 어느 나라보다도, 그 어느 시대보다도 많다는 것은 무엇을 뜻할까? 시문(詩文)을 사랑하던 전통이 아직도 우리 민족의 피 속에 흘러오고 있기 때문일 지도 모른다. 허긴 조선 시대에는 관리를 뽑을 때조차도 시를 써서 성적을 매겼으니 시문을 사랑하던 그러한 전통이야 어디로 갔겠는가. 그러면서도 그 많은 시인들과 엄청나게 쏟아지는 시들로 인하여 시의 르네상스 시대가 도래했다고 믿으면 그것 또한 잘못된 생각일 것이다.

발터 벤야민은 기술복제 시대의 예술품에서 치명적으로 위축되고 있는 것은 예술 작품이 지니고 있는 유일함과 신비성의 Aura라고 말한 바 있다. 벤야민이 기술복제를 논하던 시대에 비하면(그는 1930년대 활동하던 비평가였다) 오늘날의 예술에 대한 기술복제는 현란하다 못해 무질서할 정도이다. 컴퓨터를 통해서 무한정 남의 창작물을 베껴올 수 있으며, 그것을 다른 작품과 합성하고 재창작하기도 한다. 이러한 과정에 대한 창작 방법인 패러디나 패스티쉬가 포스모던 시대의 창작방법으로 인정되는 그야말로 포스트모더니즘시대에 우리는 살고 있다. 예술작품이 대량 생산화 되고 신비성마저 사라진 Aura가 붕괴된 시대에 이제 우리 문학을 문학의 제자리에 되돌리는 길과, 시를 시다운 자리로 가게 하는 것이야말로 문학의 전통과 아우라를 되찾는 길이 아닐 수 없다.

더군다나 러시아 형식주의자들의 '언어의 비틀기' 이론을 비롯한 서구 이론들이 잘못 받아들여져 실험시라는 이름으로 소개되고, 새로운 말거리를 찾던 비평가들은 아무런 고민도 없이 분위기에 편승하여 특정 작가를 추켜세우던 치기가 오늘날 문학의 부재, 시의 소멸 시대를 예견하게 만든 것인지도 모른다. 거기에다 문학의 본질적인 가치와는 관련없이 내 편 네 편의 편가르기는 이러한 현상을 더욱 부채질하는 꼴이 되었다. 그리고 보면 우리 문학계에 떠도는 소문들, 시인이 얼마나 되고 어떻게 시인이 되었는가 등은 소멸하기 이전의 문학을 위한 제물들이란 말인가? 꺼지기 전의 불꽃이 가장 밝아 보이듯이.

문학의 소멸은 아니된다. 그렇게 될 수도 없다고 본다. 아무리 대중성을 확보한 예술들이 수많은 대중들을 몰고 다닌다 해도 시는 소멸될 수 없다. 오히려 적은 숫자일지라도 시를 사랑하는 메니아들을 키울지 모른다. 그러기 위해서 예술적 아우라는 중요한 것이다. 신비가 사라진 시대에 신비함과 유일함을 갖춘 예술이야말로 주목을 끌 것임에 분명하기 때문이다.

2. 박기을 시의 엿보기

박기을 시인의 시에는 사랑과 그리움이 배어 있다. 톡 쏘는 콜라 맛보다는 부드러운 식혜 맛 같은 이 시인의 시는 읽어볼만 하다. 젊은 시인이지만 박기을은 치기어린 실험성으로 문학의 진성성을 깨뜨리지 않는다. 그만큼 그의 시는 진지하며 삶의 깊이를 언어의 깊이로 환치시키고자 한다. 우리들 삶이 허전하고 자그마한 일에도 마음의 상처를 입기 쉬울 때 박기을과 같은 시인의 시를 읽어본다는 것은 마음의 위안이 되리라. 앞에서도 말했지만 독자를 혼란스럽게 하고 머리 아프게 하여 시를 점점 멀리하게 만드는 시보다 위로가 되는 시, 미학적 아름다움으로 눈이 번쩍 뜨이게 하는 그런 시가 평가받는 시대가 되어야 한다. 고도한 언어놀이로 독자들을 미로 속에 헤매이게 하는 시는 이야깃거리를 주문하는 평론가의 입맛에나 맞을 것이니.

1) 사랑과 그리움의 따뜻한 눈

이 시집에 수록된 여러 편의 시들은 아내에 대한 사랑으로 가득차 있다. 특히 <둘이가기>의 연작시들은 부부란 과연 어떤 사이인가, 사랑으로 가정을 지킨다는 것은 얼마나 성스러운 것인가를 깨닫게 한다. 더군다나 결혼한 서너 쌍 중에 한 쌍이 이혼을 한다는 우리

사회의 통계치를 생각해본다면 '둘이가기'의 시편들이 더욱 아름다
운 것이다. 아내는 건강한 것 같지 않은데 생활을 위하여 행상을 하고
그것을 바라보는 남편의 마음은 늘 애처롭다.

> 등짐으로 지고 온 소쩍새 울음
> 별 마당에 내려놓고
> 현관문 열쇠를 돌리면
> 노점에 지쳐 잠이 든 아내
>
> 가만히 손을 잡아본다
> 구리반지 하나 끼워보지 못한
> 목련꽃 봉오리
> "언젠가는…"
> 하며 걸어둔 무지개는
> 십 수 년 장대비에도 언덕 하나 넘지 못했다
> <둘이가기4 — 슬픈약속>

　구리 반지 하나 끼워주지 못했지만 언젠가는 나아지리라는 무지개
꿈을 꾼다. 우리의 삶이란 다 그런 것이다. 그래도 시인은 절망하지
않고 이렇게 말한다. "지금 우리는 캄캄한 밤입니다/ 반짝이는 별들
은 지금 낮입니다 / 우리가 낮이되면 / 우리를 비추어 주던 별을 기억
하고 / 캄캄한 별들에게 빛을 나누어줍시다<둘이가기10>"라고 말
하는 시인의 가슴은 결코 춥지 않다. 캄캄한 별들에게 빛을 나누어
줄 수 있는 따뜻한 마음이 있기 때문이다.
　이러한 시인에게 다가오는 그리움은 화려하고 빛나는 것들에 대한

것이 아니다. 오히려 비어 있는 혹은 모자람에 대한 탈중심적인 것들
이다. 시 <여왕과 저승사자>의 연극하던 같은 과 여학생에 대한 추
억이나 <조개껍질 묶어>에 나오는 인물, 혹은 <조상병에게>와 같
은 시들이 그러하다. 시집의 다섯 번째 항인 '달에는 거북이가 산다'
에 실려 있는 이 시들은 화자와 인물들의 행위가 전개되는 일종의
서술시들이다. 작품의 내용이 길고 다소 산만한 느낌이 없진 않지만
생태적으로 서술시는 그렇게 될 수 밖에 없다. 여기에는 대학 시절의
가난한 여학생, 실물로는 보지 못하고 편지와 동봉한 조개껍질 속에
그리움으로 남은 초등학교 시절의 여학생, 어려운 시절을 겪었던 한
시인의 청춘비록 등 우리 삶의 한 모퉁이에 남아 어둠이 바탕이지만
별빛으로 반짝이는 따뜻한 이야기들을 그려내고 있는 것이다.

2) 문명과 현실에 대한 시각

이 시인의 시집 속에 '신인류의 빛깔' 연작시들은 자그만치 연작
40번까지 실려 있다. 40편 모두가 실려 있지 않고 중간 중간 빠진
부분이 많지만 이 시들만 모아도 한 권의 시집이 될만한 분량이다.
그만큼 새롭게 변하는 현실 감각을 미세한 시인의 눈으로 포착하여
형상화 한 시들이라고 할만하다. 세상이 어지러울 정도로 급속하게
바뀌고 변화해 가는데 시인이라고 음풍농월의 자연예찬만 할 수는
없는 노릇이다. 박기을의 이 연작시엔 새로운 변화의 물결을 예리한
곤충의 촉수로 포착한다. 거기엔 컴퓨터와 팩시밀리, 비디오 카메라,
에어로빅, 스턴트 맨, 컴퓨터 통신이 등장하고 이러한 시대를 살고
있는 그야말로 신인류들이 시의 대상이다.

너는 빛그물에 낚인
한 마리 인어
꽃물들인 비늘을
공작의 나래로 펼쳐
녹이 낀 어항으로 날아든다
                — <신인류의 빛깔4 – 비디오 카메라> 중에서

사랑하는 사람은
얼굴을 보아야 합니다

그리움의 서체는
명조나 고딕이 아니라
자신만의 필체입니다

이제
꽃그늘에서
편지를 읽는 소녀는
볼 수 없습니다
                — <신인류의 빛깔40 – 컴퓨터 통신> 중에서

썰물로 보내는
봉투없는 편지
조개껍질로 남는 갯펄
                — <신인류의 빛깔3 – 팩시밀리> 중에서

  디지털 시대로 불리는 이 시대는 우리의 생활 속에 파고 드는 다양
한 기계들과 부딪히며 살아야 한다. 중년의 나이쯤 되면 재빨리 받아

들이기에도 어렵고 그렇다고 외면하고는 살 수 없는 기계들의 새로운 문명 속에서 살고 있는 것이다. 앞으로 또 어떠한 변화가 일어날지 모르기 때문에 이 '신인류의 빛깔' 연작시들은 머지않은 미래에 박물지(博物誌)로나 남을지 모르지만 이 시점에서는 흥미있는 관찰이며 시대상의 한 모습이라 할 수 있다.

편지라는 말에서 느껴지던 로맨틱한 상징성은 이미 사라진지 오래인 듯 하다. 컴퓨터 통신망을 통해서 즉석에서 이야기를 주고 받을 수 있으며, 인터넷을 통해서 언제든지 쉽게 E-mail을 띄울 수 있는 오늘날에 성급한 아이들은 종이에다 편지를 쓰지 않는다. 그것 뿐이 아니다. 자그마한 휴대폰을 사용하여 아무때나 문자를 띄우는 젊은 이들에게 종이 편지는 지나간 시대의 유물 정도로나 생각할 수 밖에 없는 것이다. 위 시에서도 볼 수 있듯이, 이제 꽃그늘 속에서 편지를 읽는 소녀를 볼 수 없다는 것은 바로 이러한 이야기이고 그것이 또 오늘의 현실일 뿐이다. 이 문명의 이기들은 마냥 고마운 존재이기만 한가? 이런 물음에 대한 또 다른 의문을 시인은 이렇게 쓰고 있다.

도시는
가상 방사능 유도탄 시험 중
3차 대전이 건물 하나 부수지 않고
사람만 죽인다던데
어느 순간 인터넷으로
핸드폰에 바이러스 유도탄이 도달된다면
아는 이가 아는 이를
친구가 친구를
사랑하는 이가 사랑 받는 이를

딸이 아비를
어미가 아들을……

— <핸드폰> 중에서

　어찌 이런 날이 오지 않으리라는 보장을 할 수 있을까? 그러므로 신인류의 빛깔에는 문명에 대한 찬사보다는 문명의 이기에 필연적으로 따르는 비판적 시각이 잠재되어 있다고 본다.

　또한 이시인의 현실 감각 한 편엔 곤궁하게 살아가는 이웃들의 이야기가 있다. 기름때를 묻히고 살아가는 살아가는 사람들, 용접공이나 밀링공 김씨, 주물공단에서 일하는 사람들 혹은 하역부 같은 사람들이 하는 일은 소위 3D라고 해서 사람들이 기피하는 업종이다. 그래도 가족을 이끌고 살기 위해서는 밀링기에 손가락이 짤릴 위험이 있어도 마다 않고 일을 해야 한다. 이 부분의 시들은 화자의 목소리가 담담하지만 그러면서도 삶의 궁핍함은 리얼하게 다가온다.

정월 대보름 저녁 금형공장
밥집에서 나물과 찰밥을 먹고
야근을 한다 이날이야
나무 아홉 짐 해오고
밥 아홉 번 먹는 날이라서
억울함은 덜했지만
보름달 아래서 망우려를 태우며
소원을 빌던 어릴 적 추억에
담배를 피워 문다 꽁지에 불을
매단 채 소멸해 가는 반디

망우려다 소원을 빌던 망우려가 아니라
가슴 속을 까맣게 태워버리는 불씨
담배를 비벼 모래함에 던지면
허리 비틀며 섶에 오르지 못하는 누에
— <정월 대보름> 중에서

빈 깡통에 불을 지펴 끈을 매달고 달이 훤히 든 대보름 밤에 깡통을 쌩쌩 돌리는 광경은 아름답다. 소원을 빌던 희망의 불씨가 타고 있기에 더욱 그러하다. 그러나 세월이 지난 후 남아 있는 것은 가슴 속을 까맣게 태워버리는 불씨 뿐이다. 그래서 화자는 허리 비틀며 섶에 오르지 못하는 누에라고 말한다. 나비가 될 수 없는 누에, 그것은 처연한 슬픔이다. 소원의 불씨도 희망의 불씨도 없기 때문이다. 그래서 시인은 <노무 탈의장>이라는 시에서 "우리는 왜/ 삶의 밑계단을 벗어나지 못할까" 하고 한탄한다. 그러기에 삶은 고단한 것일까. 더군다나 인간이 더 이상 꿈을 꿀 수 없을 때 가장 슬픈 인간이 되는 것이다.

3) 일상적 감각의 점묘(點描)

인간 삶의 문제에 대하여 회의하는 본원적인 담론 외에도 이 시집에는 아기자기한 일상의 감각을 스케치한 시들이 많다. 이러한 시들은 밝고 건강하며 감각적이다. 카메라 렌즈로 한 순간을 담은 듯 명징한 이미지들이 인상적이다. 이런 점들은 시인이 언어를 담금질 하는 연마 과정을 충실히 밟아 왔음을 말해주는 것이기도 하다.

비누 거품으로/ 풍선 만들어/ 발산하는 조명탄/ 은폐의 자취도
없는 숲
                                    – <벚꽃> 중에서

온종일 광합섬에/ 시달리던 푸른 잎새/ 저녁이면 노을따라/ 불
이 켜지고/ 밤새 빨간 편지 피워내다가/ 아침이면 까치놀로 깨져
버리네
                                – <칸나(홍초)꽃> 중에서

출근차를 몰고 거리로 나오면/ 짝 달라붙는 청바지의 오이 소배
기들/ 아침부터 웅덩이에서/ 허우적대는 걸 보니/ 오늘 하루는/ 달
밤에 홀로 춤추는 처용이겠구나   – <오이 소배기> 중에서

초음파를 쏘며/ 수영경기장 레인을 질주하는/ 돌고래 뱃 속에서
/ 기도하는 척 졸고 있는/ 요나의 후예들
                                – <지하철 풍경> 중에서

이 외에도 많은 시들이 있지만 더 이상 인용은 하지 않겠다. 사람
은 심각한 생각과 무거운 애기만 하고 살 수 없다. 더러는 이처럼
밝은 듯, 가벼운 듯 하면서도 톡 쏘는 맛이 있는 시를 읽을 때 독자는
상큼한 맛을 느끼는 것이다. 물론 이 방면으로 너무 기울어지면 내용
없는 아름다움만 남게 되는 경우도 있지만 말이다. 그러기에 언어를
다루는 솜씨와 생각의 깊이는 어느 시대니 좋은 시의 과제로 떠올랐
던 것이 아닌가.

3. 글을 끝내며

　박기을 시인의 시집을 읽으면서 떠오르는 것은 따뜻함이었다. 허약한 몸으로 생활에 시달리는 아내에 대한 눈길이 따뜻하고, 추억 속의 인물들을 그려내는 그리움에 따뜻함이 묻어 있다. 또한 곤궁하게 살아가는 이웃들도 그의 시에서는 훈훈한 인정으로 되새김된다. 일상 속 우리가 언제나 만나는 자그마한 사물들에 대해서도 시인의 눈길은 따뜻하고 촉촉하다. 설령 현실의 고단함과 아픔을 노래한다 할 지라도 시인은 그것으로 끝내지 않으리라고 믿는다. 세상이 따뜻한 그의 마음을 어루만져 주기 때문이다.

　문학으로 위로 받던 시대는 이미 끝났다고 생각하는 많은 독자들에게 상처난 마음을 달래주는 시들이 있다면, 이제 문학이 죽어간다고 탄식할 필요는 없을 것이다. 또한 박기을의 시를 읽으면서 마음의 위로가 되었다면 박기을 시인은 시인으로서의 역할을 충분히 해낸 것이 아니랴.

6

김귀이 시인론

-그리움과 허무에 관한 수묵 담채화-

1

한 시인이 상재할 시집 원고를 받았다. 김귀이 시인. 필자는 그가 누구인지 모른다. 어디에 사는지도, 어디로 데뷔하였는지도, 어떤 시력을 쌓아왔는지도, 누구와 친분이 있는지 그 아무것도 모른다. 그래서 다만 작품만 가지고 이제부터 이 시인과 그의 시를 말하고자 한다.

우리는 한 시인의 작품을 말하고자 할 때 의식적이든 무의식적이든 그와 관계되는 사전 지식을 떠올리게 된다. 그의 삶이 이렇고 그가 살고 있는 시대가 이러하기 때문에 이런 작품이 나왔다는 식의 평가다. 소위 전기 비평이나 사회 역사적 비평 방법은 모두 그런 선입견 속에서 이루어질 수밖에 없다. 거기에다 누군가가 그 작가를 평한 적이 있다면 그것은 다음의 비평가에게 그 작가를 말하는데 좋은 길 안내가 되기도 한다. 물론 신비평에서는 작품 외적인 사항들은 모두 두절하고 작품이 지닌 내재적 가치만 따지기도 하지만 이와 같은 시집 해설에서는 적용될 수 있는 방법이 아니다.

이 시집과 관계되는 모든 것의 백지 상태에서 시집을 읽어본 첫인상은 그리움과 허무에 대한 시인의 보고서라는 느낌이었다. 서정시의 특징 중 하나는 고백의 문학이라는 데 있다. 이런 서정시는 내면적 정서의 씨실을 언어라는 날실로 짰을 때 울려 나오는 산물이다. 시인의 절실한 느낌들이 한 올 한 올 짜여져 있기에 독자에게 주는 울림(反響)도 절실하다. 유행가 가사처럼 흔하고 익숙한 감상의 언어가 아니라면, 거기에다 우리 삶의 한 깨달음까지도 주는 시라면 서정시는 우리가 받아들일 수 있는 가장 큰 위안의 문학이 될 수 있다. 유리왕의 <황조가>나 <공무도하가> 같은 고대시에서도 진한 슬픔이나 감정의 응어리들이 오늘날의 독자들에게 전달되어 오는 것처럼, 가까이엔 기형도 같은 시인의 시에 자주 나오는 안개라는 감상의 입자처럼 서정시에는 우리들 마음 속에 스며들어 오는 그 무엇이 있는 것이다.

김귀이는 이 시집『룸살롱 가는 길』자서에서도 이와 같은 독백의 문학으로서의 시가 나오게 된 경위를 얼핏 비치고 있다.

> 미로 같은 터널 속에서도 가슴은 파닥였고 물큰하게 쏟아지는 하열 같은 감정의 소용돌이는 빛을 향하게 했다.
> 아직 다 빠져 나오지 못하고 터널의 끝자락에서 서성이긴 하지만 지친 발걸음 사이사이 독백 같은 푸념이 작은 탑이 되어 나보다 앞서고 있었음을 이제서야 알게 되었다.
>
> 그 탑 끝에 작은 요령 하나 달아주는 그 날을 위하여 난 오늘도 여전히 터널 속에서 빛을 향하는 미아이고 싶다.

감정의 소용돌이와 독백 같은 푸념, 그리고 아직 빠져 나오지 못한 터널의 끝자락이라는 말을 통해서 김귀이 시의 원천이 무엇인지 이 시인에게 시는 어떠한 의미를 갖는지 추정해 볼 수 있다. 그리고 시인이 선언한 그 '독백 같은 푸념' 속에서 시인의 내면에서 꿈틀대던 그리움과 기다림 그리고 지독한 허무까지도 함께 나눌 수 있을 것 같다.

> 내장 속이다
> 꾸역꾸역 치밀어 오르는 욕지기가
> 아랫배를 옥죄여 온다
> 소스라쳐 눈을 든다
> 아직 검은 침묵은 장막을 걷지 않고
> 허공에서 너울대는 잡귀 같은 허상들을 거느리고
> 쥐어지지 않는 주먹에 힘을 준다
> 하품 속에 묻어 나오는 눈꼽을 뗀다
> 할 수만 있다면 다 토해내고 싶은데
> 소름끼치는 외로움이다
> 신물처럼 꾸역꾸역 넘나드는
> 근거 없는 초라함이
> 웅크리고 나를 본다
> 눈물떼 묻은 울음을 울고 있다
> 깨어나고 싶은 소리 없는 발악이다
> 이명처럼 들리는 파도소리
> 아직도 멀리서 주춤거리는 미명이다
> 몰고 올 바다를 기다린다
> 바다가 몰고 올 아침이,
> 그 아침의 만찬을 생각한다

살아있다
이렇듯 깨어 있다
살아 있는 바다는 지금 오고 있다

— <바다를 기다리며>

　시집 맨 처음에 실린 이 시에서 화자의 상태는 매우 어둡다. 내장 속 아픔으로 욕지기가 치밀어 오를 정도이다. 화자가 겪는 고통이 무엇인지 이 시를 통해서는 구체적으로 알 수가 없다. 그럼에도 불구하고 화자는 '소름 끼치는 외로움'까지 느낄 정도이니까 무엇인가 견딜 수 없는 큰 어려움에 처했다는 것은 알 수 있을 것 같다. 그러나 그것이 인간에 대한 배신이나 절망이든, 다가갈 수 없는 꿈이든 간에 이 화자가 쳐놓은 그물은 "바다가 몰고 올 아침이,/ 그 아침의 만찬을 생각한다"이다. 아직 어둠이 걷히지 않았지만 아침의 만찬을 생각할 수 있다는 것은 매우 중요한 긍정적 사고가 아닐 수 없다. 그래서 이 시집의 많은 시들이 어둡고 무거운, 그래서 그리움과 허무에 대한 시인의 보고서라고도 앞서 말했지만 막막하지만은 않다. 그러므로 나는 이 시에서 맨 마지막 행 "살아 있는 바다는 지금 오고 있다'에 주목하고 싶다. 연역적인 해석인지 모르지만 바다를 기다리며, 아니 지금 오고 있는 바다를 기다리며 충만한 기쁨도 함께 준비하고 있음을 느낄 수 있다. 물론 여기에서 바다는 시인의 마음 속 가득 메운 상징적인 그 무엇일테지만 말이다. 이렇듯이 어둠과 절망 그 자체로 끝나지 않고 새로운 긍정을 시집의 대문이라고 할 수 있는 첫 작품에 상징의 문패 삼아 걸어놓았다는 걸 깊이 새기면서 독자들은 다음의 시들을 읽어갈 수 있다.

2

앞서 말했듯이 이 시인은 "바다가 몰고 올 아침" 그 아침의 만찬을 생각하고 있지만 작품 속에서 감지할 수 있는 시인의 상태는 매우 외롭다는 것을 알 수 있다. 그것이 "키 작은 밀랍인형 하나 / 속내는 타 녹아 내린다"(<잊기 위해서>)처럼 내 안에 담겨진 어떤 실체 때문인지, 아니면 <룸살롱 가는 길>이란 작품에서 말하듯 육신을 떠난 취한 혼, 부패한 언어의 쪼가리들, 진한 한숨과 같은 시구에서 읽어낼 수 있는 부패한 일상의 한 순간에 대한 참회인지 알 수 없다. 하여간 이 시집의 첫 번째 묶음 '잊기 위하여'의 많은 시들은 어둡고 우울하다. 그러나 분명한 것은 이 시인의 주변에 안개처럼 깔려있는 이와 같은 허무와 그리움 그리고 눈물의 감성적 바이러스들이야말로 시를 만들어내는 원천이 될 수 있다는 점이다. 그 원천으로 시인이 탄생하고 시인은 그 바이러스들을 가장 빛나는 시의 언어로 다시 창조하고자 하는 사람이라고 말하고 싶다.

> 무심코 베어 먹은 고구마 한 입에
> 터억 가슴이 막힌다
> 질끈 튀어나오는 눈물 몇 방울을
> 걸어둘 만큼
>
> [···중략···]
>
> 갈증이 차 올라 버석거리는
> 메마른 자리엔
> 실뿌리 내려야 할 기다림이어서

아슴한 자욱으로 패여 눈물이 괸다

- <눈물> 중에서

　인용된 위의 시는 눈물의 현상학이라고 할 수 있다. 눈물이 복받쳐 올라올 때의 상황과 그 눈물의 기다림, 그것은 메마른 자리에 내려야 할 기다림의 실뿌리라고 시인은 말한다. 이런 현상들로부터의 출구를 확실히 찾아내지 못했을 때 인간은 좌절하고 또 절망할 것이다. 이 시집의 첫 번째 묶음 '잊기 위하여' 부분을 몇 번씩이나 읽으면서 필자는 이 어둠의 절규와 신음을 대부분의 작품들에서 느낄 수 있었다. 이를테면 "내 상실된 추억의 한 켠을 휘어 차고/ 눈물을 석고처럼 찍어 발라/ 벽을 닦으면 되지 않는가/ 비틀어 쥐어짜듯 토해내는 각혈이,/ 먹빛 같은 피울음이 가슴을 덮는다"(<눈이 내리는데>) 같은 부분이나 "기워진 누더기 속같이/ 습기 가득한 한숨이 자꾸만 차 오른다"(<질주>) 와 같은 내용에서 화자의 심리 상태가 어떠한지 들여다보는 것은 어려운 일이 아니다.

　크게 네 묶음으로 편집한 이 시집에서 첫 번째 묶음에 속하는 대부분의 시들이 이렇듯 습기찬 절망과 어둠으로 가득 차 있지만 그 출구의 끝, 어둠을 탈출하는 빛을 준비하고 있다는 것을 필자는 앞에서도 말한 바 있다. 이 시인이 작품들을 묶어 놓은 원칙은 알 수 없지만 대략 습하고 어두운 내면적 방황에서 나와 다시 침잠의 자기 성찰 시들로 변화하기까지의 도정을 담은 것이 아닌가 생각한다. 그 정도는 확연하지는 않지만 어둠의 색깔이 조금씩 밝은 빛으로 변화되는 사실로 그러한 점을 추측할 수 있을 것 같다. 내면적 방황이라는 관념의 늪에서 허우적대는 동안에도 첫 번째 묶음에 실려 있는 <2월, 그 들녘은>이라는 시는 시인 자신의 상흔이 상처 그 자체로서만 끝나지 않고 아픔의 관념 자체를 객관화시키는 수작으로 평가하고 싶다.

> 황토밭 들녘에 까마귀떼 웅성거리다가
> 벌건 숨소리는 삭풍에 빼앗기고
> 물기 빠진 몸뚱이는
> 갈증을 털고 있다
> 까만 상처가 움푹움푹 패여 있다
> 아지랑이는
> 아직 기지개를 켜지 않았는데
> 언덕 끝자리 귀퉁이에서,
> 껍질 베끼느라 몸부림치며
> 신음 소리 나지막하게 내고 있다
>
> 겨울의 끝자락
> 아직 나목에 걸려 휘청이고 낮달은
> 시름에 차 오르고 있다
>
> — <2월, 그 들녘은>

계절적으로 보았을 때 2월은 겨울의 끝이며 새봄의 문턱에 와 있는 달이다. 춥고 외로운 어둠의 겨울 끝에서 봄이 다가오는 빛을 감지할 수 있는 계절인 것이다. 시인은 여기에서 자신의 상황을 2월의 들녘에 감정 이입 시켰다고 보고 싶다. 그것이 결코 의도적이진 않다 해도 시인의 무의식 속에서 꿈틀대는 감정은 이와 같은 하나의 작품으로 생산되는 것이라고 본다. 봄을 향한 신음 소리 시름겨운 낮달(곧

사라져야 할)의 이미지 자체만 가지고도 2월의 황량한 들판, 그러나
내부에서는 엄청난 에너지를 준비하는 그런 모습을 느낄 수 있다.
무엇보다 이 시는 탁하고 어두운 한숨을 벗겨내고 자연의 형상 자체
를 산뜻한 이미지의 언어로 그려냈다는 것을 사고 싶다.

3

　　김귀이 시집의 두 번째와 세 번째 묶음은 각각 '늦가을'과 '기차
속에서'이다. 이 시들은 앞서 살펴보았던 시들에서 느꼈던 것보다
좀더 정제된 감성으로 짜여져 있다. 앞의 시들이 축축한 지하를 연상
시킨다면 지금 이야기 하고자 하는 시들은 좀더 햇볕에 말려져 정제
된 지상의 시라는 뜻이다. 물론 그리움과 허무의 조각들은 아직도
여기 저기 파편처럼 박혀 있다. 이 시인이 시를 직조하는데 가장 풍요
한 재료는 그리움과 허무인 듯하다. 그러나 그 재료들은 다듬어지고
정제되어서 앞에서 거론한 시들 보다 좀더 투명하게 빛난다. 슬픔이
나 어둠을 그대로 보여주기 보다 깨끗한 유리창 너머에다 그려놓았
을 때 보다 투명한 아픔으로 비춰지는 격이라고나 할까. 애이불상(哀
而不傷)이라는 말도 그럴 때 쓰일 수 있는 말일 게다. 글쎄 격조 있는
슬픔이라고나 할까. 가슴 속에 응어리진 감정을 감정 그대로 쏟아놓
기보다는 우선 내면화시키고 그 다음 시로 형상화 했을 때라야 제대
로 된 시를 건질 수 있다는 건 많은 습작을 거쳐서 시를 쓰는 사람들
이라면 다 알 수 있는 창작 과정이다.

미명 속에 서 있는 빗소리는
채워야 할 가슴 열고 한 쪽 그리움과 같다
장승처럼 버티고 서 있을
누군가를 향해 그렇게 다가올 것 같은
기다림과 같다

― <비오는 날> 중에서

기다림으로 서 있을 줄 알았다
기다리고 앉아 있을 줄 알았다
그리움이 눈빛 세우며
발돋움 하고 서성일 줄 알았다

― <약속> 중에서

질겅질겅 밟히는 뭉텅이 같은 외로움이
얼마나 높은지
발자국 사리며 길 떠날 채비하는데
핏기 잃은 얼굴 하나가
거울 앞에서 울고 있다

― <무위> 중에서

흐느적거리는 육신은
끝없는 낙하를 서두르고
시공에 널려 있는 상실감은
끝간데 모를 추락을 한다

― <허무> 중에서

별들은 꼼지락거리며 새살거리다가
조율되지 않는 노래되어

공허로 남고

목신처럼 휘청거리며
한밤을 꼬박 새우면서
절절한 생가슴은 타고 있다

— <겨울일기> 중에서

이렇게 여러 편의 시들을 인용한 이유는 김귀이 시인은 그리움과 허무를 통해서 시를 쓴다는 생각이 들었기 때문이다. 사춘기 소년 소녀 시절을 벗어나 어른이 되고 한 사회의 생활인이 되어서도 무엇엔가의 절절한 그리움을 지니고 산다는 것, 혹은 그 빈자리를 메우지 못한 허무 때문에 시를 쓸 수 있다는 것은 부러운 일이 아닐 수 없다. 일상의 절은 때도 깨닫지 못한 채 메마르게 살아가는 사람들이 많은 이 시대라서 더욱 그런 느낌이 드는 것이다. 간혹 그것이 야트막한 센티멘탈에 머무르는 경우가 있다 해도 시인이 받아드리는 그런 감정이야말로 소중한 것이다. 그런 소중한 감정이 있기 때문에 가수 장사익의 노래에 취해서 "몇 날을 할 일없이/ 그의 목소리를 안고 있다"(<장사익의 목소리>)라고 시인은 쓸 수 있다. 다만 첫 번째 묶음의 시들과 달라진 점이 있다면 온 몸을 휘감아 도는 공포나 돋아나는 소름이 가슴팍을 찌른다와 같은 극한적인 어둠의 표현(<안개 속에서>)들이 많이 순화되어 있다는 것을 말할 수 있다. 그렇게 되는 이유는 크게 두 가지로 추정해 볼 수 있다. 하나는 격한 감정을 가라앉힐 수 있는 나이를 먹어가고 있다거나, 시를 쓰는 방법이 더욱 세련되게 변화하고 있다는 것 등이다. 그러나 필자는 이 시집의 편집 배열이 작품이 씌어진 시간의 순서에 의한 것인지, 내용에 따라 분류한 것인지 모르기 때문에 이 부분에 대해서는 더 이상 말하지 않겠다.

4

　이 시집의 마지막 묶음은 『산사에서』이다. 첫 번째 묶음의 시들이 지하의 눅눅한 이미지들이라면 두 번째, 세 번째 묶음의 시들은 지상의 시들이다. 그리고 마지막은 산상을 지향한다. 필자는 지향한다고 말했을 뿐이지 도달했다고 말하지 않았다. 대부분의 사람들은 도달을 꿈 꿀 뿐이다. 묶음의 표제도 '산사에서'라고 한 것을 보면 이 시인의 의도를 조금은 헤아릴 수 있을 것 같다. 지상의 현실 속에서 사는 사람들은 때로 초월적인 경지를 꿈꾼다. 훌훌 털고 벗어날 수 있는 경지라면 그는 이미 도인이다. 그러나 사람들은 그 경지를 동경할 뿐 이루기는 어렵다. 그러나 도달하고 싶은 바람 그것만 있어 우리 발걸음의 반은 산상에 가 있는 것이다. 이 시인의 창작 원천인 그리움만 해도 한결 승화된 느낌을 준다. 지상의 인연에 얽매일 때보다 그것을 초월하고자 하는 자세에서 서늘한 아름다움이 느껴진다. 여기에 실린 <실바람>이라는 시도 그러하다.

　　어느 산모퉁이에 앉아 있는 암자일까
　　힘겨운 듯 종을 치는 노승의 숨결 싣고
　　아득하게 파고드는 종소리

　　눈을 감으니 열려지는 가슴인데

송송송 파고드는 그리움인데

어디만큼 가다가 돌아 왔는지
연두 빛 투명한 실바람이
사그라지는 산사의 종소리를 불러 세워
가슴에 오밀한 탑을 쌓는다

— <실바람>

산사의 종소리에 파고드는 그리움을 가슴에 쌓는 탑으로 치환시키는 화자의 상태는 단아해 보이기까지 하며, 그렇기 때문에 서늘한 아름다움까지 느껴진다는 것이다. 누구나 산중 절간에 고요히 앉아 있다 보면 자신의 내면 세계에 침잠해 볼 수 있다. 어쩌면 그것이 산사가 주는 매력일지 모른다. 그래서 이 시인의 <산사에서>라는 시에는 다음과 같은 구절이 보인다.

"산자락 굽이굽이 휘감고/ 도는 바람,/ 어머니 품 속 같은/ 젖내 음처럼 아련하게/ 나를 취하게 하고/ 고향을 부르는가"

지하의 눅눅했던 이미지들이 지상의 정제된 이미지들로, 다시 산상의 초월적 세계에 마음 이끌리는 모습이 눈에 선하다. 그리고 이 부분에 이르러서야 그리움과 허무에 대한 시인의 보고서인 김귀이 시는 그리움과 허무에 관한 수묵 담채화로 다시 태어났다고 평하고 싶다. 어찌보면 첫 번째 묶음의 시 <바다를 기다리며>에서 보이던 미명, 어둠, 터널의 끝에서도 그 아침의 만찬을 생각한다고 시인이 말했듯이 그 빛은 산상을 향하는 시인의 발걸음을 향해 조금씩 비춰지고 있는 것이 아닐지.

한국문학의 비평적 성찰

인쇄일 초판 1쇄　2004년 02월 15일
　　　　 2쇄　2015년 03월 23일
발행일 초판 1쇄　2004년 02월 28일
　　　　 2쇄　2015년 03월 25일

편　저 박 혜 숙

발행인 정 진 이

발행처 새미

등록일 1994.03.10, 제17-271호

서울시 강동구 성내동 447-11 현영빌딩 2층

Tel : 442-4623~4 Fax : 442-4625

www. kookhak.co.kr

E- mail : kookhak2001@hanmail.net

ISBN 978-89-5628-104-9 (93080)

가 격 14,000원

★ 새미는 국학자료원 의 자매회사입니다.

★저자와의 협의 하에 인지는 생략합니다.